Helen Simpson · Gleich, Schätzchen

HELEN SIMPSON

GLEICH, SCHÄTZCHEN

ERZÄHLUNGEN

Aus dem Englischen
von Thomas Bodmer

KEIN & ABER

Die Originalausgabe erschien 2000 unter dem Titel
Hey Yeah Right Get a Life bei Jonathan Cape.

Deutsche Erstausgabe

Coverbild: Edward B. Gordon
Motto S. 7: Leo Tolstoi, *Krieg und Frieden*
© 1953 für die deutsche Übersetzung von Werner Bergengruen
List Verlag in der Ullstein Buchverlage GmbH, Berlin
Covergestaltung: Anna Meyer
Satz: Dörlemann Satz, Lemförde
Druck und Bindung: CPI – Ebner & Spiegel, Ulm
ISBN 978-3-0369-5555-1

www.keinundaber.ch

INHALT

»Sie war voller und breiter geworden, und in dieser kräftigen mütterlichen Gestalt erkannte man die schlanke, bewegliche Natascha von einst nur mühsam wieder. Ihre Gesichtszüge hatten etwas fester Umrissenes bekommen, und es lag ein Ausdruck ruhiger Weichheit und Klarheit in ihnen. Das unaufhörlich brennende Feuer der Munterkeit und des Lebens, das früher den Reiz dieses Gesichtes ausgemacht hatte, war verschwunden. Jetzt gewahrte man oft nur ihr Gesicht und ihren Körper, während von der Seele nichts zu sehen war.«

(Aus: *Krieg und Frieden* von Leo Tolstoi)

LINSEN UND LILIEN

Theoretisch war Jade Beaumont oben in ihrem Zimmer und lernte auf das Abitur, das nur noch ein paar Wochen entfernt war. Nach Vorträgen über Vertrauen und Müßiggang hatte die Schule ihnen Tage zum Daheimlernen gegeben. Zurzeit sollte Jade herausfinden, was Wordsworth und Coleridge voneinander unterschied.

Drunten in der angenehmen Vorstadtstimmung der Miniver Road lag der Gehsteig im Schatten von Obstbäumen, und die Vorgärten der kleinen Einfamilienhäuser aus der Zeit Edwards VII. erwiderten Jades Lächeln mit frühem Flieder, purpurrot blühenden Johannisbeersträuchern und dem blauen Glanz von Vergissmeinnicht. Sie fühlte sich leichtfüßig und geschmeidig wie eine Katze, zog genüsslich die Luft ein und zwickte in ein scharf riechendes Johannisbeerblatt.

In ihrer Clique galt die Meinung, je früher man sich

abhärte und seine Haut entblöße, desto länger werde dann die Sonnenbräune halten; weshalb sie an diesem Morgen einen kurzen weißen Rock und ein weißes T-Shirt angezogen hatte. Sie war unterwegs zu einem Vorstellungsgespräch für einen Ferienjob im Gartenzentrum. Sommer! Sie konnte es kaum erwarten. Das Wetter war schön, aber frisch, und die weißgoldenen Haare ihrer Arme und Beine richteten sich auf und krümmten sich dann zu einem unsichtbaren Geflecht, das eine gut zentimeterdicke Schicht warmer Luft einfing.

Wie soll ich Äußerem je Wichtiges abgewinnen?
Was mich mit Leidenschaft begeistert, liegt doch
innen.

Das war cool, aber insgesamt war Coleridge vermintes Gelände. Kaum hattest du eine Stelle gefunden, wo er etwas glänzend auf den Punkt brachte, schon startete er durch und zischte ab ins Nichts. Über ihn zu schreiben war ein Albtraum. Und Äußerem konnte sie selbst eine Menge abgewinnen: der Farbe von Kleidern, der Beschaffenheit von Haut, dem Geruch von Essen und Blumen. Sie sah nicht ein, was Coleridges Abstraktion und Extrapolationen bringen sollten. Keats war offensichtlich mit Abstand besser als die anderen, aber zu ihm wurden in der Prüfung nicht so einfache Fragen gestellt.

Sie hielt inne, um den süßen Duft eines Gartenjasmins Belle Etoile einzusaugen, da bemerkte sie an seinem Fuß ein Heer ermüdeter Narzissen.

Die Schatten des Gefängnisses sich langsam schließen,
sobald der Junge wächst heran,
noch nimmt er wahr das Licht und sieht's vom
Ursprung fließen
in seiner Freude Überschwang.

Sie blickte zurück auf ihre Jahre in der Schule, das Gefühl, ständig an die Kandare genommen zu werden, das Benommensein durch Langeweile, die Lehrerinnen und Lehrer, die sich im Schulzimmer wie müde Löwenbändiger aufführten, und sie verspürte das pure Gegenteil. Demnächst würde sie hinausgelassen werden. Und jeden Tag, wenn sie aus dem Haus ging, war da das aufregende Gefühl, wahrgenommen zu werden, spürte sie die Wärme von Augen-Strahlen, entfaltete sich das Bewusstsein ihrer Anziehungskraft. Sie stand im Zentrum jedes Filmes, den sie sah, jedes Romans, den sie las. Sie war kurz davor, loszugehen wie eine schimmernde, unberechenbare Kanone.

Unter der ird'schen Last wird deine Seele bald
erbeben,
schwer auf dir lasten, was sich ziemt,
so schwer wie Frost und tief fast wie das Leben!

Nie würde sie innerlich absterben oder an so einem langweiligen Ort wohnen, und egal was sie arbeitete, sie würde dafür sorgen, dass sie und nicht die Arbeit die Oberhand behielt. Nie würde sie wie ihre Mutter sein, die die ganze Zeit nichts als Listen und Pläne machte und endlos viel

Zeug arrangierte, verloren in einem Dickicht zuckender Details, und immer so angestrengt vom Jonglieren und Alles-unter-einen-Hut-Bringen faselte und sich so furchtbar wichtig nahm mit ihrem ach so bedeutenden Beruf und ihrem freudlosen »die Familie schmeißen«. Nein, das Leben war nicht so etwas wie ein militärischer Feldzug, *ihr* Leben jedenfalls würde nicht so sein.

Wenn sie an ihre Mutter dachte, sah sie Sehnen und Taue, eine angespannte Gestalt, die vor der Haustür stand und brüllte, sie alle sollten ihre Instrumente üben. Immer war sie gerade am Gehen; per Fernbedienung brachte sie alle dazu, ihr zu gehorchen. Das Blöde war, dass sie verlernt hatte, sich zu entspannen. Kein Wunder, dass Dad so war, wie er war.

Und alle sagten, wie toll sie sei und was sie alles in 24 Stunden reinzuquetschen vermöge. Dad arbeite viel, sagten sie, aber sie arbeite auch viel *und* mache noch Heimschicht, was immer das heißen sollte. Aber so toll war sie auch wieder nicht: Vor zwei Wochen hatte sie zu tanken vergessen, und das war's dann mit dem In-die-Schule-Fahren. Von wegen »toll« – eher »tollpatschig«.

Auf der anderen Straßenseite schob eine hochgewachsene junge Frau lässig einen Buggy mit zwei quengelnden Babys, in den Ohren das Schrumpfgeklimper eines Walkmans. Au-pair, sagte sich Jade mit Expertenmiene und nahm die Schuhe der jungen Frau in Augenschein: kirschfarbene Weichplastikdinger mit Glitzerbesatz. Genau solche wollte sie auch, allerdings ohne violette Umrandung.

Sie selbst war von einer ganzen Latte Au-pairs verzogen

worden. Dass Jade dies sagte, ertrug ihre Mutter nicht. Genau, angeblich waren wir die große Freude ihres Lebens!, dachte Jade gehässig und blieb vor Empörung bocksteif stehen; drum war sie auch immer so oft bei uns. Für uns da. »Gut war die Saatzeit meiner Seele«? Von wegen.

Die Kirschbäume über ihr waren flauschig und trugen Schaumkronen aus weißen Blüten. Leichte warme Sonnenstrahlen fielen auf Jades nach oben gewandtes Gesicht wie Küsse, brachen sich an ihren Wimpern als funkelnder Glanz. Sie wandte sich dem Garten neben ihr zu und blickte mitten in einen Magnolienbaum: Streifen geilen Purpurs zogen sich über die steif gekrümmte Haut seiner Blüten. Das Licht und die Bäume ergriffen von ihr Besitz: So wie ihr kindliches Ich einst als heldenhafte Kriegerin durch grüne Alleen geschweift war, so sah sie sich nun in diesem sanften Sonnenscheine schweben, wie ein Panther einbiegen in die lange juwelenbesetzte Erzählung, die ihre Zukunft war.

Erlesene Landschaften, Triumphe und Abenteuer blinkten von Zickzacklicht umspielt wie das Kristallgehänge eines Kronleuchters. Da zog sich der Sternchenschweif eines Kometen über Jahre hin, bis er bei dreiunddreißig oder vierunddreißig still verglühte und sie auf einem Punkt der Selbstvergötterung ließ, hoch und von edler Unverwundbarkeit, gleich der Prinzessin auf einem Deckengemälde Tiepolos, die in amüsierter Schönheit von ihrer Filmstarwolke herabblickte. Auch Filme und Romane brachten sie jeweils ungefähr bis zu diesem Punkt.

Ein genüsslicher Seufzer entwischte ihr, als die Vision verblasste, und sie machte sich wieder auf, vorbei an den ruhigen Häusern, dem Buntglas einer Diele, welches das häusliche Licht verfärbte, an einem Kinderfahrrad, das an den Stamm eines Rosenbäumchens gelehnt stand. Sie spürte Babys atmen in Bettchen im oberen Stock, einsame Frauen unten in der Flaute, die Obst kleinschnitten oder am Telefon einen Kleinkindernachmittag organisierten. Hier in der Vorstadt lebten die Frauen abgekapselt wie Musliminnen. Wie Batteriehühner in lauter gleichen Käfigen, säuberlich aufgereiht und ohne jeden Horizont. Wie das wohl sein musste, den ganzen Tag drin zu bleiben und im eigenen Saft zu schmoren. Drehten die nicht durch vor Langeweile? Das überstieg Jades Fassungsvermögen.

Und dann so materialistisch, spottete sie angesichts der von Schabracken gekrönten Vorhänge mit William Morris' »Strawberry Thief«-Muster, die ein Wohnzimmerfenster säumten, so bourgeois. Während ihre Cousine in ihrem Zwischenjahr für weniger als 200 Pfund ganz Indien bereist hatte.

> Zu weltlich sind wir; jeden Tag von früh bis spät
> vergeuden wir für Güter unsere Kräfte,
> was kümmern uns Natur und ihre Säfte?
> Des Herzens Nahrung haben wir verschmäht.

Nach einem guten Stück Freiheit hatte allerdings auch sie im Sinn, eine erfolgreiche Laufbahn einzuschlagen, wofür ihre zukünftigen Abschlüsse in Wirtschaftslehre und Marketing ihr den Weg ebnen würden. Nie aber würde sie an einem Ort wie diesem enden. Nie! Es würde vielmehr ein umgebautes Lagerhaus sein, mit Blick über die Stadt und auf die Sterne – und ohne Möbel. Außer vielleicht dem Sofa aller Sofas.

Jade bog in die nächste Straße ein, und auf dem Gehsteig vor ihr gab es plötzlich Ärger. Ein Kind lag flach auf seinem Rücken und schrie, während ein Mann in einem Overall über ihm kauerte, die Staubschutzmaske auf die Stirn geschoben wie die Taucherbrille eines Froschmanns. Daneben stand eine breite blonde Frau und drängte das Kind, sich endlich zu beruhigen.

»Sie können besser mit einem Kind als ich«, sagte der Arbeiter dankbar, als Jade näher kam, und bevor sie ihm zustimmen oder widersprechen konnte, machte er sich schnellstens wieder ans Sandstrahlen.

»Sie hat sich eine Linse in die Nase gesteckt«, sagte die Frau mit ebenso viel Wut wie Besorgnis. »Das hat sie schon mal getan. Mehr als einmal. Ich muss sie rauskriegen.«

Sie winkte mit einer Augenbrauenpinzette. Jade sah hinab auf das plärrende Pummelchen, die kleine platte Nase, das Geschmier von Rotz und Tränen und wich beklommen zurück.

»Dauernd sind wir auf der Unfallstation«, sagte die Mutter mit der unvermittelten Verzweiflung eines miesen Stand-up-Komikers. »Letzte Woche verschluckte sie einen Penny. Die von der Unfallstation sagten, ein Penny ist okay, da muss man nur warten, bis er hinten rauskommt. Und das tat er auch. Doch bei einer Fünf-Pence-Münze hätten sie sie aufschneiden müssen, wegen der Größe oder der Rillen oder was. Dann hat sie sich eine Reißzwecke in die Nase gestopft. Da hatten die Angst, die könnte bis ins Hirn raufwandern. Doch beim Niesen kam die raus. Einmal hat sie sich eine Fritte ins Nasenloch gesteckt und so weit raufgeschoben, dass man sie aus der Nebenhöhle extrahieren musste.«

Jade rang pikiert nach Atem und machte einen Schritt zurück.

»Wir sollten sie vielleicht ins Haus bringen«, schlug die Frau vor und legte ihre Hand auf Jades Arm. »Es ist das da drüben, auf der anderen Seite der Straße.«

»Ich glaube nicht …«, begann Jade.

»Das Baby, oh, das Baby!«, kreischte die Frau mit einem Mal. »Das ist ja noch im Auto. Ganz vergessen. Ich muss …«

Bevor Jade flüchten konnte, stakste die Frau wie ein Strauß über die Straße auf einen blauen Volvo zu, dessen Beifahrertür zum Gehsteig hin offen stand und aus dessen Innerem das Quengeln des angeschnallten Babys drang. Jade schnalzte ärgerlich, als sie auf ihre makellose Kleidung blickte, doch ihr blieb nichts anderes übrig, als das heulende Kind aufzuheben und dessen Mutter zu folgen. Es widerte sie an, in so labbriges Weiberzeug hineingezogen zu werden, und wütend betrachtete sie die übergewichtige Gestalt vor sich mit den lächerlich riesigen Titten unter dem verdreckten T-Shirt und mit den schlaffen Leggings.

Aus der Nähe, im Flur, registrierte sie mit dem Hyperästhetenblick des Teenagers außerdem die bis aufs Blut abgerissene Nagelhaut der Mutter, die plumpen Fersen, die käsig hinten über die Sandalen hinausragten, und die Augen, die zu matten Stecknadelköpfen geschrumpft waren. Das Baby in ihren Armen war vom Brüllen holzapfelrot angelaufen, beruhigte sich aber, als ihm eine Flasche in den Mund gestopft wurde.

Schlimmer noch war es im Wohnzimmer. Jade ließ ihre schniefende Last auf den Teppich gleiten und sah sich mit unverhohlener Verachtung um. Die Möbel waren alle langweilig und hässlich, und die Bilder, also die Bilder waren die reinste Werbekampagne für »family values«: an Wänden, auf Simsen und Regalen endlose Gruppen von Hochzeitsfotos und Babyfotos, ein beklemmendes schwarz-weißes Klischeegewimmel.

Auf dem Beistelltisch standen ein blinkender Telefonbeantworter und eine potthässliche orange Amaryllis kurz vorm Eingehen, von deren rotgoldenen Staubbeuteln Pollen fiel. Jade setzte sich daneben und zeichnete mit der Fingerspitze ihre Initialen in den eigelben Staub.

»Ich hab ja so gern im Garten gearbeitet«, sagte die Frau, als sie dies sah. »Aber jetzt fehlt mir einfach die Zeit dazu. Oben im Gästezimmer hab ich einen Apple, damit versuche ich Teilzeit zu arbeiten, wenn sie schlafen. PR-Sachen, freiberuflich. Lebensläufe tippen.«

Sie schwenkte wieder die Pinzette und kniete sich über ihre Tochter auf dem Teppich.

Dich würd ich nie an meinen Lebenslauf ranlassen, dachte Jade mit Schaudern. Nie im Leben. Der wäre danach bestimmt mit Konfitüre verschmiert.

Das kleine Mädchen war ziemlich hart im Nehmen, es versuchte, nicht zu weinen, und ließ sich jeweils trösten, wenn nicht gerade in seinem Gesicht herumgestochert wurde. Doch ihm wurde immer heißer, und als Jade es auf Geheiß der Frau widerwillig festhielt, fühlte es sich wie ein kleiner Verbrennungsmotor an, befeuert von Not.

»So, versuchen Sie's mal, während ich sie festhalte«, sagte die Frau und reichte ihr die Pinzette.

Jade war entsetzt und fasziniert. Sie äugte in die Nase des Kindes und konnte oberhalb eines fleischigen Nasenflügels eine grüngraue Scheibe sehen. Versuchsweise winkte sie mit der silbrigen Zange. Vernünftigerweise begann das Kind zu brüllen. Mit müder Gewalt nagelte die Mutter seinen Kopf und seine Schultern auf dem Teppich fest.

»Ich glaube, das sollte ich besser nicht tun«, sagte Jade. Sie fürchtete, das Zusammenwirken von Metall in diesem warmen jungen Gesicht und plötzlichen heftigen Bewegungen könnte fatale Folgen haben.

Die Frau versuchte es erneut, und die Schreie ihrer Tochter hallten wider.

»O Gott«, sagte sie, »was soll ich tun?«

»Ihren Mann anrufen?«, schlug Jade vor.

»Der ist in Leeds«, sagte die Frau. »Oder in Manchester? Oje.«

»Ha«, sagte Jade. Man hätte meinen können, man sei in den Fünfzigerjahren, als die Männer durch die Welt schweiften und die Frauen brav zu Hause blieben. Das Private war politisch, hatte die das noch nicht gehört?

»Ich muss rasch anrufen und sagen, dass ich mich verspäte«, sagte die Frau abwesend und teilnahmslos. Sie schien unfähig, über die nächsten paar Minuten hinauszudenken oder sich einen Plan zu überlegen, als befinde sie sich in einem Zustand unheilbarer Erschöpfung. Jade verspürte ein unbestimmtes Hassgefühl. Wenn sie je in eine solche Situation geriete, Mann, Babys undsoweiter; wenn es so weit käme; falls es so weit käme. Nun, dann müsste er die Hälfte der Kinderpflege übernehmen und die Hälfte der Hausarbeit. Mindestens. Sie glaubte an Gerechtigkeit im Gegensatz zu diesem nichtsnutzigen fetten Kloß.

»Rufen Sie doch mal die Unfallstation an«, schlug sie vor. »Fragen Sie, wie lang die Warteschlange ist.«

»Das hab ich schon«, sagte die Frau trübe. »Die sagten: ›Versuchen Sie das Ding selbst rauszuholen.‹«

»Tut mir leid«, sagte Jade und stand auf. »Ich bin auf dem Weg zu einem Vorstellungsgespräch. Wenn ich noch länger warte, komme ich zu spät.« Mit seinen Problemen müsse jeder selbst fertigwerden, hätte sie gern gesagt: Man dürfe sich nicht in Situationen bringen, die man nicht im Griff habe, und dann alle anderen damit behelligen.

»Ja«, sagte die Frau. »Trotzdem vielen Dank.«

»Sie könnten den Arzt anrufen«, sagte Jade auf dem Weg zur Haustür. »Sagen, es sei ein Notfall.«

»Das tu ich gleich«, sagte die Frau, deren Miene sich etwas erhellte, und dann brach es aus ihr heraus: »Das ist das schwierigste Jahr meines Lebens. Mit den beiden hier.«

»Meine Mutter hat vier«, entgegnete Jade streng. »*Und* einen Beruf. Tschüss.«

Erleichtert ging sie hinaus in den strahlenden Frühlingsmorgen und begann zu laufen, rasch und beschwingt, schnellfüßig wie Atalante.

KAFFEEKLATSCH

Zwei zermürbte Frauen und ein springlebendiges Kind haben sich im Café soeben an den Fenstertisch gesetzt. Beide erhoffen sich ein Gespräch, die Begegnung zweier Seelenverwandten; doch sie sind sich bewusst, dass die Chancen dagegen fünfzig zu eins stehen. Dennoch setzen sie auf den Außenseiter Intimität, der da draußen irgendwo gedämpft dahintrabt. Sie bestellen je einen Kaffee sowie Toast für den Jungen, der sich einen Teelöffel schnappt und damit auf den Tisch schlägt, dessen Resopalbeschichtung wie rissiges Eis marmoriert ist.

»Nein, Ben«, sagt seine Mutter, entwindet ihm den Löffel und lenkt seine Aufmerksamkeit auf den Korb mit den Zuckerbeuteln. Sie wirft diskrete Blicke auf die Tische in der Nähe, um die Reizbarkeit ihrer Nachbarn abzuschätzen. Sie hätten auch andere Lokale auswählen können, doch sie haben sich nun mal für diese Sandwich-Bar entschieden.

Sie hätten zu McDonald's gehen können, diesem Hort des Billigen und der Toleranz mit seiner flachen Beleuchtung, den fettigen Gerüchen und dem Lärmpegel einer inoffiziellen Kinderkrippe. Da hätten sie wie zwei Sandsäcke auf die Stühle plumpsen können, während Ben mit anderen Kindern herumgekreischt hätte und herumgesaust wäre. Doch McDonald's ist im Grunde kein Ort der Worte, und die beiden möchten immerhin versuchen, ein paar Worte zu wechseln. Dann gäbe es noch Pete's Café in der Hauptstraße, ein nettes, feuchtheißes, ungezwungenes Lokal, wo Männer in Arbeitskleidung in einem freundlichen Dunst von Gutmütigkeit und Geplauder sitzen, rauchen und silbrig glitzernde Zuckerströme in Tassen hellbraunen Tees rühren. Doch es wäre nicht fair, das Kind in dieses Lokal mitzunehmen und dessen paradiesisches, den ganzen Tag währendes Frühstücksvergnügen zu zerstören. Dafür müsste man stumpf wie ein Ochse sein. Nicht auszudenken.

Hier ist es schon gut. Hier haben alle möglichen Leute Platz. Hier ist man daran gewöhnt, dass Frauen hereinkommen, deren Gesichtsausdruck sagt: »Was ist denn mit mir passiert?« Eben steht so ein konfuses Exemplar am Tresen und bestellt einen »kopffreien Kaffee zum Mitnehmen«.

»Ab und zu überleg ich mir auch, es aufzugeben, sehen, ob das hilft«, sagt Frances, »das Koffein. Doch dann sag ich mir, das wäre nur ein Tropfen auf den heißen Stein.«

Ben kippelt mit seinem Stuhl ein paarmal rückwärts und schaut, wie weit er gehen kann. Dazu macht er hinter den Zähnen ein Sturzfluggeräusch, doch noch nicht sehr laut. Sally behält ihn im blutunterlaufenen Auge und sagt:

»Manchmal komme ich mir geradezu erbärmlich vor, andere Male sag ich mir: Ich bin doch kein Panzerwagen.«

»Kanonenfutter«, bemerkt Frances.

»Es mag gehen, wenn man zu denen gehört, die nur vier Stunden brauchen«, sagt Sally: »Churchill. Thatcher. Scheiße.«

Ben, der das Kippeln übertrieben hat, sinkt samt seinem Stuhl in Zeitlupe Richtung Boden. Frances taucht und verhindert mit ruhigem Geschick, dass der Kleinkinderschädel auf dem linoleumverkleideten Betonboden aufschlägt.

»Reflexe«, sagt Sally dankbar, »total im Eimer.«

Mit geistesabwesender Inbrunst drückt sie das verstörte Kind gegen ihren Mantel. Es holt gerade Atem für ein verspätetes Schreckgeheul, da wird es von der Ankunft des Toastes abgelenkt.

»Bis zum Umfallen«, sagt Sally undurchsichtig.

»Nicht lustig«, kommentiert Frances, die begreift, dass Sally von Schlaf spricht oder von dessen Mangel.

Ben nimmt das butterverschmierte Messer von seinem Tellerrand, fuchtelt damit herum und lässt es auf den Mantelärmel seiner Mutter fallen. Von dort rutscht es auf ihren Schoß und klappert dann zu Boden. Mit einem Papiertaschentuch tupft sie auf den Butterflecken herum, und wie sie unter dem Tisch nach dem Messer tastet, schlägt sie sich die Stirn an. Ben lacht und schmirgelt sein Kinn mit einem Stück Toast.

Diese Sally hat das Gesicht einer Trinkerin, doch ihre fahlgraue Haut und die Saurieraugen rühren nicht von Alkohol, sondern von lang anhaltendem Schlafmangel her.

Als ehemalige Forschungsstipendiatin hat Sally schon oft gedacht, dass das eine ergiebige Studie für Postgraduierte in Medizin oder Soziologie abgeben könnte: das gesellschaftliche Phänomen der großen Zahl gut ausgebildeter berufstätiger Frauen um die dreißig, die an Erschöpfung leiden. Ihr drittes Kind, dieser stramme Junge, ist seit seiner Geburt Nacht für Nacht mindestens viermal aufgewacht. Meistens schläft er nach fünf Uhr morgens nicht mehr ein, dann holt sie ihn zu sich, wo er hopst und spielt und singt. Seit achtzehn Monaten hat sie mit ihrem Mann nicht mehr im selben Zimmer geschlafen. Bei den ersten beiden hatte sie weiter Vollzeit gearbeitet. Die *hatten geschlafen. Die reine Lotterie. Natürlich hat sie darüber mit der Mütterberatung gesprochen, den Jungen in die Schlafklinik gebracht, die Schrei-Ambulanz angerufen und nicht sichtbaren Müttern zugehört, die sich im selben sinkenden Boot befanden. Bei der Mütterberatung meldete man sie für einen Schlafberatungskurs an, was bedeutete, dass sie jede Woche einen Nachmittag freinehmen und auf der North Circular eine Stunde lang fahren musste, um dann von einer wohlmeinenden Frau zu hören, wie schädlich so ein Schlafmuster sich auf das Familiengefüge, ihre Gesundheit, ihre Ehe und auf die pflegeleichteren Geschwister des Jungen auswirke. Also das hatte sie ja schon gewusst, nicht wahr? Nach der dritten Sitzung sagte sie sich: Was bringt das? Nicht jedes Problem lässt sich lösen, entschied sie, und hier ging es simpel und brutal ums Überleben, darum, ob sie durchdrehte, bevor er durchschlief. Das ist jetzt schon Jahre her.*

Diese Gedanken schießen ihr durch den Kopf, lebhaft und offen, können aber nicht ausgesprochen werden, da Bens Gegenwart so ziemlich jede Art von Kommunikation außer

Morse-Blinzeln ausschließt. Die wenigen Worte, die sie mit dieser Frances, die sie ja nur vom Sehen aus der Warteschlange beim Kindergarten kennt, hat wechseln können, sind ja nichts als die Spitze des Eisbergs. Solche Gedanken zu artikulieren ist ohnehin gefährlich, weil sie das, was unten war, an die Oberfläche bringen. Fast alle Gesichter verschließen sich missbilligend, wenn so etwas auch nur andeutungsweise gesagt wird. Schlucken und schweigen, lautet die Devise, außer anderen Müttern gegenüber. Doch sogar dann kann es als Versagen empfunden werden. Ein dermaßen unkontrollierbares Gähnen übermannt sie, dass ihre Augen triefen und sie wie ein Bluthund aussieht.

Aus ihrer Handtasche gräbt die müde Sally einen Block und Filzstifte. Sie legt sie vor ihren Sohn Ben, der die Augen rollt und iaht wie ein Esel.

»Pssst, Ben«, sagt sie. »Du bist kein Esel.«

Mit seinen schönen Augen blickt er sie ungerührt an. Er saugt Luft ein und beginnt guttural zu grunzen.

»Du bist kein Schweinchen, Ben, hör auf«, sagt Sally.

»Schweinchen«, sagt Ben und lacht mit der Begeisterung eines Wahnsinnigen.

»Im Büro waren sie großartig, die haben sich alle Beine ausgerissen«, sagt Sally dennoch rasch: »*Ich* habe gekündigt, ich fand es einfach unfair ihnen gegenüber: Ich ging arbeiten, um auszuspannen. Ben!«

»Das ist hart«, sagt Frances und schaut, wie Sally den Jungen in seinem Stuhl zurechtsetzt und ihn dafür zu interessieren versucht, ein Kaninchen in Polizeiuniform auszumalen.

»Und du, arbeitest du?«, fragt Sally, während sie ein langes pelziges Ohr rosa ausmalt.

»Ja. Nein«, sagt Frances: »Ich sollte nicht hier sein! Zwischendurch, wenn's gerade geht, weißt du. Ich meine, ich muss. Ich hab. Immer schon. Undenkbar! Aber, äh. Du weißt schon. Freiberuflich im Moment.«

Ben schiebt das Papier weg und schnappt sich eine Handvoll Filzstifte. Er schmeißt sie gegen das Fenster und jubelt über ihr Geklapper.

»Nein, Ben!«, knurrt Sally mit zusammengebissenen Zähnen. »Pfui.«

Die beiden Frauen ducken sich unter den Tisch, um die Stifte aufzuheben. Ben schmeißt noch ein paar hinterher.

Hätte es mal mehr als fünf Sekunden Ruhe gegeben, hätte Frances gesagt, sie habe Vollzeit gearbeitet, als ihr erstes Kind, Emma, ein Baby war, und dann, bis ihr zweites, Rose, drei Jahre alt war, daneben den Haushaltszirkus in Schwung gehalten, als Herz der Familie funktioniert und gleichzeitig der Arbeit ihres Partners insofern Vorrang gelassen, als nie er, sondern immer sie sich krankmeldete, wenn eines der Mädchen das Handgelenk verstauchte oder bei einem Konzert auftrat, und es selbstverständlich auch ihre Aufgabe war, Kindermädchen zu finden, zu organisieren und zu bezahlen sowie die zahllosen Megavolt emotioneller und praktischer Energie aufzubringen, die frau brauchte, wenn jemand anders sich um ihre Babys kümmerte, während sie den ganzen Tag außer Haus war, gebeutelt von Unruhe, die kaschiert wurde als »vollkommenes Vertrauen« in das Kindermädchen, das absolut nachvollziehbarerweise viel lieber Aerobic-Lehrerin bei »Beine, Bauch & Po« gewesen wäre.

Bis es eine Kindermädchen-Katastrophe zu viel gegeben hatte und Frances durchgedreht war. Nach all den Jahren. Sie war unerwartet schon nachmittags nach Hause gekommen, fand die Frau auf dem Sofa schlafend vor – total ausgetanzt, wie sie es später formulierte –, während Emma und Rose auf der Treppe mit Nadeln und Streichhölzern oder so was spielten. Es hätte schlimmer sein können, sagte ihre vernünftige Frau-am-Arbeitsplatz-Stimme: Sie ist jung, sie will ihren Spaß haben, und warum auch nicht? Es ist ja schließlich nichts passiert, oder? Was soll der Scheiß, sagte ihre Mutter-im-Haus-Stimme: Ich könnte die sein, die da auf dem Sofa liegt, statt mir draußen den Arsch aufzureißen und damit kaum mehr als die Kosten zu decken.

Das Kindermädchen davor hatte die Kinder heimlich geschlagen; dies zu erfahren ließ Frances später in den frühen Morgenstunden aufstöhnen (und würde dies wahrscheinlich bis an ihr Lebensende tun).

Sie brauchte Arbeit, sie liebte Arbeit, sie war dafür ausgebildet. Ob es ihr, Sally, nicht genauso gehe? Nie hatte sie ihren Partner um Geld gebeten; nein, sie waren gleichberechtigt, zogen am selben Strick. Die Arbeit war prima, wenn Frances mal dort war: Doch all das, was sie davor und danach erledigen musste, das machte sie fertig. Es sei gut für die Mädchen zu sehen, dass ihre Mutter draußen in der richtigen Welt arbeite, sagte er, *wenn* sie *beschrieb, wie zerrissen sie sich vorkomme; sie sei ein Vorbild. Du musst deswegen keine Schuldgefühle haben, begann er jeweils mit gottähnlichem Mitgefühl. Es ist nicht Schuld, du Dummkopf. Es ist die unangenehme Einsicht, dass es nicht gut ist, täglich entzweigerissen zu werden, nicht einmal langfristig gesehen. Ich bin ja einverstanden mit all den Argumenten. »Tut mir leid, aber die müssen einsehen, dass du eine eigenständige Person bist und Arbeit zu erledigen hast.« Und wie ich damit einverstanden bin. »Die Frauen haben immer gearbeitet, außer in dieser kurzen, finsteren Zeit in den Fünfzigerjahren.« Ja. Aber hatten sie immer Zehn-Stunden-Tage und arbeiteten eine volle Stunde Fahrt von ihren Babys entfernt und durften dabei mit keinem Mucks und keinem Wimpernzucken verraten, was ihnen das ausmachte?*

Deshalb arbeitete sie nach all den Jahren also »freiberuflich«, diese nette Umschreibung dafür, dass man ein volles Arbeitspensum in die Zeit, wenn die Kinder im Unterricht, und in die Abende, wenn sie endlich im Bett waren, quetschte. An die Wand beim Telefon hatte sie eine große Tüte voller Süßigkeiten gepinnt, damit ihre Arbeitsgespräche am Telefon von Lutscher-Lutschgeräuschen begleitet würden und nicht von schrillem Geheul. Außerdem bekam sie jetzt natürlich weder Krankengeld noch bezahlten Urlaub noch Sozialbeiträge noch Mutterschaftsurlaub, sollte sie je so dumm sein, wieder schwanger zu werden. Wo doch der Wohlfahrtsstaat, auf den zu vertrauen man sie erzogen hatte, am Draufgehen war.

Leider schafft es kein Wort davon ans Tageslicht, da Ben gerade wieder ausgesprochen kreativ ist.

»Arbeiten hat mehr Spaß gemacht«, platzt Frances heraus und schaut zu, wie Sally das butterige Kinn des Kindes mit einem weiteren Tuch aus dem unerschöpflichen Vorrat in ihrer Tasche abwischt. »Am Arbeitsplatz wirst du immerhin *respektiert.*«

»Meine letzte Tagesmutter«, sagt Sally. Sie zuckt kurz zusammen.

»Schnapp«, sagt Frances.

Die beiden Frauen nippen an ihren kraftlosen Cappuccinos.

»In zwei Jahren, wenn der da in die Schule geht«, sagt Sally, »könnte ich wahrscheinlich wieder anfangen, käme ich während der Schulzeit durch mit einem Au-pair. Einem Mädchen, das sie von der Schule abholt, ihnen was zu essen macht. Aber dann sind da noch die Ferien.«

»Sehr lang, die Ferien«, stimmt Frances zu.

»Unfair, so einem armen Mädchen gegenüber«, sagt Sally, »das kein Englisch spricht. Wenn's nur um Leo ginge, das wäre keine Sache«, fährt sie fort, abschweifend und laut über ihre beiden älteren Kinder nachdenkend: »Aber Gemma ist anders.«

Ben rutscht von seinem Stuhl und läuft hinüber zur Vitrine mit den Sandwichfüllungen, den Metallbehältern mit schwitzendem Käse, totem Schinken und müdem altem Thunfisch, mit Maiskörnern gemischt. Ben beginnt mit der flachen Hand gegen das Glas zu patschen. Unisono wird nach Atem gerungen, alle wenden sich um und schauen hin. Während Sally, Entschuldigungen und Zurechtweisungen murmelnd, hinübertaumelt, folgt sie nach wie vor ihren Gedankengängen und spricht im Geiste weiterhin mit Frances, die von ihr freilich nicht mehr sieht als ein schusseliges, gluckendes Etwas.

Kinder sind alle verschieden, denkt Sally weiter, und zwar von Geburt an. Ihr Sohn Leo ist robust, ausgeglichen und hat die wertvolle Eigenschaft, sich selbst beschäftigen zu können, was ihn so pflegeleicht macht. Im Lauf seines Lebens hat er über ein halbes

Dutzend Kindermädchen und Tagesmütter mit einem Lächeln begrüßt und ihnen ebenso fröhlich zum Abschied gewinkt. Gemma hingegen war von Geburt an ängstlicher, weniger beherzt. Sie weint schnell einmal, und wenn ihre Mutter aus dem Haus und zur Arbeit ging, konnte Gemma geradezu verzweifeln. Sie ist ganz furchtbar eifersüchtig auf den Jüngsten, Ben. Wenn Sally da ist, will Gemma die ganze Zeit auf ihrem Schoß sitzen, sie nörgelt und jammert wie eine vernachlässigte Ehefrau und klammert sich dermaßen heftig an sie, dass ringsum allen unbehaglich wird. Zu den erwähnten Kindermädchen entwickelte sie inbrünstige Anhänglichkeit, und wenn sie gingen, weinte sie jeweils bitterlich. Na ja, vielleicht wird Gemma jetzt, wo ihre Mutter daheim ist, aufblühen – oder auch nicht; das Gleiche könnte man über Gemmas Mutter sagen. So etwas zeigt sich erst mit der Zeit, also nicht heute, sondern irgendwann, und dann wird Sally nicht mehr vermittelbar sein, egal, was dabei herausgekommen ist.

»Uff«, ächzt Sally, wie sie mit ihren Sohn zurückkommt, der aus ihren Armen zu springen droht wie ein junger Delfin. Entschlossen setzt sie ihn wieder auf seinen Platz.

»Das Kindermädchen meiner Nachbarn hat letzte Woche deren Auto zu Schrott gefahren«, sagt Frances: »Zum Glück wurde niemand verletzt.«

Beide schaudern.

»Haben wir ein Glück!«, sagen sie tonlos und schauen zu, wie der durchgedrehte Ben mit einem spitzen roten Stift das Polizeikaninchen durchlöchert. Sallys unkontrolliertes Gähnen wird von Frances aufgenommen.

Sie kommen keinen Millimeter mehr voran.

Eine ältere Frau, die sich langsam auf die Kasse zubewegt, hält am Tisch der beiden inne. Sie legt den Kopf schief und strahlt Ben an, dem darob der Mund offen stehen bleibt. Er starrt sie an mit dem Ausdruck eines Seraphs, der soeben das Geheimnis des sechsten Flügelpaars begriffen hat. Sally freilich weiß, dass sein vorübergehend stummes Staunen von der gewaltigen Warze herrührt, die im Mundwinkel der Frau sitzt und aus der schwarze Haare sprießen.

»Was für ein hübsches kleines Kerlchen«, sagt die Frau mit Wärme: »Genießen Sie's, meine Liebe«, fährt sie Sally anlächelnd fort: »Es geht so schnell vorbei.« Während Sally strahlend zurücklächelt, verkrampft sie sich in der Hoffnung, ihr Sohn möge nicht eines seiner gefürchteten ein- oder zweisilbigen Wörter hervorstoßen. Doch das Wort »Warze« kennt er bestimmt noch nicht.

»So kurze Zeit«, sagt die Frau mit feuchten Augen.

Nicht wirklich, denkt Frances. Manchmal braucht man für bloße hundert Meter eine Stunde. Jetzt, wo sie weiß, was sie weiß, würde sie sagen, pro Kind gehen dreieinhalb Jahre drauf, in denen man erschöpft, absorbiert und restlos aufgefressen wird; und wenn es nicht so ist, dann stimmt was nicht. Bei drei Kindern bedeutet das ein volles Jahrzehnt! Das stimmt doch so, meinst du nicht auch, möchte sie Sally fragen: Das stimmt doch für alle Frauen außer jene, die eine olympiareife physische Ausdauer haben, gusseiserne Immunsysteme, Nerven aus Stahl und einen gepanzerten Gefühlshaushalt. Ausnahmeerscheinungen, ja eigentliche Heldinnen. Aber was ist mit denen, die zu kämpfen haben? Den gewöhnlichen Müttern, die zu kämpfen haben? Warum gibt man uns einerseits eine Ausbildung, Sally, und macht es uns dann so schwer, eine Arbeit zu finden? Warum besteht man bei Mädchen, die eine höhere Ausbildung wollen, nicht darauf, die Gebärmutter zu entfernen, damit die Sache ein für alle Mal erledigt ist? Doch natürlich wird nichts davon ausgesprochen. Es fehlt der nötige Freiraum dafür.

Bens Blick hat sich geschärft und auf die riesige Warze im Mundwinkel seiner Bewundrerin konzentriert.

»Hexe«, sagt er laut und deutlich.

»Ben«, sagt Sally. Sie wirkt den Tränen nah; das gilt auch für die ältere Frau, die mit einem verletzten Lächeln »Macht nichts, meine Liebe, das hat er nicht so gemeint« sagt und davongeht.

»HEXE«, brüllt Ben und folgt ihr mit den Augen.

Jetzt geben Sally und Frances auf. Stühle scharren, Mäntel fliegen, wortlos schleppen die beiden Frauen sich, Ben und sein Zeug zum Tresen, zahlen und gehen. Das werden sie nicht so schnell noch mal versuchen. Kurz lächeln sie einander beim Auf-Wiedersehen-Sagen an, zurückhaltend und wehmütig. Kaum mehr als zweihundert Worte haben sie in dieser Stunde miteinander wechseln können; für wie viel Freundschaft reichen die als Basis?

Schließlich ist es wichtig, dein Leben anständig rechtfertigen zu können; anderen Leuten jedenfalls ist das wichtig; überzeugende Verteidigungsgründe zu haben, für dich argumentieren zu können. Es ist ein Zeichen von Gesundheit, wenn der Geist ständig auf dem Sprung ist und Ausschau hält nach Vorteilen, die eine Veränderung der Situation bringen kann. Und wenn du das nicht schaffst oder willst, dann wirst du gemieden. Dann wirst du als Jammerlappen wahrgenommen oder als eine, die einfach nie zufrieden ist. Das weiß Frances, und Sally weiß es auch.

Dennoch halten sie inne, drehen sich um und umarmen einander kurz, knapp und blöd, das Kind säuberlich zwischen ihnen eingeklemmt.

HE JA KLAR LEB DOCH MAL

Dorrie stand am Rand des frühmorgendlichen Gartens und nahm einen tiefen Zug kühler Luft. Nach dem Mulch weicher Laken, dem Stolpern zwischen Haushaltstrümmern, Bröseln und schlafenden Körpern hindurch musste sie draußen im rauen Dämmerlicht des Märzes und seiner Mentholkälte vor Genuss fast um Atem ringen.

Außer ihr war da nur noch die Nachbarskatze, die oben auf dem Zaun langging, gemessenen Schrittes wie ein Fin-de-Siècle-Roué nach einer Nacht der Lüste. Das suchte Dorrie, diese katzenhafte Gewissheit, ihren Platz zu haben. Klar, man konnte nicht erwarten, unversehrt zu bleiben; aber es musste doch zumindest Teile von einem geben, die man für sich beanspruchen konnte, ohne dass es Ärger gab. Es konnte doch nicht *alles* anderweitig vergeben sein. Sie sah zu, wie die Katze einen Buckel machte und dann lautlos vom Zaun auf den Gartenweg glitt.

Die paar wenigen, die Dorrie weiterhin traf, nahmen sie als trübselige, ängstliche Frau wahr, die ob ihrer drei Kleinkinder ziemlich dick und gluckenhaft geworden war. Sie seufzten vor ungeduldigem Mitleid, wenn sie sahen, wie leicht Dorrie sich von Kleinigkeiten auffressen ließ, wie beschränkt ihr Horizont geworden und wie ihr damit der richtige Maßstab für die Dinge abhandengekommen war. Sie war nie still, sondern immer für andere da, beschwichtigend, plappernd und dauernd auf Trab. Seit die Kinder gekommen waren, eins, zwei und dann ein drittes im Lauf von vier Jahren, hatte sie sich wie einen Keks in kleine Stücke zerbrochen und war nun quer durch die Gegend verstreut. Der Drang – ja der Zwang –, alles zu geben, sich ins Feuer zu werfen, war erschreckend gewesen; doch nun war er am Abklingen.

Zurück in der Wärme ihrer Seite des Betts lag sie und hörte Max atmen, einen Milchwagen klirren und protestierend keuchen, hörte, wie die ersten Haustüren zugeschlagen wurden hinter den Buchhaltungspraktikanten und Anwälten, die sich zur Bahnstation aufmachten. Nach leisem Trappeln über den Teppich stand eine kleine runde Gestalt neben dem Bett. Im bleicher werdenden Dunkel sah sie seine Augen blitzen und seine Zähne verschwörerisch lächeln.

»Also gut«, flüsterte sie, »aber weck mir Papa nicht.«

Er kletterte ins Bett und kuschelte sich an sie; den Kopf auf ihrer Schulter, das Gesicht ein paar Zentimeter von ihrem entfernt, sah er ihr in die Augen und stieß einen glücklichen Seufzer aus. Im Liegen blickten sie einander an, atmeten die schläfrigen Ausdünstungen voneinander ein; sein Blick war arglos, offen und aufmerksam, und von Zeit zu Zeit lächelte er glückselig.

»Wo ist dein Pyjamaoberteil?«, flüsterte sie.

»Ausgezogen«, flüsterte er zurück, »es kratzt.«

»Tut es nicht«, wies sie ihn zurecht. »Heute Abend bekommst du ein besonderes Öl in dein Bad.«

Seine Brust war wie eine riesige warme Barockperle. Einen Augenblick lang rieb sie ihr Gesicht an deren glatter Oberfläche.

»Wann hörst du endlich auf, nachts Windeln zu tragen?«, wisperte sie vorwurfsvoll.

»Wenn ich vier bin«, kicherte er und machte es sich mit seinem gepolsterten Kürbishintern auf ihrem Schoß bequem.

Max rührte sich und murmelte etwas.

»Psssst«, sagte Robin, seiner Mutter einen Zeigefinger auf die Lippen legend und zur Bekräftigung die Augen weit aufreißend.

Sie schauten zu, wie Max' dunkles bärtiges Gesicht sich zu einem Gähnen verzog, ein Seehund oder ein Meeresgott im Begriff, seine Getreuen zu mobilisieren. Er war am Aufwachen. Robin wuselte unter die Laken, um sich zu verbergen. Gestern Abend hatte sie darunter gesteckt, und Max hatte ihren Kopf gehalten, während sie ihn mit dem Mund befriedigte. Danach hatte sie sich an ihn gekuschelt, ihren Kopf auf seiner Schulter, bis er in tiefen Schlaf gefallen war, während sie sich aalte wie eine Löwin beim Sonnenbad. Dann hatte sie sich aus seiner verzwickten Umarmung sanft gelöst, war ins Nebenzimmer geglitten, hatte diesen Jungen aus dem Bett gehievt, den Schlaftrunkenen vor das Klo gestellt, seine Garnele von Penis gerichtet, Ermutigungen geflüstert, während das Wasser rauschte, und dann alles mit der Mitternachtswindel wieder weggepackt.

Max' Augen wurden flackernd wach, und er lächelte Dorrie an.

»Mmmm«, sagte er, »komm her.« Er griff nach ihr, packte sie und vergrub sein Gesicht an ihrem Hals, und als er die Hände nach unten ausstreckte, begegneten sie seinem Sohn.

»Nein! Nein!«, kreischte Robin und lachte hektisch. »Weg mit dir, Papa!«

Das lockte seine Geschwister Martin und Maxine herbei, die aus ihrem Schlafzimmer angerannt kamen und sich ins Getümmel stürzten. Knurrend kämpfte Max sich frei und war verschwunden.

Die drei Kinder drängelten und knufften sich jedes zu einem Anteil an Dorries ausgestrecktem Körper vor. Robin hielt seine zentrale Stellung, indem er, den Kopf zwischen ihre Brüste gebettet, ihren Hals umklammerte und jeden Versuch, ihn zu verdrängen, mit Tritten abwehrte. Martin hakte seine Beine an ihrer Taille fest und lag unter ihrem linken Arm, wo er an seinen Nägeln kaute und sich beschwerte, es sei unfair. Maxine grub sich unter Einsatz von Ellbogen und Knien zu Dorries rechtem Arm durch, und legte ihren Kopf zu Dorries Kopf aufs Kissen.

»Mama. Ein gutes Herz ist niemals stolz. Stimmt das?«, fragte Maxine.

»Was?«

»Das heißt es auf meiner Kassette von *Arielle, die Meerjungfrau*. Ich kann meine Augen quietschen machen, hör mal.«

»Autsch, pass auf, Robin!«, mahnte Dorrie, als dieser mit dem Kopf so gegen ihr Kinn stieß, dass ihre Zähne aufeinanderkrachten.

»Tschüss«, sagte Max von der Tür aus.

»Vergiss nicht, dass wir heute Abend ausgehen«, sagte Dorrie aus der Tiefe ihrer Kissen.

»Ach ja«, sagte Max. Er betrachtete das Körpergewimmel auf dem Bett. »Eure Mutter und ich haben heute vor acht Jahren geheiratet«, sagte er mit selbstzufriedener Feierlichkeit.

»Und wo war ich da?«, fragte Maxine.

»*Nicht* ausgehen«, zischte Robin und packte Dorrie noch heftiger. »Daheim bleiben, Mama.«

»Schluss mit dem Quatsch«, knurrte Max und blickte seinen Jüngsten böse an. »Runter von deiner Mutter, die kann sich ja nicht mehr rühren. Lächerlich.«

»Schon gut, Max«, sagte Dorrie. »Sieh zu, dass du nicht zu spät kommst.«

»Geh weg, Papa«, rief Robin.

»Genau«, stimmten Martin und Maxine ein. »Geh weg, Papa.«

In ohnmächtiger Wut starrte er sie an, dann drehte er sich wie ein Bösewicht im Kindertheater auf dem Absatz um. Einen Augenblick später krachte die Haustür ins Schloss.

»Jaaa!«, sagte Robin und hieb mit seiner Kleinkinderfaust in die Luft. Das Bett erbebte von Hurrarufen und Gekicher.

»Du darfst Papa nicht solche Dinge sagen«, mahnte Dorrie.

»Papa schecklich«, sagte Robin verächtlich.

»Der ist nicht schecklich«, murrte Dorrie. »Schrecklich. Zeit zum Aufstehen.«

Alle kreischten und klammerten und versuchten Dorrie mit ihren scharfen Ellbogen und Knien auf dem Bett festzupinnen.

»Das tut weh«, jammerte sie. »Los jetzt, höchste Zeit zum Aufstehen.« Gleich einer trägen Riesin entwand sie sich den Kindern, indem sie deren Finger von ihren Gliedern und dem Nachthemd löste.

Als sie die Vorhänge aufgezogen hatte, bestrich Martin gerade sein Schienbein mit einem Deostift, während Maxine am Boden saß, die strampelnden nackten Fersen in die Körbchen eines BHs gestemmt, wie ein Jockey an dessen Trägern zerrte und »Hü, Rösslein, hü!« rief. Robin umrundete derweil seine Mutter und zog deren Nachthemd enger und enger um ihre Beine. Dann kugelte er auf den Teppich, mit beiden Händen wie ein lebendes Fußeisen ihren Knöchel packend, und trällerte Halleluja, Halleluja, Halleluja.

»Lass das, Martin«, sagte Dorrie, während sie sich in die Jeans und das Sweatshirt vom Vortag zwängte. Doch Martin war bereits bei etwas anderem, wankte, ein Kissen auf der Schulter, o-beinig über den Teppich und ächzte unter der imaginären Last.

»Ich bin Robin Hood, der ein Reh trägt«, grinste er über seine Schulter zurück. Maxine lachte gurgelnd wie Königin Maria die Blutige.

»So, los jetzt, meine Lieben«, versuchte sich Dorrie zaghaft durchzusetzen. »Helft mir, euch anzuziehen.«

Sie rannten um Dorrie herum und über den Treppenabsatz, ignorierten sie, kreischten, sangen, bedachten einander mit Schimpfwörtern und brüllten ins hallende Treppenhaus. Sie zog Unterhemden, Socken und Pullover aus verschiedenen Schubladen und bewegte sich um sie herum wie eine Sklavin um die Teilnehmer einer Palastorgie. Unberechenbar wie das Wetter zischten ihre Energien durch die Luft und kollidierten miteinander. Als Martin an Dorrie vorbeischoss, schnappte sie ihn, um ihm den Pyjama auszuziehen.

»Nein!«, schrie er, riss sich los und enteilte ohne Hose. Er war so schnell, wie sie langsam war. Als watete sie durch einen Sumpf und jagte nach Libellen.

»Ich hasse dich!«, schrie er aus irgendwelchen Gründen Maxine an. »Ich will, dass du tot bist!«

»Aber, aber«, sagte Dorrie. »Das ist aber gar nicht nett.«

Es wurde gekniffen, gehauen und vor Wut aus voller Kehle gebrüllt. Bis Dorrie sie ins untere Stockwerk und zum Cornflakes-Stadium getrieben hatte, hatten sie so viele Arten der Leidenschaft durchlebt, wie in einem durchschnittlichen Shakespeare-Stück vorkommen. Angesichts der gerade bekümmerten Gesichter, gezeichnet von Tränen der Wut wegen ausgerissener Haare, blauer Flecke oder Eifersucht – Dorrie hatte den Überblick verloren –, sagte sie mit aufgesetzter Fröhlichkeit: »Du liebes bisschen, wenn wir all die Tränen jeden Morgen sammeln und in einen Eimer tun würden, dann könnte ich damit den Abwasch machen.«

Die drei umflorten Gesichter erhellten sich zu einem Lächeln, die Bemerkung wurde belacht, und dann ging der Krach von neuem los. Sie sprachen nicht der Reihe nach, sondern fielen einander so gedanken- wie rücksichtslos ins Wort. Während des Haarebürstens, Schuhesuchens, Zähneputzens, Essen-für-Martin-Einpackens, Eine-leere-Klorolle-für-Maxines-Miss-Atkinson-Bereitlegens und Die-Uhr-im-Auge-Behaltens versuchte Dorrie, einen Gedanken zu fassen, doch vergeblich.

»RUHE«, rief sie. »Vor lauter Krach kann ich mich ja nicht einmal mehr DENKEN hören!«

»Du denkst?«, fragte Maxine neugierig.

»Nein«, gestand sie. »Los jetzt!«

Zu denken war unter diesen Umständen schlicht nicht möglich. Und sollte tatsächlich mal ein Gedanke in Gang geraten, entgleiste er mit Sicherheit, bevor er ein Ziel erreichte. Deshalb sagten die Mütter vor dem Schultor, nach einem Tag mit den Kindern fühlten sie sich hirnamputiert oder genau so, als hätten sie sich am Vorabend die Minibar eines Grandhotels über den Kopf gestülpt. Deshalb, wurde ihr jetzt klar, erwachte sie jeweils in den frühen Morgenstunden, obwohl sie weiß Gott ohnehin schon müde genug war, obwohl sie noch immer ein- bis zweimal pro Nacht von einem der Kinder geweckt wurde; nicht Max, denn der musste für die Arbeit ausgeruht sein, und ihn würden sie ohnehin nicht wollen. Sie wollten *sie.* Wenn alle sicher untergebracht waren, ruhig atmeten, schliefen, still waren, dann konnte sie endlich darauf warten, dass auch sie zur Ruhe kam, dass sie zur Ruhe kam und zum eigenen Leben, dass das Aufgewirbelte sich setzte, die Dinge klarer wurden. Dass sie *denken* konnte.

»Mrs Piper sagte, Jonathan hat Nissen, und hat ihn nach Hause geschickt«, sagte Martin und blickte zu ihr auf. Sie war dabei, sein Haar zu bürsten, und drückte seine Stirn wieder hinunter gegen ihr Brustbein. Von dort kam darauf ein gedämpftes: »Aber nicht, dass ich aussehe wie Elvis de Presto.«

»Eins möcht ich wissen, Mama«, sagte er, als sie ihn auf die Seite schob und sich zu Maxine kniete, um mit deren Schuhschnallen zu kämpfen, »eins möchte ich wissen, aber keiner sagt's mir«, fuhr er verärgert fort: »Ist Gott da und kann er tatsächlich die Welt in seiner Hand halten, wie es in dem Lied heißt. Oder ist er wie die Borger? Ich meine, was ist er denn? Ist er ein Mann? Ist er eine Kuh?«

Mittlerweile arbeitete sie gegen die Uhr. Ihre Hände zitterten. Sie war völlig im Eimer. Maxine klagte über eine Blase auf dem kleinen Zeh. Einer Färse gleich trampelte Dorrie die Treppe hoch, um Pflaster zu holen, schnitt einen Streifen ab und drapierte ihn sorgfältig um das erbsengroße oberste Gelenk der Zehe. Maxine stöhnte und schrie, Tränen spritzten ihr aus den Augen, ihr Gesicht erstarrte zur Trauermaske, als, sowie der Fuß im Schuh steckte und die Schnalle geschlossen worden war, das Pflaster unter der Socke erst recht unbequem wurde. So musste alles wieder entfernt und an seiner Stelle ein Winzpflästerchen wie eine Miniaturbriefmarke auf der geröteten Stelle appliziert werden.

»Wir kommen zu spät«, zischte Dorrie, verspürte aber gleichzeitig einen gewaltigen Ruck der Erleichterung, dass es nicht wie vor zwei Jahren war: Damals hatte sie in einem Wettlauf gegen die Uhr rechtzeitig zur Arbeit zu kommen und den Leuten dort zu verbergen versucht, was hier vorher alles abgelaufen war. Als sie schließlich kapituliert und gekündigt hatte, war ihr das vorgekommen, als hätte sie der Welt, dem Fleisch und dem Teufel entsagt. Zuerst war es entsetzlich gewesen: die Einschränkung des Horizonts und der Verlust des Umgangs mit Erwachsenen. Wohl gab es jeweils ein paar Minuten mit anderen Müttern vor einem Schultor, doch richtige Gespräche waren das nicht, mit all den Babys und Kleinkindern, die dauernd etwas wollten. Sie hatte eben doch nicht beide Welten unter einen Hut zu bringen vermocht. Ihr war bewusst, dass sie versagt hatte.

Sie hob Robin auf und stopfte ihn in den Kinderwagen.

»Die Zähne!«, sagte Martin und bleckte die seinen. »Du hast die Zähne vergessen!«

»Macht nichts«, entgegnete sie, die ihren zusammenbeißend, während sie den Kinderwagen über die Eingangstreppe manövrierte. »Komm schon.«

»Warum?«, fragte Martin, zog den Schulpulli bis zu den Augen hoch und betrachtete sich im Spiegel beim Eingang. »Einbrecher verbergen ihre Nasen, Mama. Schau. Mama.«

In der letzten Zeit raste Martin zum Spielplatz, sobald sie die Schule erreicht hatten, wofür sie zutiefst dankbar war. In seinen ersten fünf Jahren hatte er immer etwas auszusetzen gehabt, sich beklagt, sich geärgert. Heute noch hatte er gewaltige Wutanfälle, schlug auf Dorrie ein und schrie, bis er rot oder blau anlief, oft mehrmals am Tag. Da er ihr erstes Kind gewesen war, hatte sie das erschreckt. Sie hatte sogar den Arzt danach gefragt; der hatte gelächelt und gesagt, offenbar sei Martin ein feuriges Kerlchen, doch er werde sich mit der Zeit bestimmt in den Griff bekommen. »Außerdem ist jede Art des Verhaltens angelernt«, sagte der Arzt mit einem tadelnden Unterton: »Schreien Sie nie zurück, sonst stacheln Sie ihn nur noch an.« Viele andere Mütter hatten Kinder, die sich ganz ähnlich aufführten, hatte sie nach einer Weile festgestellt. Man müsse es einfach hinnehmen und warten, dass es vorbeigehe. Das könne Jahre dauern. Das tat es auch. Er war laut, reizbar, oft aufgeregt und langweilte sich dauernd. Wenn sie sah, dass er an den Nägeln kaute, müde und blass wie ein verärgerter Elf, zog sie ihn zu sich auf den Schoß und legte ihre Arme schützend um ihn. Sie sah, wie schwer er sich mit der Welt tat, bedauerte ihn und wusste, dass sie schuld war, weil sie seine Mutter war.

Maxine war weniger reizbar, dafür manipulativer. Ihr Gedächtnis war erschreckend präzise und gut: Gestern beispielsweise hatte sie getobt, dass Dorrie ihr ein Fruchtbonbon geklaut habe – denn noch Stunden später konnte sie sich erinnern, welche Farbe Bonbon zuoberst gelegen hatte. Sie liebte Experimente und Gefühlsaufruhr. Ihr neustes Ding war, einen mit ihren hellen hübschen Augen anzuschauen und ganz kühl zu sagen: »Ich hasse dich.« Das machte Dorrie fix und fertig. Dabei war dieses kleine Mädchen alles andere als abgehärtet, vielmehr so empfindlich und verletzlich wie diese neuen Osterglockentriebe.

Erst nach der Geburt von Robin hatte sie begriffen, was es bedeutete, ein sogenannt einfaches Kind zu haben. Doch wie sollte man sich darauf einen Reim machen können: gleich behandelt, doch komplett verschieden? Sie waren, wie sie waren, gleich nach der Geburt: alle drei komplett verschieden. Immerhin. Sie konnte also nicht an *allem* schuld sein.

Nun war Martins erstes Schuljahr zur Hälfte vorbei, und er hatte sich gut eingelebt. Es war wunderbar. Dorrie warf flüchtige Blicke auf Mütter, die in dieser Hinsicht weniger Glück hatten, leise und eindringlich auf ihre Kinder einredeten, sie umarmten und sich von ihnen lösten, wie Liebende, in einem Hin und Her verstohlener Tränen, Schluchzer, klammernder Arme, wütender Zurückweisungen, Gereiztheiten und geröteter Augen.

Ganz ähnlich war es, als sie eine halbe Stunde später Maxine zur Vorschule brachte. Beim Hinausgehen kamen sie und Robin an einem wohl drei Jahre alten kleinen Mädchen vorbei, das zu seiner Mutter sagte: »Aber du *fehlst* mir, Mama«; und die Mutter, elegant gekleidet, ein Aktenköfferchen neben sich, argumentierte angespannt, leise und mit wiederholtem Blick auf ihre Uhr. Dorrie hatte vor Mitgefühl einen leichten Schweißausbruch.

Die Szene erinnerte sie an Robins Probemorgen hier vor einer Woche. Er hatte sich geweigert, durch den Eingang der Vorschule zu gehen, und hatte gebrüllt und sich gewunden, als Dorrie ihn hineintrug. Sie hatte ihn bei einem niedrigen Tisch mit Puzzles abgesetzt, in strengem Ton gesagt, sie werde nun fünf Minuten da drüben in der Ecke sitzen, seine Schwester sei dort im Spielhaus, und er müsse Mama in Ruhe gehen lassen. Aus der Spielzeugküche hatte er ihr mit einem fetten schmeichlerischen Lächeln ein rundes Plastikküchlein gebracht.

»Da, für dich«, hatte er gesagt.

»Spar es auf, bis ich dich wieder abhole«, hatte Dorrie gesagt, während sie es ihm zurückgab, und in ihr hatten Mitleid und Kälte gegeneinander gekämpft wie Blutkörperchen, die sich nicht vertrugen. Schließlich hatte er ihr einen resignierten Kuss auf die Wange gegeben und war zum Maltisch gegangen, ohne sie eines weiteren Blickes zu würdigen. (Zwei Stunden allein zum ersten Mal seit Monaten. Wart's ab, bis er in die Schule kommt, sagten die Mütter: Du wirst dich nicht wiedererkennen.) Heftig wischte sie eine Träne weg, voll Verachtung für ihre eigene Kindsköpfigkeit.

Doch heute genoss sie die Zeit mit Robin. Er war gern um sie herum, nicht mehr als ein paar Meter entfernt, sodass sie in seinem Blickfeld blieb, doch er machte sie nicht nudelfertig wie die anderen beiden. Er verlangte weder die Mitteilung ihrer Gedanken noch ihre volle Aufmerksamkeit wie Maxine; noch musste sie seinetwegen wie ein Lackmuspapier auf die geringste Stimmungsveränderung reagieren, wie das Martin nötig zu haben schien. Die beiden waren zuweilen dermaßen extravagant in ihren Ansprüchen, verlangten eine derart sklavische Zuwendung, dass Dorrie nach Luft rang.

Nein, Robin sprach *sotto voce* mit seinen Verbündeten und Feinden in den unterirdischen Gefilden gleich außerhalb der von Ligusterhecken umgrenzten Landschaft, in der sie beide sich bewegten. Er schickte Dorrie ein Lächeln oder ein Winken, während sie arbeitete, innehielt, um ihn zu umarmen, oder Pause machte und Fruchtsaft trank mit ihm auf dem Schoß, als wäre sie ein unverwüstlicher Sitzsack.

Sie sortierte auf dem Treppenabsatz die schmutzige Weißwäsche aus, die Robin für sie in den Wäschekorb legte. So ging es treppauf, treppab mit runden Körben voller Wäsche, die nach Füßen und Hintern roch, fünf verschiedenen, die alle anders rochen. Robin stopfte jedes Stück einzeln in die Waschmaschine, drückte die Tür rasch zu und sagte zufrieden lächelnd: »So!« Sie wusch in der Spüle etwas Handwäsche, er schob einen Stuhl heran, um sich draufzustellen, wrang die Wäschestücke aus, schöpfte eine Handvoll Seifenblasen, die nicht weggespült worden waren, ab und trottete damit zum Eimer auf der Matte.

»Du bist aber ein hilfsbereiter Junge!«, lobte sie. Er strahlte.

»Jetzt muss ich ein paar Sachen bügeln, zum Beispiel Papas Hemd für heute Abend«, sagte sie. »Setz dich da drüben hin: Das Bügeleisen ist gefährlich.«

»Heiß«, bestätigte er, mit theatralischem Zischen die Luft einziehend.

Er setzte sich in einer Ecke der Küche mit ein paar Spielsachen auf den Boden, und beim Bügeln betrachtete Dorrie immer mal wieder sein sanftes, vom Nachdenken gerunzeltes Gesicht, während er einen Backstein in ein

Spielzeugauto zu stecken versuchte: die Wölbung seiner weichen dicken Wange, die irgendwie an einen Pilz erinnerte, und die niedlichen eng anliegenden kleinen Ohren. Vor lauter Konzentration stieß er unwillkürlich einen Seufzer aus, der wie all seine Seufzer aus der Tiefe seines Zwerchfells kam. Dickerchen, Tönnchen, Pummelchen waren bis vor kurzem die zutreffendsten Beschreibungen für ihn gewesen, doch jetzt wuchs er in die Länge, wurde schlanker, hatten seine Glieder ihre Rundlichkeit verloren und sein Körper seine eigene Gestalt angenommen.

Nun konnte sie seine Lider nicht mehr ungestraft küssen, wann immer sie wollte, noch tun, als knabbere sie seine Finger ab, oder ihm auch nur über das Haar fahren. Jetzt war er ein Kind, kein Baby mehr, und sie musste ihm seine Würde zugestehen. Das Baby war verschwunden, jedenfalls fast.

Abrupt stellte sie das Bügeleisen auf und tauchte nach ihm, nahm ihn in ihre Arme und vergrub mit kehligem Knurren ihre Nase an seinem Hals. Er schnaufte und brüllte und lachte, während sie beim Gemüsekorb schwankend miteinander rangen. Sie kitzelte ihn, und so sanken sie auf den Linoleumboden, lachend und rufend, dann rieb er seine kaum vorhandene samtige Nase wie ein Eskimo an der ihren, seine dunklen Augen fröhlich und ganz nah bei ihr und schaute kein bisschen verschämt in ihre Augen.

Nun würde sie wieder und wieder Abschied nehmen müssen: tschüss, tschüss, tschüss; so war es bei den anderen gewesen, und jetzt war dieser Junge dreieinhalb. Es sei denn, sie bekäme noch eines. Doch dann würde Max davonlaufen. Hatte er jedenfalls gesagt. Diese heimtückische, hirnlose Gier nach immer mehr vom immer Gleichen würde ihr noch den Garaus machen, wenn sie nicht aufpasste. Wenn es nicht schon zu spät war.

Oben hängte sie Max' Hemd an einen Bügel und verstaute den Rest der gebügelten Wäsche. Was sollte sie heute Abend anziehen? Sie begutachtete ihre Seite des Kleiderschranks. Alles, was nicht aus T-Shirt- oder Sweatshirt-Stoff war, war zu eng geworden. Lustlos holte sie ein altes rotes Hemdkleid heraus, das etwas weiter geschnitten war, und hielt es vor sich, als sie in den großen Spiegel schaute. Früher hatte sie gewusst, wie sie aussah, da hatte sie das noch interessiert. Nun erkannte sie sich kaum mehr wieder. Sie streifte das Sweatshirt und die Jeans ab und zog das Kleid an. Sie sah unförmig aus. Das Kleid drohte aus allen Nähten zu platzen. Rasch schaute sie weg, durchs Schlafzimmer mit dem ungemachten Bett, das aussah, als gehörte es einem Hund, mit dem Durcheinander überall, den Bücherregalen voll verbotener Früchte, die sie keinesfalls anrühren durfte, durch die Gesetze der Notwendigkeit ihren mütterlichen Blicken entzogen. Ein Buch zu lesen war in den letzten fünf Jahren zu etwas geworden, das zwangsläufig auf Kosten anderer ging.

Es klingelte an der Tür, Dorrie öffnete, wie sie gerade gekleidet war. Robin versteckte sich hinter ihr.

»Gemma muss morgen ein Krokodil sein«, sagte Sally, die zwei Straßen weiter wohnte. »Wir brauchen dringend eine grüne Strumpfhose, ich hab's bei Mothercare und in der Drogerie versucht, und dann fiel mir Maxine ein. Habt ihr vielleicht ...?«

»Tut mir leid«, sagte Dorrie. »Nur rot oder blau.«

»Na ja, war einen Versuch wert«, sagte Sally resigniert. »Du siehst so herausgeputzt aus.«

»Ich sehe dick aus«, entgegnete Dorrie. »Hochzeitstag«, ergänzte sie knapp.

»Ah«, sagte Sally. »Der wievielte?«

»Der achte«, sagte Dorrie. »Bronzemedaille. Sally, kannst du dich erinnern, wie du dich gefühlt hast, bevor die ganze Familiensache losgegangen ist, ich weiß, all das ist toll, aber dennoch. Ich meine dieses innere Feuer, dieses Gefühl von Spaß und – Leichtigkeit irgendwie.«

Sally antwortete sofort. »Das ist immer noch in mir, irgendwo, ich weiß allerdings nicht, wie lange noch.«

»Versuch's doch mal bei Verity«, schlug Dorrie vor. »Ich erinnere mich vage, dass sie Hannah letzten Winter in eine grüne Strumpfhose gesteckt hat, passend zu diesem Stechpalmenbeeren-Outfit.«

»Stimmt!«, sagte Sally. »Ich ruf sie mal an.«

»Tod«, flüsterte Robin, der an den beiden Frauen vorbei in den winzigen Vorgarten drängte: »Stirb, Megazord!«, und zermalmte ein Schneckenhaus unter seinem Schuh. Halb versteckt unter dem Fenstersims kauerte er in einer Heldenhöhle. Er musste den gefährlichen Fluss des Gartenpfads überqueren, wenn er seine Mutter retten wollte, die mit einer bösen Hexe plauderte. Er wich der Traubenhyazinthe aus, als stehe sie in Flammen, quetschte sich hinter dem Fliederbusch der Wand entlang, vorbei an Spinnweben und Würmern, und brach dann hinter der Hecke wild ins Freie. Schon hatte man seine Mutter gezwungen, bis zum Rand der Schiffsplanke zu gehen. Da sprang er ins Meer und ritt auf einem Seepferd scharf über die Wellen.

Die Kinder kamen mit Verspätung aus der Vorschule, wo Dorrie mit anderen Müttern und Kindermädchen Schlange stand. Manche schwatzten, andere starrten zusammengesunken vor sich hin.

Vor ihr sprachen zwei Frauen über eine dritte, die knapp außer Hörweite war.

»Kuck dir ihre Nägel an«, sagte die Frau direkt vor Dorrie. »Das sagt dir alles. Wer sich die Nägel lackiert, taugt nichts als Mutter.«

»Ich lackiere mir manchmal die Nägel, wenn ich abends ausgehe«, sagte die andere.

»Wenn«, spottete die erste. »Alle Jubeljahre einmal. Und ich wette, dann versaust du sie. Man kommt nämlich aus der Übung. Aber du hast ja Besseres zu tun mit deiner Zeit, als dich herauszuputzen, du brauchst sie für deine Kinder.«

Robin zwängte seinen Kopf zwischen Dorries Knie und hielt ihre Oberschenkel umklammert – ein winziger Atlas, der die Welt trug.

Dorrie sah, dass es Patricia aus der Hawthornden Avenue war.

»Ich hatte vor, heute meine Nägel zu lackieren«, sagte Dorrie.

»Um Himmels willen, *wofür?*«, lachte Patricia. Sie war nicht dumm, aber ihr Horizont war so eng, wie ihre Hüften breit waren.

»Hochzeitstag«, sagte Dorrie. »Auswärts essen.«

»Na bitte«, sagte Patricia triumphierend, als hätte sie einen Beweis erbracht.

»Ich hatte mit meinem Mann gestern Abend einen Wahnsinnskrach«, sagte Patricias Freundin. »Und ich sagte mir gerade: ›Gut. Das war's‹, und war drauf und dran, den Bettel hinzuschmeißen und zu gehen, als mir einfiel: ›Moment, ich kann nicht abhauen. Ich habe drei kleine Kinder. Ich *muss* dableiben.‹«

Patricia zog ihre Augenbrauen so hoch, dass sie nicht mehr sichtbar waren, und taumelte vor Lachen hin und her. Alle lachten und beobachteten einander gleichzeitig unbehaglich aus den Augenwinkeln.

»Ist dir auch schon aufgefallen, was passiert, jetzt wo sich alle trennen?«, prustete Patricias Freundin. »Freundinnen von mir, die frisch geschieden sind, sagen, es sei unglaublich: Sie nehmen ab, fangen zu rauchen an und können am Weekend machen, *was sie wollen*, weil ihnen dann die Männer die Kinder abnehmen.«

»Scheidung«, sagte Dorrie grüblerisch. »Ja. Du wirst siebenunddreißig, verheiratet, drei Kinder, schaust in den Spiegel – das habe ich jedenfalls heute früh getan –, und dir wird klar, schockartig wird dir klar, dass nichts wirklich anderes mehr passieren wird, bis du stirbst. Oder aber du durchbrichst das Muster und machst es kaputt.«

Endlich ging die Tür der Vorschule auf. Maxine rannte in Dorries ausgebreitete Arme. Maxine war um fünf Uhr früh schreiend aufgewacht und hatte ihr Ohr gehalten, doch dann war der Schmerz abgeklungen, und sie war wieder eingeschlafen. Dorrie nicht. Deshalb war sie nach unten und in den Garten gegangen.

»Die Ärztin hat uns noch einen Termin am Schluss der Morgensprechstunde gegeben, ich muss sausen«, sagte Dorrie, hob Maxine hoch, um ihr einen Kuss zu geben, und zurrte Robin im Kinderwagen fest.

»Mama«, rief Maxine, während sie den Gehsteig entlangtrabten, »Mama, Gemma sagt, ich darf nur mit ihr spielen, sonst ist sie nicht mehr meine Freundin. Aber ich hab ihr gesagt, Suzanne sei meine beste Freundin. Gemma ist nur die zweitbeste.«

»Ja«, sagte Dorrie. »Pass auf, da kommt eine alte Dame.«

»Suzanne und ich wollten, dass Gemma mit uns ›saure Zitronen‹ spielt, aber Shoshaya wollte, dass sie ›Kaninchen‹ spielt«, keuchte Maxine. »Und dann hat Shoshaya geweint und hat es Miss Atkinson gesagt. Und Miss Atkinson hat gesagt, wir müssen sie mitspielen lassen. Aber Gemma wollte mit mir und Suzanne ›saure Zitronen‹ spielen, und das hat sie dann auch gespielt.«

»Ja«, wiederholte Dorrie. Sie musste noch Milch einkaufen und mehr Käse zum Mittagessen. Sie musste Max' Jackett aus der Reinigung holen. Hatte sie das Zettelchen? Hatte sie genug Geld dabei? Und dann sollte sie auch noch das Geburtstagsgeschenk für Max' Mutter kaufen, einpacken und nach Salcombe schicken mit einer Karte. Sie musste die ganze Zeit an andere denken, damit der Laden nicht zum Stillstand kam. Es war, als würde sie von Ameisen gezwickt und gezwackt, könnte sich aber nicht dazu aufraffen, ihnen den Garaus zu machen. Sie ertappte sich manchmal dabei, dass sie ohne jeglichen Grund den Atem anhielt.

»Warum sagst du immer ›ja‹?«, fragte Maxine.

»Was?«, sagte Dorrie. Sie standen am Randstein und warteten darauf, die Straße überqueren zu können. Sie blickte zum Oberdeck des Busses, der auf der anderen Seite vorbeifuhr, und sah einen jungen Mann allein dort oben sitzen. Einen Moment lang trafen sich ihre Blicke, während Dorrie mit den Kindern dastand, und ob der Art, wie er sie an- oder vielmehr durch sie hindurchschaute, als wäre sie die Auslage eines Gemüsehändlers oder ein geparktes Auto, fühlte sich Dorrie weniger als unnütz. Sie war ein Felsen, ein Stein oder ein Baum. Sie war nichts.

»Warum sagst du immer ›ja‹?«, fragte Maxine.

»Was?«, sagte Dorrie.

»Warum sagst du immer ›JA‹!«, kreischte Maxine vor Wut.

»Jetzt!«, sagte Dorrie, packte das heulende Mädchen am Arm und zerrte es über die Straße, während sie mit der anderen Hand den Kinderwagen schob.

Sie bogen um die Ecke in die Straße, wo die Praxis war, und sahen, wie ein kleiner Junge ihnen entgegenrannte, stolperte und auf den Gehsteig krachte.

»Autsch«, sagten Maxine und Robin wie aus einem Mund.

Traurig hielt der Junge seine verschrammten Hände hoch und stieß ein gellendes Geschrei aus. Schwerfällig kam seine Mutter angelaufen. Sie war wütend.

»Hab ich's dir nicht gesagt? Hab ich's dir nicht gesagt?

Siehst du! Gott hat hinuntergeschaut und gesehen, dass du außer Rand und Band bist. Du hast mir einfach nicht gehorchen wollen, nicht wahr? Und da hat Gott gesagt: ›So‹, und hat gemacht, dass du umfällst. Das passiert eben, wenn du dich so aufführst. Vielleicht hörst du jetzt das nächste Mal auf mich!«

Dorrie schaute weg und verdrückte eine Träne. Das war auch so was: Sie war dermaßen sentimental geworden. Die Mutter riss den Jungen am Arm hoch, zerrte ihn an ihnen vorbei und übertönte seine Schluchzer genüsslich mit ihren Moralpredigten.

»Die hätte ihn in den Arm nehmen sollen, Mama, nicht wahr?«, bemerkte Maxine schlau.

»Ja«, sagte Dorrie und hielt an, um sich zu schnäuzen.

Von den zerfledderten Titelseiten der Wartezimmer-Zeitschriften lächelte ihnen eine Ansammlung weiblicher Fröhlichkeit und Intimität entgegen. Die Frauen, die ich im Laufe eines Tages sehe, dachte Dorrie, und es sind nur Frauen (abgesehen von Max, wenn der Tag vorbei ist), wir können nicht mehr als ein, zwei Sätze von wirklichem Interesse miteinander austauschen wegen unserer Kinder. In diesem Alter brauchen sie einen die ganze Zeit; abgesehen davon haben wir oft auch nicht viel gemeinsam, außer dass wir Frauen und in der gleichen Situation sind. Warum sollten wir auch? Sie überflog die Titel, während Maxine und Robin sich aus dem unordentlichen Stapel je ein Buch holten: »Wie gebe ich ihm den Laufpass? – Zwanzig sichere Rezepte«, »Was sagt Ihr Haar über Sie aus?«, »Countdown zum besten Orgasmus Ihres Lebens«. Das waren die Zeitschriften für die unter Dreißigjährigen, die selbstständigen resoluten jungen Frauen, die ihr Ich noch nicht aufgegeben hatten. Natürlich gab es auch Frauen, welche die Ego-Linie überhaupt nie überschritten. Wie Männer blieben sie die Stars ihres eigenen Lebens. Und dann gab es die anderen Zeitschriften hier, in denen die Rede war von »alles unter einen Hut bringen« oder von »täglicher Kampf«, das waren die Hefte für Dorrie und ihresgleichen: »Moderne Mütter im Test – Wie schneiden Sie ab?«, »Kommt Ihr Mann nicht zu kurz? – Zeit-Management und Sie«, »Waschlappen-Knigge: Sind Sie zu nett?«

Bin ich zu *nett*?, überlegte Dorrie. Nicht einmal das haben sie uns gelassen. »Nett« war hier gleichbedeutend mit »schwach«, wusste sie. »Nett« war mittlerweile eine Beleidigung, während sie mit der Vorstellung aufgewachsen war, es sei unanständig, an sich selbst zu denken. Für ein Mädchen jedenfalls. Sie war dazu erzogen worden, an ihre Mutter zu denken und ihr nicht lästig zu fallen. Sie konnte sich nicht erinnern, je geäußert zu haben (geschweige denn gefragt worden zu sein), was sie wollte. Das war so weit gegangen, dass ihr eigentlich egal war, was sie wollte, solange andere zufrieden waren. Das war nicht lange her.

Die Ärztin untersuchte Maxines Trommelfell mit ihrer spitzen Taschenlampe und ließ dann zwei Möglichkeiten offen.

»Sie können es sein lassen und hoffen, dass es weggeht. Das machen die auf dem Kontinent.«

»Aber dann flammt es nachts vielleicht auf, und das

Trommelfell geht kaputt. Das ist damals mit Martin passiert. Blut auf dem Kopfkissen. Zwei Trommelfellkatheter hat er seither gebraucht.«

»Tja, *tant pis*, würden die sagen. Die sind da nicht so zimperlich auf dem Kontinent. Oder dann das übliche Amoxicillin.«

»Das möchte ich ihnen nicht die ganze Zeit geben. Aber wenn Sie mir welche geben könnten für den Fall, dass sie später wieder solche Schmerzen hat. Sonst gebe ich sie ihr aber nicht.«

»Das würde ich tun«, sagte die Ärztin und krakelte ein Rezept.

»Wie ist es für Sie, wieder zu arbeiten?«, fragte Dorrie schüchtern, aber mit großem Interesse. Die Ärztin hatte eben erst wieder angefangen nach ihrem zweiten Kind und einem Mutterschaftsurlaub von fünf Monaten.

»Gut, gut«, lächelte die Ärztin und rieb sich kurz die Augen, müde blaue Augen in einem abgekämpften Gesicht. »Tatsächlich ist es in gewisser Hinsicht einfacher. Ich meine, organisatorisch ist es natürlich schwierig, stundenweise und dafür auf Hochtouren. Aber es ist eben doch einfacher, als zu Hause zu sein. Wenn man so kleine Kinder hat, muss man richtig … selbstlos sein.«

»Ja«, sagte Dorrie, die sich ermutigt fühlte. »Das wird einem geradezu zur Gewohnheit. Und dabei kommt man sich selbst abhanden. Geht verloren. Aber mit der Zeit sind sie ja dann nicht mehr *so* klein.«

»Verloren!«, wiederholte Maxine. »Wer ist verloren? Wovon redest du, Mama? *Wer* ist verloren?«

Die Ärztin blickte unwillkürlich auf die Uhr.

»Verzeihung«, sagte Dorrie und drängte die Kinder in Richtung Tür.

»Keine Ursache«, meinte die Ärztin. Sie sah wirklich müde aus. »Passen Sie auf sich auf.«

Pass auf dich auf, dachte Dorrie, als sie mit den Kindern heimwärts ging und ihre Tochter an der Hand hielt, während diese hüpfte und an ihr herumzerrte. Sie schaute auf ihre Hand hinunter, die Maxines hielt und an deren Gelenk Plastikeinkaufstüten voll Gemüse hingen, und auf ihre Nägel, die unterschiedlich lang und nicht sehr sauber waren. Den Weibern in der Vorschulschlange zufolge bedeutete das, dass sie eine gute Mutter war. Sie tat nichts für sich. Sie war eine eitelkeitsfreie Zone. Kaputte Nägel und dieses enge rote Kleid wirkten nicht gerade verführerisch, aber so was kam zurzeit ohnehin nicht in Frage. Indem sie sich darauf getrimmt hatte, harmlos und immer nur nützlich für andere zu sein, war sie zu einer dicken fetten Null geworden.

Als sie zu Hause ankamen, trug Dorrie Robin wie eine Afrikanerin vor der Brust, und je nachdem sackte er zusammen und rutschte protestierend abwärts, oder er streckte seinen Rücken und krabbelte an ihr hoch wie an einem Baum. Er hatte gegen den Kinderwagen zu rebellieren begonnen, worauf sie diesen zusammengeklappt und hinter sich hergezogen hatte, doch als Robin zu Fuß ging, tat ihm der eine Schuh weh; sie wusste, dass der Nagel des großen Zehs längst mal wieder geschnitten werden müsste, doch jedes Mal, wenn sie sich Robins Nägeln näherte, brüllte er wie eine Herde Elefanten. Sie nahm sich vor, sich mit einer

Schere an ihn heranzuschleichen, wenn er schlief. Ich kann mir nicht vorstellen, wie diese Familie funktionieren könnte, wenn ich mir wieder erlaubte, selbst etwas zu wollen, dachte Dorrie: Ließe man mir den geringsten Freiraum, würde ich wohl das Weite suchen, fürchte ich.

*

Drin putzte sie Gemüse, während zu ihren Füßen gezankt und gespielt wurde. Sie wischte allerlei Oberflächen blank und beantwortete gleichzeitig eine Spirale sonderbarer Fragen, die sich im wilden blauen Nirgendwo verlor.

»Ich weiß, wann du einen Gedanken hast, Mama«, sagte Maxine scharfsinnig. »Weil, wenn ich dann etwas sage, dann machst du die Augen zu.«

»Kann ich meinen Superman-Anzug haben?«, fragte Robin.

»Gleich«, sagte Dorrie, die gerade eine Plastiktüte voll Müll zuband.

»Nicht gleich«, forderte Robin: »Jetzt!«

Das Besondere an kleinen Kindern war, dass sie den ganzen Tag immer etwas brauchten. Sie wollten, dass man Spiele aufbaute, Tränen wegwischte, tausend kleine Aufmerksamkeiten. Das alles war kein Problem, bis man in ihrer Gegenwart auch noch anderes tat, jedenfalls etwas anderes als die allerprimitivste Routinearbeit, dachte sie, während sie den Staubsauger hervorholte, nachdem sie in verschiedenen Stapelboxen nach dem Superman-Anzug gekramt hatte. Man musste unendlich elastisch und anpassungsfähig sein; das war ja durchaus lobenswert, hatte aber auch zur Folge, dass die Konzentrationsfähigkeit langsam, aber sicher verkümmerte.

Als Nächstes brauchte Superman Hilfe beim Schnäuzen, dann wollte er seine Cowboys und Indianer von ganz oben im Schrank. Dorrie vergaß, worüber sie gerade nachgedacht hatte.

Jetzt schnitt sie Zwiebeln so winzig klein, dass Maxine sie in den Fleischklößchen nicht an der Textur erkennen und herausspucken würde. (Zwiebeln waren gut für das Immunsystem und für das Blut.) Sie mischte sie unter das gehackte Lamm, zusammen mit Eiern und Paniermehl, und formte daraus vierzig winzige Kugeln, die dann in der Tomatensauce vor sich hin brodeln würden, eine von Dorries halbem Dutzend Fleischverbergungstaktiken angesichts von Maxines beginnendem Vegetarismus. (Sie wusste, dass es technisch möglich war, kleinen Kindern genug Proteine zu verschaffen durch die sorgfältige Abstimmung verschiedener Bohnenarten aufeinander – alles eine Sache der Aminosäuren –; doch sie wollte nicht noch mehr verschiedene Mahlzeiten zubereiten müssen – Max aß jeweils später zu Abend, jedenfalls nicht gleich jetzt –, sonst hätte sie bis Mitternacht putzen und schneiden und köcheln können.)

Einen lebhaften Augenblick lang sah sie über dem Schneidebrett das Familienleben als geschlossenen Kreislauf des Nährens und Verschlingens. Schließlich waren Kinder nicht wie Zähne, die einem gezogen wurden. Vielleicht war es unumgänglich, verschlungen zu werden.

Dorrie war übel und sie fühlte sich schwach, wie oft zu

dieser Tageszeit, sie aß deshalb etwas vom übrig gebliebenen lauwarmen Kartoffelstock und ein paar Kekse, während sie weiter aufräumte und den Frieden zu wahren suchte. Die Minuten krochen dahin. Dorrie wollte sich auf den Küchenboden legen und einratzen.

Nach dem Mittagessen kam Maxines Vorschulkameradin Suzanne zum Spielen. Dorrie half ihnen, einen Laden mit Konservendosen und Gläsern voll getrockneter Früchte einzurichten, doch nach fünf Minuten verloren sie das Interesse daran und wollten etwas mit Filzstiften ausmalen. Dann stritten sie sich um den gelben. Dann spielten sie mit Polly Pocket und ihren Freunden, kreischten und vermöbelten einander. Aber, aber, sagte Dorrie, geduldig, aber gelangweilt, während sie die beiden auseinanderzerrte, beruhigte und wieder aufmunterte.

Endlich war es Zeit, Suzanne nach Hause zu bringen und Martin abzuholen. Beim Schultor stellte Dorrie sich mit den anderen Müttern an, von denen sie viele mit Namen oder dem Namen ihres Kindes nach kannte, und wartete am Rand des Pausenplatzes darauf, dass ihr Sprössling freigelassen würde.

»Wegen Mittwoch kann ich dir erst am Montag etwas sagen«, sagte Thomas' Mutter zu einer Frau namens Marion. Am Vortag hatte in den Lesemäppchen der Kinder ein Zettel gelegen, auf dem stand, dass am letzten Tag vor den Trimesterferien schon um zwölf Uhr mittags Schluss sei. Die Frauen, die Teilzeit arbeiteten, begannen nun darüber zu murren und konstruierten komplizierte Abmachungsnetze. »Wenn du Neil um zwei vorbeibringst, ist meine Nachbarin da, du erinnerst dich, er kam gut mit ihr klar, die mit dem Space-Hopper-Ball. Dann kann Verity Kirsty bringen nach der Spielgruppe, und ich bin dann nach halb vier mit Michael und Susan da. Himmel! Dann ist ja Ballett. Also eine halbe Stunde später. Ist das von dir aus auch wirklich okay so?«

»Die sind spät dran«, stellte Thomas' Mutter mit einem Blick auf ihre Uhr fest.

»Nach Ostern fängt dein Jüngster also mit der Vorschule an«, sagte Marion zu Dorrie. »Du wirst dich selbst nicht wiedererkennen.«

»Nein«, sagte Dorrie. Sie bückte sich, um Robins luftiges Haar zu verstrubbeln, der zu ihren Füßen spielte.

»Suchst du dir dann einen Job?«, fragte Marion.

»Äh, ich dachte, in den paar Wochen vor dem Sommer will ich mal das Haus auf Vordermann bringen, es sind ja nur zwei Stunden am Morgen. Zweieinhalb«, sagte Dorrie mit defensiver Hast. »Meine Gedanken ordnen. Wenn ich noch welche hab.«

»Aber du machst abends doch eh den Papierkram deines Mannes, nicht?«, wandte die Mutter von Thomas ein. »Buchhaltung und so. Mehrwertsteuer.«

»Es kommt so weit, dass du vor lauter Bäumen den Wald nicht mehr siehst, nicht wahr?«, sagte Dorrie. »Einfach weil du so gut darin geworden bist, alles allen anderen Dingen anzupassen. Und anderen Leuten.«

»Ich war Buchhalterin«, erzählte Marion. »Vor Christi Geburt. Jetzt könnte ich nicht zurück. Ich bin nicht mehr drin. Ich könnte mich auch nicht mehr in meine Kostüme zwängen; ich hab's neulich versucht. Es ging nicht! Außerdem würde ich kaum die Kosten für die Kinderbetreuung verdienen. Ich hab nicht mehr den Nerv dafür.«

»Mein Mann sagt, er unterstützt mich hundertprozentig, wenn der Jüngste in die Schule kommt«, sagte Thomas' Mutter nachdenklich. »Egal was für einen Job ich will. Aber nie wird er Veränderungen zustimmen, die seine eigene Arbeit erschweren, sagt er.«

»Dann wird da aber nichts draus, oder?«, meinte Marion. »Es sei denn, du kannst in der Vorschule arbeiten während der Schulstunden. Oder etwas Freiberufliches machen.«

»Manche Leute scheinen das hinzukriegen«, sagte Thomas' Mutter. »Susan Gloverall beispielsweise.«

»Wusste gar nicht, dass die wieder arbeitet.«

»Irgendwie halt. Die arbeitet mal da, mal dort, in der Nähe der A 3, lässt die Kinder derweil bei einer Tagesmutter in der Gegend von Tooting. Das ist furchtbar weit weg. Aber in der Not und so weiter.«

»Hat Keith also noch immer nichts gefunden? Das geht jetzt beinahe schon ein Jahr.«

»Ich weiß. Wirklich übel. Das macht die Dinge zwischen den beiden auch nicht, äh, einfacher. Und natürlich kann sie nicht ihm die Kinder überlassen, während er am Suchen ist. Sie sagt allerdings, er schaut vor allem Fernsehen.«

»Und was ist mit Nicola Beaumont?«, fragte Dorrie.

»Ach, die«, sagte Marion. »Nannys bis zum Abwinken. Nein danke.«

»Ich würde gar nie so viel verdienen, dass ich eine Nanny zahlen könnte«, sagte die Mutter von Thomas. »Ich habe schon früher nicht so viel verdient. Und dann musst du ja auch noch ihre Steuern zahlen aus deinem eigenen bereits versteuerten Einkommen. Du müsstest mindestens achtzehntausend verdienen, damit du überhaupt rauskommst, es sei denn, du arbeitest schwarz. Ich hab das mal ausgerechnet.«

»Eher zweiundzwanzig heutzutage«, meinte Marion. »Jedenfalls in London.«

»Ich mag Nicola«, sagte Dorrie. »Und ihre Tochter Jade, der Teenager, ist heute Abend unsere Babysitterin.«

»Also für mich hat sie nie viel Zeit«, sagte Marion.

»Ich glaube, sie hat einfach nicht viel Zeit. Punkt«, entgegnete Dorrie.

»Wir auch nicht«, sagte die Mutter von Thomas. »Richtig Zeit, meine ich.«

»Zeit für uns«, sagte Marion.

»Ich bin sicher, die hat mehr als ich. Die pendelt doch, oder nicht? Na bitte!«

Alle lachten, als die Glocke klingelte.

»Harry hat heute seinen Zahn verschluckt«, erzählte Martin. »Mrs Tyrone sagte, das macht nichts. Der schmilzt dann in ihm.« Er ruckelte an seinem Schneidezahn, klappte ihn mit dem Fingernagel nach vorn wie ein emailliertes Schildchen. Er würde immer noch lockerer werden, sich dann seitwärts drehen lassen, bis er nur noch an einem Faden hing, der irgendwann lautlos riss.

»Der bekommt kein Geld von der Zahnfee, nicht wahr, Mama?«, fragte Martin. »Nicht wahr, Mama? Nicht wahr, Mama? Mama. Mama!«

»Ja«, sagte Dorrie. »Was? Wahrscheinlich, Liebling.« Sie schälte gerade Karotten und schnitt sie in Stäbchen.

»Und Kosenia hat heute ihren Verband abgekratzt, und die hat ein Ekzem, und dann hat sie das abgekratzt, was aussieht wie der Käse oben drauf auf einem Auflauf, sie hat es einfach abgekratzt«, fuhr Martin fort.

»Die Kruste«, sagte Dorrie.

»Genau, die Kruste«, wiederholte Martin. »Diese Karotten ess ich nicht. Niemals.«

»Karotten sind sehr gesund«, entgegnete Dorrie. »Morgen pack ich dir Karottenstäbchen zum Mittagessen ein, und ich will, dass du die isst.«

»He ja klar«, plapperte er. »He ja klar leb doch mal.«

Dann marschierte er hinüber zu den andern beiden, die sich die Geschichte einer Maus anschauten, welche magische Beeren fraß und davon groß wie ein Löwe wurde. Das Fernsehen war nur gut, hoffnungsvoll und anregend, verglichen mit dem restlichen Leben, fand Dorrie. Es war jedenfalls der Höhepunkt ihrer eigenen Kindheit gewesen. Ihre Mutter fand, Dorrie verwöhne die Kinder, doch die meisten ihrer Freundinnen erzählten, das Gleiche bekämen sie von ihren Müttern zu hören. Wie ihre Altersgenossinnen versuchte Dorrie, mit den Kindern sanfter umzugehen, sie selbst entscheiden zu lassen, statt ihnen einfach zu sagen, was sie tun mussten; geduldiger zu sein und sie in den Arm zu nehmen, wenn sie weinten, statt sie anzuherrschen, sie sollten gefälligst tapfer sein; sie nie zu schlagen. Sie alle hatten das Gefühl, sich mehr Mühe zu geben, zu den Kinder richtig lieb zu sein, als ihre eigenen Eltern dies getan hatten. Eine Nebenwirkung davon war allerdings, dass die Kinder einem jedes Nachlassen der Aufmerksamkeit augenblicklich zum Vorwurf machten.

Jetzt stritten sie wieder. Martin schrie und plapperte etwas von Ungerechtigkeit, außer sich wie ein rasender Affe. Maxine kreischte ohrenbetäubend schrill zurück. Robin saß am Boden, hielt sich die Ohren zu und schluchzte bestürzt aus tiefster Seele.

Dorrie ächzte vor Gereiztheit und Frustration. Sie konnte sie wirklich noch nicht aus den Augen lassen; bestimmt noch ein halbes Jahr; nicht in einem anderen Zimmer, selbst wenn dort der Fernseher lief.

»Schauen wir uns die Bilder an von Mama und Papa, die heiraten«, übertönte sie das Getöse, um die Furien abzulenken. Schniefend und zitternd ließen sie sich schließlich um das von ihr hervorgekramte Album scharen, während sie ihnen Augen und Nasen trockenwischte und leicht vorwurfsvolle Gluckgeräusche von sich gab. Es reichte eben nicht, einfach abzuschalten. Sie war an den Kampfhandlungen zwar nicht aktiv beteiligt, aber ihre engagierte Präsenz war gefordert, weil sie jederzeit als Schlichterin eingreifen können musste. Es funktionierte nicht, wenn sie um die Kinder herum einfach weitermachte, unbeteiligt die Hausarbeit erledigte, eigenen Gedanken nachhing und nur gelegentlich, wenn der Krach ohrenbetäubend wurde, besänftigende Geräusche machte: Dann riss die Anarchie ihren Rachen weit auf.

Bald schon lachten die Kinder über die ungewohnten Bilder ihrer Eltern – die romantische Ausstattung, die strahlenden Gesichter, die schlanken Figuren.

»War das der schönste Tag deines Lebens?«, fragte Maxine.

Das war ich, dachte Dorrie beim Anblick der Fotos; so war ich einmal. Sie war diejenige, die fast dreizehn Kilo zugelegt hatte; er sah immer noch recht fit aus. Vielleicht wäre das Ganze einfacher gewesen – und sie hätte ein gewisses Maß an Selbstachtung behalten –, wenn es eine offizielle Autonomie-Verzichts-Erklärung gegeben hätte wie im Falle von Hongkong.

Nach manchen Tagen, wenn jedes Kind ruhig atmend schlief, stand sie jeweils da und wartete, bis auch sie zur Ruhe kam; dann sah sie sich wie eine antike Vase mit einer Krakelee-Glasur: noch in einem Stück, aber überall an der Oberfläche von feinen Haarrissen durchzogen. Ich bin völlig im Eimer, stöhnte sie dann, wenn Max gesund und munter aus der Außenwelt zurückkehrte.

Gerade eben, nach einem solchen Tag, steckte Dorrie die Kinder ins Bett, während Max nach seinem Arbeitstag ein Bad nahm. Sie waren spät dran. Sie hatte im L'Horizon einen Tisch reserviert und mit Jade abgemacht, dass sie um acht zum Babysitten kommen würde. Max und Dorrie waren seit Monaten nicht mehr ausgegangen, aber sie hatte nicht vergessen, wie schrecklich es immer zuging.

Es war zwanzig vor acht, und Robin klammerte sich an sie.

»Geh nicht, Mama, geh nicht«, schluchzte er, Wasser schoss ihm aus den Augen, und sein Mund war vor Schmerz zu einem Viereck verzogen.

»Du liebes Dummerchen«, sagte Dorrie, die ihn im Arm hielt. »Ich muss mich jetzt umziehen. Und ich komme ja gleich wieder.«

»Nein, tust du nicht«, brüllte er. Martin sah interessiert zu und knabberte an seinen Fingernägeln.

»Er macht mich traurig, Mama«, kommentierte Maxine. »Jetzt ist es mir auch zum Heulen.«

»Mir auch«, sagte Dorrie grimmig.

»Was ist das für ein Krach?«, wollte Max wissen, der ins Zimmer geschritten kam, während er sich mit einem Tuch das Haar rubbelte. »Warum seid ihr Kinder noch nicht im Bett?«

Robin warf einen wilden Blick auf seinen Vater, heulte mit frischen Kräften los und umklammerte Dorrie noch heftiger mit Armen, Beinen und Fingern.

»Lass deine Mutter augenblicklich los«, knurrte Max voller Wut und begann, die verzweifelten Finger einen nach dem anderen zu lösen. Aus Robins Schluchzern wurden Schreie, und Maxine begann zu weinen.

»Bitte, Max«, sagte Dorrie. »Bitte nicht.«

»Das ist lächerlich«, zischte er und riss ihr das Kind vom Leib. Dorrie sah es die Grenze zur Hysterie überschreiten und stöhnte.

»Hör auf, Papa!«, schrie Martin, der sich nun ebenfalls einmischte, während unten die Türglocke klingelte.

»Los, mach auf!«, befahl Max, der seinen verzweifelten Dreijährigen auf dem Bett festnagelte.

»Oh, Gott«, seufzte Dorrie, während sie die Treppe hinabstolperte, um dem Babysitter aufzumachen.

»Grüß dich, Jade«, sagte sie mit einem aufgesetzten Lächeln. »Komm rein!«

»Klingt, als sei ich noch zu früh«, meinte Jade und trat in den Flur, groß, schlank und schneeweiß gekleidet in Bluse und Hose.

»Nein, nein, ich zeig dir gleich, wie der Videorekorder funktioniert, die machen immer solchen Krach, wenn sie ins Bett gehen«, beschwichtigte Dorrie, die das Gefühl hatte, wie eine fette Zwergin herumzupusseln. Es war ein Witz, dass sie ausgehen und dieses schöne Mädchen zu Hause bleiben sollte. Das Gleiche hatte auch Jade gedacht, doch sie hatte ja noch das ganze Leben vor sich, wie man ihr immer wieder versicherte.

»Wenn es ein Problem gibt, wenn eines aufwacht und nach mir fragt, ruf mich bitte an, dann komm ich, wir sind ja nur ein paar Minuten von hier.«

»Das wird schon«, sagte Jade wie zu einem heiklen Kleinkind. »Mach dir nicht so viel Sorgen.«

»Ich komme noch an den Galgen wegen diesem Racker«, hörten sie Max vom Treppenabsatz knurren, dann donnerndes Fußgetrappel und fiebriges Gekreisch.

»Acht Jahre«, sagte Max über das von Kerzen beleuchtete Damast-Tischtuch hinweg. »Meine Frau Gemahlin. Das ist doch kein Grund, so tragisch aus der Wäsche zu schauen.«

Dorrie war noch damit beschäftigt, die Alarmanlage ihres Körpers zum Stillstand zu bringen, die Wellen elender Hitze, das Dröhnen des Kummers in ihren Adern, ausgelöst von Robins Schreien.

»Ab und zu musst du einfach ausgehen«, drängte Max. »Es wird sonst lächerlich.«

»Tut mir leid, dass ich mich nicht feiner machen konnte«, sagte Dorrie. »Du hast dich fein gemacht. Aber es sind nun mal vier Pfund pro Stunde. Als würdest du in einem Taxi sitzen.«

Max war groß und warm, entspannt wie ein Sportler nach einem Spiel saß er da, doch seine Augen waren hart.

»Es ist anmaßend von dir, zu glauben, niemand könne sich so gut um sie kümmern wie du«, mahnte er.

»Es ist aber so«, murmelte Dorrie leise vor sich hin.

»Du bist schrecklich in dieser Beziehung«, sagte Max. »Dauernd machst du dir Sorgen.«

»Jemand muss eben«, sagte Dorrie.

»Alles würde bestens von allein laufen, wenn du dir nicht so viele Sorgen machen würdest.«

»Nein. Schön wär's. Doch es ist nicht so.«

Schlanke, sexy junge Kellnerinnen und Kellner glitten elegant um sie herum.

»Hast du gewählt?«, fragte er, und während sie die Speisekarte studierte, betrachtete er ihr abgekämpftes Gesicht, das bis auf ungewohnt und unvorteilhaft aufgetragenen Lippenstift ungeschminkt war, und das plattgedrückte Gekräusel ihres ungepflegten Haars. Da war ein Doppelkinn im Entstehen, bemerkte er voll Groll, sie hatte zugelassen, dass sie zunahm. An seinem Hochzeitstag saß er einer fetten Frau gegenüber. Und wenn er je so etwas andeutete, sagte sie: die Kinder. Es mangelte ihr einfach an Achtung; Selbstachtung; Achtung vor ihm.

»Ich scheine einfach nie Zeit für mich zu finden«, murmelte Dorrie, angestiftet vom Schatten ihres früheren Ichs, der ihr am Morgen wie ein Gespenst über den Rasen entgegengekommen war und dem sie eine Wiedervereinigung praktisch versprochen hatte. Ihr war nicht wohl, wenn sie klagte. Seit sie kein Geld mehr verdiente, hatte sie kein Recht mehr, sich zu beschweren. Das war ihr bewusst. Und ihm.

»Nur eine Sache der Disziplin«, sagte Max streng.

Zu dieser Jahreszeit spürte er furchtbare Rastlosigkeit, insbesondere seit seinem Vierzigsten. All die Glückwunschkarten spielten darauf an, dass mit vierzig alles gelaufen sei: »Für mich ein halbes Clausthaler«; Witze über Rückenschmerzen, schwellende Wampen und die Vorteile von Kerzenlicht. Die Route für seinen langen oder nicht so langen Marsch zum Grab war genau festgelegt; weder nach rechts noch nach links durften seine Blicke schweifen. Er hatte sich vielmehr so zu verhalten, als sei er aus Holz und in jedem Augenblick seines Daseins ein verheirateter Mann. Ihr mochte das leichtfallen, sie konnte sich mit den Kindern betäuben. Er hingegen brauchte ein romantisches Motiv, sonst war das Leben nicht lebenswert.

Er sah Essen, Trinken und Fernsehen an jedem Feier abend auf ihn warten, das zwangsläufige Dickerwerden im mittleren Alter, doch sich so gehen lassen wollte er ums Verrecken nicht. Er schaute zu, wie sich Dorrie unvorsichtig viel sautierte Kartoffeln schöpfte. Ihr Körper war für sie zu einer Art Auto geworden, dachte er: Er war ein Transportmittel für sie und andere, doch mit ihr selbst schien er nichts mehr zu tun zu haben. Er war ihr egal.

Was ihn ursprünglich zu ihr hingezogen hatte, war, wie gut sie sich ergänzten: ihr ruhiger Elan passte gut zu seiner explosiveren Art. Doch in letzter Zeit musste man bei ihr weniger von Ruhe als von Stagnation sprechen, und ihr Elan war versackt. Er wünschte, er könnte unter ihr eine Bombe zünden. Sie wirkte so apathisch, außer wenn sie die Kinder mit Liebe überschüttete. Jedes Mal, wenn sie im Haus an ihm vorbeitrödelte, wollte er ihr einen Tritt in ihren fetten Hintern geben, damit sie wenigstens ein bisschen schneller machte.

Die Kinder hatten sie ausgelaugt, musste er zugeben. Nach Maxines Geburt hatte sie eine Lungenentzündung, nach Robins Geburt fielen ihr büschelweise Haare aus, zwei Kaiserschnitte hatte sie hinter sich und dann noch diese Operation, um eine Zyste am Eierstock zu entfernen. Die Geschichte ihrer Gesundheit seit der Geburt der Kinder gehörte ins Witzrepertoire zusammen mit den bösen Schwiegermüttern und den fetten Drachen, die man geheiratet hatte. Seit der Sache mit der Tagesmutter, bei der Martin mit zwei Jahren das Bein gebrochen hatte, hatte Dorrie noch ein bisschen Teilzeit gearbeitet, aber bald nach Robin war auch damit Schluss, sodass sie überhaupt nichts mehr verdiente. Als er sie geheiratet hatte, hatte sie eine interessante Stelle gehabt, ein bisschen was verdient, war sie lebhaft und spritzig gewesen; vor hunderttausend Jahren. Jetzt hatte er das ganze Rudel am Hals, und man erwartete von ihm die Gelassenheit eines alten Blutegelsammlers.

Er wollte ihr nicht wehtun, das war das Problem. Er wollte nicht, dass das Haus auseinanderplatzte vor Geheul und Gejammer und Kindern, die flehten: Nicht fortgehen, Papa. Er wollte sich nicht illoyal vorkommen. Aber, dachte er wütend, ganz sicher wollte er sich auch nicht zum lebenden Tod verurteilen lassen. Es musste sich was ändern. Es ging nicht an, dass sie sich krank stellte und zu Hause rumkroch. Das war nicht fair. Das konnte sie nicht erwarten. Empört spürte er, dass seine Gedärme sich vor Mitleid zusammenzogen. Warum konnte die nicht besser auf sich aufpassen? Er holte tief Luft.

»Hab ich dir schon erzählt, was mit Naomi ist?«, sagte er beiläufig, während er ein Brokkoliröschen aufspießte.

Naomi war seine rechte Hand im Baustofflager. Sie war für die Lagerhaltung zuständig, saß wenn nötig an der Kasse, sortierte die Quittungen und übrigen Papiere, die Dorrie zu Hause bearbeitete, und gab den Kunden Ratschläge zu Grundierungen. Sie arbeitete seit knapp zwei Jahren für ihn.

»Geht's ihr nicht gut?«, fragte Dorrie. »Sie sah sehr blass aus letzten Mittwoch, fand ich.«

»Es geht ihr nicht nur nicht gut, sie kotzt ständig durch die Gegend«, sagte Max schleppend. »Sie ist schwanger«, doppelte er mit gedämpfter Stimme nach und stopfte sich noch mehr Gemüse in den Mund.

»Schwanger?«, wiederholte Dorrie. »Oh!« Tränen schossen ihr in die Augen, und sie wandte sich ab, als suche sie unter dem Tisch eine hinuntergefallene Serviette. Bisher hatte sie vor Max ihre krankhafte Lust nach einem weiteren Kind verstecken können.

»Du sagst es«, seufzte Max, der ihre Reaktion falsch interpretierte.

»Ich freue mich ja so für sie, sie haben so lange schon ein Kind gewollt«, sagte Dorrie, ihrerseits mit gedämpfter Stimme.

»Ich habe sie natürlich freigestellt«, sagte Max mit einem Blick auf seine Uhr.

»Was?«, sagte Dorrie.

»Es ist natürlich jammerschade. Jetzt muss ich den ganzen Zirkus noch mal mit jemandem durchmachen, zeigen, was Sache ist, und so.«

»Wie *kannst* du nur, Max!«

»Hör zu, ich wusste, dass du so reagieren würdest. Ich weiß schon. Es ist ein Jammer, ja; aber es ist nun mal so. So ist das Leben. Ein Glück, ist es jetzt passiert. Nur wenige Wochen, und sie hätte mich drangehabt: missbräuchliche Kündigung und der ganze Scheiß.«

»Aber die brauchen doch das Geld«, sagte Dorrie entsetzt. »Wie sollen sie jetzt ihre Hypothek bezahlen?«

»Der sollte endlich mal den Finger rausnehmen«, sagte Max mit einem Schulterzucken. »Der ist ja eh im öffentlichen Sektor, die schaffen das schon. Aber ich, Dorrie, ich habe Frau und Kinder, die ich selbst unterhalten muss.«

»Stell sie wieder ein«, verlangte Dorrie. »Das wird schon mit Naomi. Die ist nicht wie ich, die wird bei der Geburt keine Komplikationen haben, die wird danach nicht krank, und ihr Baby auch nicht. Wir haben eben Pech gehabt. Aber sie ist sehr tüchtig, die weiß, was sie will, wenn es um Tagesmütter geht. Es wäre ein Wahnsinn, sie aufzugeben.«

»Es ist so«, sagte Max. »Ich habe ihr eine Teilzeitstelle angeboten für dann, wenn sie wieder kommen mag, und ich habe das Gefühl, das könnte auch für uns besser sein. Ich muss einfach darauf achten, dass sie nicht auf zu viele Stunden kommt.«

»Und was hat Naomi dazu gesagt?«

»Sie war immer noch etwas sauer, dass ich sie freigestellt habe«, sagte Max. »Aber sie will es sich überlegen. Wenn sie es mit einer anderen Teilzeitstelle kombinieren kann. In der Not kann man nicht wählerisch sein, und sie hat sich nun mal entschieden, ein Kind zu haben.«

»Aha«, sagte Dorrie vorsichtig. »Und wer macht in der Zwischenzeit ihre Arbeit im Lager?«

»Du natürlich«, verkündete Max und schluckte einen so großen Bissen Kotelett, dass seine Augen hervorquollen. Rasch setzte er nach. »Robin kommt nach Ostern in die Vorschule, Maxine ist damit fast fertig, und Martin läuft es jetzt in der Schule richtig gut. Du kannst also morgens arbeiten, dann Robin und Maxine holen, ihnen ein Sandwich geben und weiterarbeiten, bis es Zeit ist, Martin zu holen. Den Papierkram können wir dann abends erledigen. So sparen wir in jeder Hinsicht. Robin ist schon groß, der kann sich selbst beschäftigen.«

»Er ist erst dreieinhalb«, widersprach sie atemlos. »Und wann soll ich bei alldem kochen und bügeln und putzen und einkaufen?«

»So zwischendurch eben«, meinte Max. »Wie andere Frauen. Es wird dir guttun, so kommst du aus dem Haus. Komm schon, Dorrie, genug Trittbrett gefahren, es ist Zeit, dass auch du deinen Beitrag leistest.«

Sie waren fast am Ende des Hauptgangs und hatten beide

genug vom weißen Hauswein getrunken, um sich etwas aus der Deckung zu wagen.

»Die sind harte Arbeit, so kleine Kinder, weißt du«, entgegnete sie.

»Du hast selbst gesagt, es würde jeden Tag einfacher mit ihnen. Das hast du selbst gesagt. Es ist nicht mehr wie damals, als alle den ganzen Tag zu Hause waren und sich die Seele aus dem Leib kreischten.«

»Wenn sie Ferien haben, schon«, widersprach sie. »Das sind jährlich fast zwanzig Wochen, weißt du. Was geschieht dann?«

»Du bleibst mal wieder nicht beim Thema«, sagte er seufzend, dann drängte er: »Was willst du denn vom Leben?«

»Es ist keine Anakonda oder so, mit der man kämpfen muss«, entgegnete Dorrie. Würde sie nun zusätzlich in Beschlag genommen, dann würde sie durchdrehen, das war Dorrie klar. Kein Innenleben, das war es, keinen Halt in der Außenwelt, kein bisschen Respekt; unablässige unausweichliche Winzforderungen; Benommenheit, Apathie und Kekse. Sie war am Ende.

»Wir können nicht einfach darauf warten, dass uns etwas in den Schoß fällt«, meinte Max, über sein Leben nachdenkend.

»Uns geht es doch ganz gut«, sagte Dorrie.

»Es könnte uns aber besser gehen. Wir müssen expandieren.«

»Wir können die Hypothek bezahlen«, entgegnete Dorrie. »Da sollten wir doch froh sein.«

»Genau«, sagte Max. »Das ist der Geist, der diese Insel groß gemacht hat: ›Ich wollt', ich wär' ein Huhn.‹«

»Was wäre dir denn lieber?«, fragte Dorrie. »›Das Leben ist scheiße, und am Ende bist du tot‹?«

»Du allerdings hast durchaus bekommen, was du wolltest, nicht wahr: Du hast die Kinder.«

»Du bist widerwärtig«, sagte Dorrie. Mit einem großen Schluck leerte sie ihr Weinglas. »Was zählt, ist doch, wie viel Liebe du gegeben hast und wie viel du bekommen hast.« Sie klang nicht sehr überzeugend, merkte sie, es hörte sich nach einem Kalenderspruch an. Sie klang wie ein blökendes großes Schaf.

»Ich weiß nicht, woran es liegt, Dorrie«, sagte er traurig: »Aber du bist so schlaff geworden. Du hast keinen Schwung mehr. Du bist nicht mehr da.«

»Ich weiß. Ich weiß. Genau das meine ich ja. Du glaubst, ich habe mich einfach in eine langweilige Heilige verwandelt. Doch ich bin immer noch da. Wenn du sie nur ab und zu für ein paar Stunden übernehmen und *lieb* zu ihnen sein könntest, wenn ich nur ein bisschen Ruhe und Zeit für mich hätte …«

»Es ist nicht so, dass es mir unterdessen bestens geht, weißt du? Du färbst auf mich ab.«

»Tut mir leid. Tut mir leid. Ich bin in letzter Zeit so trübselig, aber …«

»Genau das meine ich. Dieses Opfergetue. In den Arsch treten möchte ich dich.«

»Nein, Max. Bitte nicht. Wir müssen zuerst nach Hause und das Mädchen bezahlen.«

»Immer nur jammern und vor dich hin leiden, du glaubst wohl, dann habe ich Mitleid mit dir.«

»Max …«

»Aber das löst bei mir kein Mitleid aus, wenn du's wissen willst, sondern Hass.«

Zu Hause gab Max Dorrie sein Portemonnaie und ging nach oben. Er war müde beim Zähneputzen und wütend darüber, wie der Abend gelaufen war; außerdem missfiel ihm sein schlecht gelauntes Spiegelbild. Bald schlief er ein, wenn auch die Stirn runzelnd wie ein Held in Gefangenschaft.

Dorrie fummelte derweil mit Fünf-Pfund-Noten herum und fragte fröhlich, ob Jade einen ruhigen Abend gehabt habe.

»Ja, sowie ihr gegangen seid, haben die keinen Mucks mehr gemacht«, sagte Jade nicht ganz wahrheitsgetreu, aber im Banne der schönen Augen des Sexualmörders mit dem Rasiermesser, der auf dem Bildschirm zugange war. Tatsächlich hatte sie aus dem Jungenzimmer ein Geräusch gehört, und als sie durch den Türspalt gelinst hatte, hatte der Jüngere in einer Lache Erbrochenem gelegen. Doch da er regelmäßig atmete, hatte sie ihn so gelassen, ihm machte es nichts aus, und sie war nicht der Typ, der sich um so etwas riss. Sie wurde fürs Babysitten bezahlt, nicht für so was. Das war nicht drin.

»Möchtest du dableiben und dir den Rest des Videos anschauen?«, fragte Dorrie höflich, während sie beim Anblick des Filmstarfleisch aufschlitzenden Rasiermessers zusammenzuckte.

»Nein, schon gut«, sagte Jade widerwillig. Sie drückte die Fernbedienung, und das blutige Bild verschwand. Sie seufzte.

»Vielen Dank nochmals«, sagte Dorrie. »Es ist so schön, sie jemandem überlassen zu können, dem man trauen kann.«

»Schon gut«, sagte Jade. »Kein Problem.« Und mit einem königlichen Gähnen trat sie ab.

Dorrie brauchte fast eine halbe Stunde, um den benommenen Robin zu baden, die saure Milch samt Maiskörnern und Erbsen aus seinem sonst so luftigen Haar zu spülen, ihn in einen sauberen Pyjama zu stecken und ins große Bett neben seinen edel aussehenden Vater zu legen, wo er, auf einer Wolke der Schönheit schlummernd, sofort einschlief.

Sie küsste sein warmes Gesicht und wandte sich, dem Protestknirschen ihres Körpers zum Trotz, der noch anstehenden Arbeit zu. Unten in der mitternächtlichen Küche schabte sie mit einem eigens dafür reservierten Messer das Halbverdaute vom Kissen- und vom Bettbezug ins Spülbecken, ließ Wasser laufen, um es wegzuspülen, und schabte erneut; sie blickte durchs Fenster hinaus in die Schwärze des wilden Gartens, voll Sehnsucht ob des gegen die Scheibe prasselnden Regens und der großen freien Bäume, die da draußen ihre Äste in den Himmel reckten.

Die Bedürfnisse der anderen waren das Gegebene. Der Rest folgte logisch daraus. Es war an ihr, sich anzupassen, entgegenzukommen und sich zu modifizieren, damit der Familienorganismus gedieh. Da war sie nun, weinte wahrhaftig wie eine Novizin über ihren Egoismus, bloß dass es um die Familie ging und nicht um Gott. Dennoch war Selbstlosigkeit notwendig, eine Zeitlang zumindest, auch wenn du dafür angespuckt wurdest von der Welt. Deinem Mann. Deinen Kindern. Von dir selbst.

Sie wollte das Küchenfenster einschlagen. Sie wollte sich verletzen. Da draußen im Garten war ihr Gespenst, das Gespenst ihrer selbstständigen Vergangenheit. Wenn sie an dem Gedanken der Wiedervereinigung festhielt, dann würde es ihre Hände packen und ihre Pulsadern über das gezackte Glas zerren. Es würde sie dieser Familie entreißen, die an ihrem Busen groß geworden war. Nein. Von nun an musste sie auf dieser Seite der Scheibe bleiben, sich abkühlen und verfestigen wie ein alter Planet, bis sie die Ansprüche dieses sich selbst achtenden Mädchens da draußen vollends abgetötet hätte.

Sie wrang und quetschte Wasser aus dem Laken, das sie eben gespült hatte. Ließe sie zu, dass sie zornig würde über die Auslöschung ihres Geistes, ihrer eigenen Freude an Dingen, dann würde ihre Familie davon verschlungen. Sie musste es deshalb wie einen in ihr hausenden Tiger an ihren Eingeweiden nagen lassen. Nicht aus Frömmelei, sondern aus Notwendigkeit. All das wusste sie, konnte es aber nicht erklären. Sie wrang das Laken mit solcher Kraft aus, dass es knarrte.

»Frische Luft«, sagte sie laut und versuchte, das Fenster vor sich zu öffnen. Es war zugesperrt, festgehalten von einer der Einbruchssicherungen, die sie vergangenen Sommer an allen Fenstern angebracht hatten. Sie tastete im Kasten über dem Kühlschrank nach dem Schlüssel, doch er war nicht an seinem Platz. Sie durchforstete die Tassen, die Thunfisch- und Tomatendosen, die Tüten voll Reis, Mehl und Teigwaren und fand ihn schließlich im Messbecher aus Glas.

Sie beugte sich über das Spülbecken, schloss das Fenster auf und öffnete es zur Nacht. Regen sprühte auf ihr Gesicht, und sie rang nach Atem. Es roch kalt und frisch nach nasser Erde. Ihr fiel ein, dass, was sie spürte, nicht unbedingt tödlicher Schmerz sein musste, kein grässlicher Auf-Nimmerwiedersehen-Schmerz, wie sie angenommen hatte; und vor Erleichterung wurde ihr schwindelig.

Vielleicht war das gar nicht der Schmerz des Pulsadern-Durchschneidens. Vielleicht, fiel ihr ein, war das der Beginn dieses intensiven, sonderbaren Gefühls, das man hat, wenn man lang gelegen hat und ein Glied eingeschlafen ist, des Gefühls, wenn das Blut wieder zu fließen beginnt, stockend zunächst, bis dieses Glied nach langer Ruhe wieder zu sich kommt, kribbelnd zu neuem Leben erwacht.

Draußen im Garten, draußen in der kalten schwarzen Luft sah sie die großen Bäume: mit ihren Knospen tragenden wilden Ästen winkten sie ihr zu.

MILLENNIUM BLUES

Es war unglaublich viel über das Wetter geredet worden, ganz zu schweigen vom Weltuntergang und so. Die Erde kreiste weiter um die Sonne, aber nur noch knapp, wie es schien. Nie zuvor in seiner Geschichte war die Atmosphäre des Planeten von so vielen Informationen über alles Mögliche geschwängert gewesen, so vollgestopft mit Kurzmeldungen, Knüllern, Beschwörungen und Jeremiaden. Der Äther troff geradezu von Geschwätz.

Mouches volantes, fliegende Fliegen, nennt man die Sehstörung, bei der man kleine schwarze Flecken schweben sieht, die das Lesen verhindern. Und wie *Mouches volantes* sehen Flugzeuge aus, wenn man sie von hoch oben betrachtet. Von unten gesehen sind sie schlimmer. Heute, am 228. Tag des Jahres 1999, schweben Flugzeuge wie Stachelrochen am Himmel, dröhnend und kreischend, und ihre gelben Augen schauen böse auf die unter ihnen schlafende Landschaft hinab.

An diesem Unheil verkündenden frühen Augustmorgen ist die Themse von der Luft aus gesehen ein mit Diamanten bestreutes Silberband. Dicht an dicht folgen die Flugzeuge getreu dem Lauf des Flusses; tief über Südwestlondon fliegend, geben sie den Blick frei auf Bootshäuser, die Putney Bridge, die grünen Felder des Hurlingham Club und der Gärten des Fulham Palace, ächzend und jammernd drosseln sie die Motoren über der vornehmen Selbstgefälligkeit von Barnes und pfeifen dann weiter durch die malzigen Kumuluswolken, die der Brauerei von Mortlake entquellen. Weiter dröhnen sie, grollend und heulend, über die 160 Hektar botanischen Gartens bei Kew, bis die Schatten ihrer Flügel auf den tausendjährigen Wohlstand von Richmond fallen; und noch tiefer zur zerstörten Konzentration von Hounslow mit seinen isolierverglasten Schulen und den lärmigen Schlafzimmern, von denen aus man hochblicken und die Krawattenfarbe des Piloten erkennen kann, falls einem danach ist.

Und schließlich landen sie in Heathrow. Beim vorherrschenden Wind müssen alle Flugzeuge mit dieser Destination direkt über die Hauptstadt fliegen. Eine ungewöhnliche Einrichtung, die in anderen Ländern wenig Nachahmer gefunden hat; aber ohne chauvinistisch sein zu wollen: Die Briten sind nun mal aus härterem Holz geschnitzt.

In diesem Niemandsland zwischen Nacht und Tag tragen die Flugzeuge ihre Lichter wie Schmuckstücke. Cassie Withers steht in ihrem Garten hinter dem Haus in Kew, schaut, wie sie eines nach dem anderen über den Himmel ziehen, und zählt statt Schäfchen Flugzeuge. Sie ist vom ersten aus Seoul kommenden Flug geweckt worden. Im Lauf des Tages wird ihr Mann Steven Withers irgendwann von seiner fünften Auslandreise in diesem Monat zurückkehren. Über ihr wölben sich Flugbahnen des Lärms, beschleunigen und verschmelzen miteinander. Vor zwei Tagen hörte Steven von einem Problem mit den neuen Bidets in einem der Hotels seines Unternehmens auf den Philippinen. Er versuchte den dortigen Qualitätsmanager anzurufen, stieß des Zeitunterschieds wegen aber nur auf den Beantworter.

»Hat das nicht zehn Stunden Zeit?«, fragte Cassie.

»In zehn Stunden kann ich dort sein«, sagte Steven. »Das ist das Tolle an unserer Wohnlage.«

Und so hatte er den nächsten Flug genommen.

Cassie blickt an den Flugzeugen vorbei, während der Himmel heller wird. Durch den dichten rötlichbraunen Dunst des frühen Morgens sind verschiedene Sterne knapp nicht zu erkennen. Letzte Nacht hat sie einen Dokumentarfilm über Sterne gesehen und darüber, dass eigentlich seit langem wieder ein Asteroid oder Komet auf die Erde stürzen müsste wie jener, der einst die Dinosaurier ausgerottet hat. Aus der Sendung hat sie auch erfahren, dass diesen Monat vier Planeten in den vier festen Tierkreiszeichen – Stier, Wassermann, Skorpion, Löwe – ein Großes Quadrat bilden werden und dass Menschen, die glauben, die Erde sei eine Scheibe, die vier Zeichen als die Reiter der Apokalypse deuten. Dann ist sie zu Bett gegangen und hat etwas über Nostradamus gelesen – in den letzten Monaten dieses Jahrhunderts ist es ziemlich schwierig, nichts über

Nostradamus zu lesen, diesen provenzalischen Pestarzt aus dem 16. Jahrhundert, und über seine 942 Verse umfassende Geschichte der Zukunft der Welt. Verweilt hat sie über einem besonders interessanten Zweizeiler:

> Im Jahr 1999, im siebten Monat,
> kommt aus dem Himmel ein großer König des Schreckens.

Bevorzugte Interpretationen dafür waren ein Atomkrieg und ein einschlagender Asteroid, laut einer Notiz des Herausgebers. Bisher hatte Nostradamus ein paar Dinge richtig vorausgesehen, darunter den Tod von Henri II. bei einem Turnier und den Untergang des Kommunismus; die Möglichkeit schien also groß zu sein, dass bald etwas Furchtbares geschehen könnte.

Es ist bisher ein unnatürlich windstiller, heißer Sommer gewesen, nicht einmal an diesem frühen Samstagmorgen herrscht im Garten Frische. Cassie gähnt, und es knirscht, und sie fragt sich, ob sie an myalgischer Enzephalomyelitis leide, einem Hirntumor oder einem langsam wachsenden Krebs. Andererseits schleppen sich so viele ihrer Freundinnen und Freunde ähnlich mühsam durch die Gegend, dass sie zum Schluss kommt, es liege an der stagnierenden Luft dieser Hundstage. Vergangenen Dienstag ist Verity Freeling plötzlich gestorben, dahingerafft von einer drei Wochen währenden Viruserkrankung des Brustraums, die alle in der Gegend erwischt hat. Das Virus soll aus China stammen und über Antibiotika nur lachen. Veritys Mann versucht nun verzweifelt, ein Kindermädchen für seine drei Kinder zu finden, damit er seinen Job nicht verliert.

Vielleicht ist es aber auch nur der Schlaf. Wegen der Flugzeuge hat sie nachts stets Ohrenstöpsel reingetan, seit sie vor zehn Jahren nach Kew gezogen sind. Vor kurzem ist sie schwerhörig geworden wegen des komprimierten Ohrenschmalzes. Eine Zeitlang ist sie darüber ganz zufrieden gewesen, weil sie dadurch vom andauernden Krach der Flugzeuge und des Familienlebens verschont worden ist und es keine Nebenwirkungen gegeben hat außer einem gelegentlichen dumpfen Knirschen in ihrem Kopf, als ginge jemand durch tiefen Schnee. Dann hat die Vernunft gesiegt und ihr Hausarzt ihre Ohren ausgespült. Das allerdings hatte eine Nebenwirkung: Tinnitus, und der treibt sie allmählich die Wände hoch.

Manchmal verändert sich die Tonlage dieses neuen Klingens in den Ohren, jetzt zum Beispiel, und es wird zu einem hohen silbrigen Singen mit einer quietschenden Note, wie wenn sich eine Stimme vor Hysterie überschlägt oder rostfreie Engelsmesser mit hoher Geschwindigkeit geschliffen werden.

»Mama, was kommt nach neunzehnhundertneunundneunzig?«, fragt ihr fünfjähriger Sohn Peter, wie sie nach dem Frühstück aufräumt. »Neunzehnhundertzehnundneunzig?«

»Nein«, sagt Cassie. »Sei so lieb und räum diese Messer und Gabeln für mich ein. Nein. Es heißt neunzehnhundertneunundneunzig und dann ZWEITAUSEND.«

»Mama«, sagt er und nimmt stirnrunzelnd eine Gabel in die Hand. »Mama, kommt dann das Ende der Welt?«

»Nein, bestimmt nicht«, sagt Cassie mit Nachdruck. »Das ist nur eine Zahl. Die hat eigentlich nichts zu bedeuten. Außer du glaubst an Jesus.«

»Glaubst du an Jesus?«, fragt er, wie er das gerne tut.

»Ich bin nicht sicher«, sagt sie diplomatisch. »Manche Leute glauben an ihn. Tante Katie zum Beispiel.«

»Ich glaube an ihn«, sagt er unerschrocken.

»Das ist schön«, sagt sie, kann es sich aber nicht verkneifen zu fragen: »Und warum glaubst du an ihn?«

»Weil, wer sonst hat alles gemacht?«, stellt er ärgerlich fest. »Also wirklich.«

Beleidigt stampft er aus der Küche.

Sie spült das Geschirr fertig, dann trägt sie eine Tassee Kaffee ins Wohnzimmer, wo Peter jetzt hinter dem Sofa eine Reihe Dinosaurier aufstellt, während sein älterer Bruder Michael vor dem Fernseher an den Ferienhausaufgaben sitzt.

»Es sind nur die Nachrichten«, sagt er, um ihren Protest abzufangen. »So kann ich mich besser konzentrieren.«

Sie setzt sich neben ihn und lässt die Nachrichten über sich hinwegspülen. Von Griechenland aus breitet sich die Pest durch den Balkan aus und hat nun Venedig erreicht. Es gibt Bilder von Überschwemmungen in China, Dürre in Indien, Krieg in Afrika, Hunger in Korea, Feuer in Australien, Hysterie in Amerika und Verzweiflung in Russland. Es tröpfeln Nachrichten herein, dass in den Wüsten New Mexicos massenhaft Kehlen durchgeschnitten worden seien. Erneute Temperaturrekorde weltweit geben Anlass zu Spekulationen darüber, ob die Menschheit sich im nächsten Jahrhundert zu einer nachtaktiven Spezies entwickeln werde, da es nachts kühler sei.

Später an diesem Morgen lässt Cassie ihre Jungen im Wartezimmer »Todeswunsch« spielen, während sie zum Arzt geht.

»Kann es Tinnitus sein?«, fragt sie, während er hineinschaut.

»Tinnitus ist nur ein Wort für ein Geräusch, das Sie hören, andere aber nicht.«

»Dann *ist* es also Tinnitus.«

»Idiopathischer Tinnitus, wenn Sie es gern gehobener mögen.«

»Idiopathisch?«

»Das bedeutet, dass es keine erkennbare Ursache gibt«, sagt er nach Abschluss seiner Untersuchung. »Und deswegen leider auch kein Heilmittel dagegen. Versuchen Sie es einfach zu ignorieren, und hoffen Sie, dass es wieder weggeht.«

»Aber das ist ja furchtbar.«

»Seien Sie froh, dass Sie nicht auch noch taub sind. Taubheit kombiniert mit Tinnitus kommt im Alter sehr häufig vor.«

»Hören denn alle irgendwelche Geräusche?«, fragt Cassie. »Ich habe mich nämlich schon gefragt, ob es vielleicht immer schon da war, und ich hab es einfach nicht bemerkt.«

»Oft ist genau das der Fall«, sagt der Arzt mit einem beifälligen Lächeln. »Es geschieht etwas im Ohr, eine kleine Fehlfunktion, und plötzlich liegt das Geräusch offen da. Demaskiert. Im visuellen Bereich gibt es etwas Ähnliches: Sie kommen eines Tages heim und bemerken das scheußliche neue Lila an den Fensterrahmen des Nachbarhauses. Sie weisen Ihren Mann darauf hin, und er schaut Sie erstaunt an und sagt, die seien schon seit drei Jahren so. Wenn einem einmal etwas bewusst wird, wird man dieses Bewusstsein kaum mehr los.«

»Verlust der Unschuld«, sagt Cassie.

»Wenn Sie so wollen«, antwortet er. »Ja.«

Cassie weiß, dass neun ihrer zehn Minuten vorbei sind, und beschließt, in der letzten nicht noch schnell die heftigen Vorahnungen zu beschreiben, die sie in letzter Zeit gehabt hat. Sonst würde er sie womöglich noch auf Prozac setzen.

Zu Mittag nehmen sie Sandwiches mit in den Park. Cassie kämpft mit einem brüllenden Jungen nach dem anderen, bis sie mit Sunblocker eingeschmiert sind, und verbietet ihnen, sich den Abhang runterrollen zu lassen wegen der Pestizide im Gras. Sie schließt die Augen, spürt, wie die Sonne ihre Schultern wärmt, ihre nackten Arme küsst, und weiß, dass diese feindselig ist, falsches Gold, voll bösartiger Kraft.

An der Sonne und der frischen Luft zu sein war früher gesund. Mittlerweile ist das Meer voller Viren, ein Bad kann genügen, um einen für den Rest des Lebens an den

Rollstuhl zu fesseln; kein Wunder, dass die Fische diesen Sommer aufgedunsen an die Oberfläche getrieben sind, wo sie nun vor sich hin rotten. Und was Sex angeht, denkt sie, während sie ihren Jungen beim Spielen zuschaut: Bis die dran sind, wird Sex so gefährlich geworden sein, dass man dazu einen Taucheranzug tragen muss.

»Du siehst ein bisschen bedrückt aus«, sagt ihre Freundin Judith, wie sie sich zu ihr auf die Parkbank setzt.

»Ist das so offensichtlich?«, lächelt Cassie. »Aber stimmt schon, ich sehe schwarz. Ich hab so ein schreckliches Gefühl, dass etwas ganz Furchtbares geschehen wird.«

»Wenn du darüber nachdenkst, geschieht andauernd etwas ganz Furchtbares irgendwo auf der Welt«, sagt Judith und sieht ihren Töchtern hinterher, die zu den Schaukeln laufen. »Deswegen lese ich keine Zeitungen. Früher hab ich mich dazu verpflichtet gefühlt, diese schrecklichen Dinge zu wissen. Doch dann habe ich eines Tages einfach aufgehört. Und mein Wissen oder Nichtwissen hat am Zustand der Welt absolut nichts geändert.«

»Woher willst du das wissen?«, sagt Cassie. »Wir hängen alle mit drin.«

Judith lächelt nur selbstzufrieden. Sie ist mit ihrem dritten Kind schwanger, man hat ihr den 29. Dezember als Geburtstermin angekündigt, aber sie hat fest beschlossen, dass es warten müsse bis zum neuen Millennium. Wenn es ein Mädchen ist, wird sie es Milly nennen, wenn es ein Junge ist, Len.

»Hast du das mit Sally Pimlott gehört?«, fragt Judith, der gerade etwas Klatsch eingefallen ist. »Auf Bens Geburtstagsparty letzte Woche hat sie Lion-Riegel verteilt und nicht daran gedacht, dass da Nüsse drin sind, und eines der Kinder hat eine tödliche Nuss-Allergie und musste sofort ins Krankenhaus.«

»Nein!«, flüstert Cassie. »Geht's ihm wieder gut?«

»Intensivstation«, sagt Judith. »Auf der Kippe. Als ich Derek davon erzählt habe, meinte er, man fragt sich, wie das juristisch aussieht für Sally.«

»Ich kenne so viele Kinder mit tödlicher Nuss-Allergie«, stöhnt Cassie. »Das hältst du ja im Kopf nicht aus.«

Sie fischt ihre Sonnenbrille aus der Tasche und setzt sie auf, doch Judith sind Cassies Tränen nicht entgangen.

»Ich hab die Schnauze voll«, erklärt Cassie. »Der Arzt sagt, er kann nichts tun wegen meiner Ohrengeschichte.«

»Es ist die Farbe bei dir im Erdgeschoss«, sagt Judith wie aus der Pistole geschossen. »Du solltest meine Feng-Shui-Freundin fragen. Wer Ohrenprobleme hat, Sinusitis, Katarrh oder so was, darf auf keinen Fall Wände in dieser Farbe haben.«

»Was? Magnolienweiß?«, sagt Cassie.

»Cremefarben«, korrigiert sie Judith. »Milchprodukte. Milch. Käse. Furchtbar schleimbildend. Ruf meine Feng-Shui-Freundin an. Was hast du schon zu verlieren?«

»Dieses Geräusch in meinen Ohren beispielsweise«, sagt Cassie und schlägt sich verärgert gegen die Schläfe.

Die nächsten beiden Stunden verbringt sie recht angenehm im Park, schaut den Kindern zu, schwatzt mit ihrer Freundin, ohne jedoch das bedrohliche Messerschleifgeräusch in ihrem Schädel auch nur eine Minute lang vergessen zu können.

Zu dieser Jahreszeit wird der offizielle Übergang vom Nachmittag zum Abend durch das Anheizen Tausender von Grills markiert. An diesem Samstag ist Cassies Nachbar dran als Gastgeber des allsommerlichen Straßenfestes. Der Gestank von Paraffin und Hickoryholzkohle hängt schwer in der schwülen Luft.

Die Frauen stehen in Gruppen auf der Veranda, nippen an ihrem Weißwein und behalten die Kinder im Auge, die um den Wald der soliden Frauenbeine toben. Die Männer zieht es zum hinteren Teil des Gartens unter die Bäume, wo sie sich aus der türkisen Kühlbox auf dem Picknicktisch eiskalte Bierdosen schnappen.

Über sie hinweg donnert ein unablässiger Strom von Pauschal- und anderen Flügen. Das ist die Jahreszeit, in der man am Himmel immer drei Flugzeuge gleichzeitig im Blickfeld hat, aufgereiht wie Formationsturner. Alle vierzig Sekunden auf dem Höhepunkt der Flugbahn der Maschine in der Mitte verstummen die Grillpartygäste automatisch und machen dann weiter wie zuvor. Cassie erinnert sich an ihren ersten Sommer hier und dass die Leute im Getöse unhörbar wie ernste Goldfische die Lippen bewegten, um zu sagen: »Nach einer Weile nimmst du es gar nicht mehr wahr.«

Sie gießt sich ein drittes Glas Wein ein und gesellt sich zu einer Gruppe Frauen, die darüber reden, was sie an Silvester unternehmen werden. Carol hat eine Familienpauschalreise nach Paris gebucht, wo Gerüchten zufolge der Eiffelturm ein Riesenei legen soll. Donna, frisch geschieden, hofft nach Tonga fliegen und sich an jenem Abend mit Meeresfrüchten vollstopfen zu können, wenn es mit dem Einlösen der Flugmeilen klappt, und dann weiter nach Samoa. Christine hofft, sich mit der Concorde so über die Datumsgrenze schummeln zu können, dass sie das neue Jahrhundert gleich zweimal dämmern sehen kann.

»Neulich hab ich Nigel gesagt«, sagt Amanda von der Nummer zwölf: »Wäre es nicht schön, die Sonne vom Kilimandscharo aus aufgehen zu sehen? Aber ich weiß nicht, was wir dann mit den Kindern machen könnten, denn an diesem Abend will ja bestimmt niemand babysitten, oder?«

»Ich sehe nicht ein, warum Fliegen so praktisch und billig sein soll«, sagt Cassie. »Die Leute sollten es sich zweimal überlegen müssen, bevor sie auf der Welt herumfurzen.«

Sie hätte ebenso gut nichts sagen können. Nie hört mir jemand zu, denkt sie.

»Gedankenlos und gierig«, wirft sie noch ein.

»Amanda ist letzte Woche für die Sonnenfinsternis nach Cornwall gefahren, nicht wahr, Amanda?«, sagt Donna. »Mit diesem Nachtzug ab Paddington, wie hieß er noch mal, mit Champagnerfrühstück und allem Drum und Dran.«

»Der Fin de Siècle irgendwas«, sagt Amanda. »Die Sonnenfinsternis selbst war etwas trübselig, aber sonst haben wir viel abgelacht.«

»Mein Gott! Schaut mal, diese Ameisen!«, ruft Carol fast schon kreischend angesichts eines Schwarms von Insekten, die aus einem Entlüftungsziegel strömen. »Die haben alle Flügel!«

Sie läuft ins Haus, um kochendes Wasser zu holen, während die anderen sich hinkauern und das glitzernde Insektengewimmel in Augenschein nehmen.

»Die sehen viel größer aus als normale Ameisen«, sagt Amanda.

»Wahrscheinlich aus Frankreich«, sagt Donna. »Ihr wisst schon, wie die Eurowespen. Doppelt so groß.«

»Ach, nicht schon wieder Europa«, sagt Amanda missbilligend.

Cassie schenkt sich nach und geht dann schwankend über den Rasen auf die Männer zu. Sie hat das Gefühl, alles mit absoluter Klarheit sehen zu können, doch niemand will ihr zuhören.

Die Männer diskutieren darüber, ob das neue Jahrhundert tatsächlich erst am 1. Januar 2001 beginne, wie diese Schweizer Spielverderber behaupten, und spekulieren, wie viele Arbeitstage flöten gehen, wie lange die Feiern und die anschließenden Kater dauern werden.

»Das Gute am Beginn des Jahrs 2000«, sagt Christines Mann Greg, »ist, dass der 1. Januar ein Samstag ist, sodass alle sich am Sonntag und Montag erholen können, weil der Montag ja auch ein Feiertag ist.«

»Bis dann wird die Flutwelle der Computerabstürze schon passiert sein«, sagt Amandas Mann Nigel mit Gusto. »Das wird der El Niño der IT, sag ich euch, du glaubst es nicht: Die Hälfte der Leute, mit denen ich zu tun habe, haben sich noch kein bisschen mit diesem Problem befasst.«

»Vogel-Strauß-Politik«, nickt Carols Mann Terry. »Dabei geht es um einen Meltdown der Weltwirtschaft.«

»Schlimmer«, sagt Cassie. »Tausendmal schlimmer.«

»Ist Steven noch nicht zurück von den Philippinen?«, fragt Terry, der sie jetzt erst wahrnimmt.

»Der ist noch da oben«, seufzt Cassie und zeigt gen Himmel.

»Hoffentlich haben die die Flugsicherung bis zum Jahreswechsel wieder im Griff«, gluckst Chuck vielsagend. »Es soll das verkehrsreichste Jahr in der Geschichte des Fliegens werden.« Er reibt sich grinsend die Hände. »Seht einfach zu, dass ihr an Silvester nicht unter der Anflugschneise Party macht. Lasst euch das gesagt sein.«

»Es heißt, am 31. Dezember wird es so viele Selbstmordversuche geben wie noch nie«, sagt Greg nachdenklich. »Komischer Zeitpunkt für so was, finde ich.«

»Vermutlich sind in diesen Statistiken die ganzen Typen inbegriffen, die das Ende der Welt beschwören«, sagt Terry. »Wie die, die da am Himalaja campen. Ich meine, wenn dann der Weltuntergang doch nicht stattfindet, dann siehste so was von alt aus, da kannst du dir nur noch die Kugel geben.«

»Über so was soll man sich bloß keine Gedanken machen«, sagt Greg. »Für nächstes Jahr ist ein Sonnensturm vorhergesagt. Dann fällt das Überwachungssystem der Amerikaner komplett aus. Finito. Der perfekte Zeitpunkt für einen Atomschlag. Oder bakteriologische Kriegsführung. Da kannste nur hoffen, dass die Bösenbösen das noch nicht geschnallt haben.«

Er nimmt einen großen Schluck Bier und zuckt mit den Schultern.

»Zu spät«, sagt Cassie undurchsichtig, klagend. Sie weiß, dass alles, was sie sagt, bloß in den Wind geredet ist.

»Kopf hoch, Cassandra«, neckt Terry sie. »Wahrscheinlich geschieht nichts von alledem.«

Cassie sieht zu ihren Jungen hinüber, die spielen und lachen.

»Genau das ist das Problem«, sagt sie hartnäckig. »Es wird etwas geschehen. Und zwar demnächst.«

An Bord des British-Airways-Fluges 666 aus Manila ist die Luft nach 13 Stunden Recyceln erschöpft. Sie hat jede Lunge an Bord durchlaufen und ist nun ein triefender Infektionsherd.

Stevens Gesicht ist grau, vom Jetlag gebeutelt. Er reibt sich die Augen, das ganze Gesicht, und das matte Fleisch bewegt sich in Falten hin und her. Alles für nichts und wieder nichts, sagt er sich, die Brille in der Hand, während er die Augen reibt, bis sie quietschen. Er ist fast zu Hause und froh, dass es Samstag ist. So kann er ein bisschen Schlaf nachholen. In der Nähe sitzt ein Kind, das während des Flugs die meiste Zeit geweint hat, weil die Sinusitis wieder ausgebrochen ist, die es im Sommer auf dem Transatlantikflug erwischt hat, unterwegs zum Disneyland mit seinem Vater, der aus Boston stammt, dann zurück zur Mutter, die Engländerin ist, aber in Hongkong arbeitet, wo sie seinen Vater kennengelernt und geheiratet hat. Allerdings sind die beiden mittlerweile geschieden.

Die müde hübsche Flugbegleiterin lächelt Steven mit so viel einfühlsamer Sanftheit an, wie er sie sich von Cassie öfter wünschen würde.

»Möchten Sie etwas zu trinken, Sir?«

Während sie in ihrem Getränkewagen nach einem Fläschchen Glenfiddich sucht, denkt sie daran, dass sie und ihr Mann an diesem Abend noch Sex haben müssen. Ihre nächsten IVF-Injektionen sind nächste Woche fällig; jetzt hofft sie, dass die Fluglinie nicht wieder ihren Flugplan auf den Kopf stellt, sonst hat sie wieder einen Monat verpasst. Im Oktober wird sie 41, und sie macht diesen Job schon seit zwanzig Jahren.

Unterdessen reibt sich der Pilot die Augen und empfängt eine Nachricht von der Flugsicherung. Seit die Abstände zwischen den wartenden Flugzeugen auf eine bloße Meile reduziert worden sind, ist der Anflug auf Heathrow zu einem Albtraum geworden. »Wir müssen uns noch ein Weilchen in der Warteschleife gedulden bis zur Landeerlaubnis«, spricht er weltmännisch ins Mikrofon. Die Flugzeuge sind dicht übereinandergeschichtet, und seit all dem Durcheinander letzthin zwischen West Drayton und Swanwick kann er sich nicht erinnern, bei einem Routineflug je so nervös gewesen zu sein.

Der Himmel verdüstert sich wie das Gesicht eines Tyrannen von gewöhnlicher Fahlheit zu einem tiefen, grimmigen Violettgrau. Ein Blitz zuckt gelb, das gespaltene Züngeln einer monströsen Schlange, dann ein hochtrabendes Donnergrollen wie das Trommeln vor einer Hinrichtung. Über all dem Dampf und Dunst erhebt sich mürrisch ein Regenbogen von gebrochenem Glanz.

Diesem Bogen folgen die Flugzeuge auf ihrem Sinkflug nach Heathrow, und jetzt verschwindet eines nach dem andern im bedrohlich gigantischen Blumenkohlohr einer Wolke. Verloren in dieser dunstigen Masse, folgt der British-Airways-Flug 666 aus Manila den Anweisungen des Arrivals Controllers, bis er sich vertikal 15 Meter und horizontal 30 Meter von einer Virgin Express Boeing 737 entfernt findet, die gegenteiligen Anweisungen gehorcht. Beide Piloten werden sich im selben Moment der Gefahr bewusst, und beinah wird daraus eine Fastkollision, deren Ursachen das Verkehrsministerium untersuchen müsste. Doch nicht ganz.

Ein Krachen wie am Jüngsten Tag. Die Riesenwolke leuchtet auf wie von einem himmlischen Flammenwerfer entzündet. In West Drayton hat ein Fluglotse einen Herzanfall, der bewirkt, dass ein Dutzend ankommender Flugzeuge in der Luft in Flammen aufgeht.

Jetzt stürzen sie wie Stachelrochen mit gelb funkelnden Augen dröhnend und kreischend in die Tiefe, explodieren in den Glashäusern der Kew Gardens und dezimieren die friedlichen Wohnviertel der Umgebung. Steven gesellt sich zu seiner Frau und seinen Kindern. Stückweise. Flugzeuge rasen in den Hogarth-Kreisel bei Chiswick und machen so dem ewigen Schneckentempo auf der South Circular den Garaus. Gehobene Einfamilienhäuser in Castelnau brechen wie Kartenhäuser in sich zusammen und gehen danach in Flammen auf, gefolgt von angrenzenden Alleen mit rot glühenden Backsteinhäusern. Mortlake wird ausgelöscht und Worple Way dem Erdboden gleichgemacht. East Sheen wird völlig verwüstet.

Feuer verzehrt den Himmel und fällt in flammenden

Kometen zusammen mit Gliedmaßen und geschmolzenen Flugzeugrumpfbruchstücken auf die Erde, wo es im Südwesten Londons zwei Tage und zwei Nächte lang meilenweit Fleisch und Gras und vieles andere verschlingen wird in einem entsetzlichen, unnatürlichen Feuersturm.

Und das – würde Cassie sagen, wäre sie noch unversehrt – ist natürlich erst der Anfang.

BURNS UND DIE BANKER

Endlich setzte man sich hin. Es waren über tausend Menschen. All dieses atmende Fleisch bewirkte, dass die Luft unter den Kronleuchtern bald auf Körpertemperatur anstieg, dem dunklen Funkeln des Frostes draußen auf der Park Lane zum Trotz. Ein unermessliches prosperierendes Summen füllte den Ballsaal des Hotels, als seien sämtliche Arbeiterbienen der Britischen Inseln zusammengekommen, um den Fleiß zu feiern.

Nicola Beaumont benutzte ihre Speisekarte mit dem Schottenmuster, um sich Luft zuzufächeln. Auf der Einladung hatte halb sieben gestanden, weshalb Nicola von Ludgate Hill direkt hergerast war – nach einem viel zu langen Meeting mit dem Kronanwalt, worauf sie sich im Damenklo in buchstäblich zwei Minuten umgezogen hatte; nach einem Tag, der mit einer Acht-Uhr-Sitzung begonnen hatte; nachdem hochhackige Schuhe, Ohrringe und Lippenstift auf der Taxifahrt hierher dazugekommen waren – und sie dann feststellen musste, dass man noch über eine Stunde lang herumstehen und Alkohol trinken werde. Außerdem hatte sie vergessen, sich gegen den unvermeidlichen schottischen Overkill mit *sporrans* und *dirks* und gezierten Gesprächen über *lassies* zu wappnen.

Big Dougal war aus diesem Anlass von Edinburgh gekommen, stellte sie fest, und wurde von einer servilen Clique jüngerer Männer umschwänzelt. Sie hatte nahe genug bei ihnen gestanden, um Bruchstücke der unglaublich weitschweifigen Anekdote zu hören, die er, wie er es zweifellos ausgedrückt hätte, zum Besten gab. »… Und so kam es, dass dieser junge Mann, der eine Immobilie nicht Abertausende Meilen von dem bereits erwähnten Büro in Dumfries entfernt erwerben wollte, dass dieser junge Mann sich also in Verhandlungen verwickelt sah, die nicht ganz, sagen wir mal, stubenrein waren …«

Was diese Schotten doch für Schaumschläger sind, dachte Nicola, die das zwischendurch immer wieder vergaß, aber sie sind wirklich ganz furchtbar von sich eingenommene alte Schaumschläger. Schau dir nur mal diese jungen Männer an, die wie steifnackige Nussknacker lächeln, die Gesichter von serviler Fröhlichkeit zu einem starren Zähneblecken verzerrt. Schrecklich, was er anrichtet, der Ehrgeiz oder vielmehr, wie Dougie es mit Sicherheit formulieren würde, das »Streben nach Höherem«.

Nicola selbst hatte die glitschige Stange schon vor einer Weile erklommen, sie war seit sechs Jahren volle Partnerin und hatte diesen sklavischen Teil Gott sei Dank bereits hinter sich; doch Kunden gewinnen und bei Laune halten zu müssen, das ging natürlich immer weiter. Und deshalb war sie auch hier, ein Glas Whisky in der Hand – sie hasste Whisky, seinen Gestank und den Schwachsinn, der immer darüber verzapft wurde. Aber das war nun mal ein wichtiges Jubiläumsjahr der Federation of Caledonian Bankers, und man hatte beschlossen, es zu begehen, indem man Topmanagement, Klienten und Berater zu einer gigantischen Burns Night einlud.

Sie wandte ihre Aufmerksamkeit einer anderen Gruppe zu. Hier sprach eine ihr bekannte Anwältin, die vor kurzem Partnerin bei Clarence Sweets geworden war, mit der Head-Leasing-Frau von Iddon Featherstone, und beide Frauen hatten ihre Smoking tragenden Ehemänner an der Seite.

»Aber kümmert er sich auch um sie am Wochenende?«, fragte die Clarence-Sweets-Frau eifrig. »Praktisch, meine ich.«

»Doch, doch, er geht mit ihnen schwimmen«, sagte die Head-Leasing-Frau. »Und Rad fahren.« Sie zuckte mit den Schultern. »Allerdings arbeitet er schon an den meisten Wochenenden.«

Die Ehemänner, über die gerade diskutiert wurde, blickten in ihre Whiskygläser wie Kinder, denen die Worte fehlen. Alle vier, die da standen, hatten an diesem Tag zwölf Stunden Arbeit in zehn hineingequetscht, um an diesem Bankett teilzunehmen, und der Whisky rann in Mägen, die das zu Mittag verdrückte Sandwich längst vergessen hatten.

Nein, ich möchte nicht mit ihr vergleichen müssen, wie albtraumhaft lang die Autofahrten zur Geigenstunde für die Kleinen sind, dachte Nicola, deren vierjährige Zwillinge draußen in Surrey jeden Samstag zur selben Geigenlehrerin gingen wie die Tochter der Clarence-Sweets-Frau. Sie ließ den Blick durch den überfüllten Raum schweifen und sah an dessen anderem Ende ihren Mann Charlie mit Verspätung eintreffen. Er sah stämmiger aus denn je. Das dauernde Fliegen letztes Jahr hatte nicht geholfen, dachte sie; sechs- oder siebenmal monatlich in letzter Zeit, Japan und Australien eingeschlossen. Nicht gut für die Taille. Nicht gut für das Herz.

Bis Nicola sich durch die Menge gekämpft hatte, hatte Torquil Cameron sich Charlie schon geschnappt. Wie clever, dass er sich von Goodwood her noch an ihn erinnerte.

»So«, lächelte Torquil über seinem Jabot und verbeugte sich aus der Hüfte, wie das *kilt* tragende Männer tun, um deren Falten mit Schwung zur Geltung zu bringen. »Schön, dass du hier bist, Nicola. Wie du siehst, habe ich deinen Gespons bereits für dich ausfindig gemacht. Doch glaube ich, dass ihr meine liebe Frau Gemahlin Jean noch nicht kennt.«

Jean stand neben ihm, backsteinfarben, ohne Make-up, in den Fünfzigern, in einem mädchenhaft weißen Ballkleid, eine Schottenmusterschärpe quer über dem Busen. Sie lächelte Nicola zu, die einen schwarzen Krepp-Hosenanzug trug, und in ihrem Blick mischte sich Missbilligung mit Schüchternheit und Angst.

»Na, Nicola!«, dröhnte Torquil. »Wann hatten wir das letzte Mal das Vergnügen, dich in *Auld Reekie* oben zu sehen?«

»Ach, nicht so lange her, glaube ich«, lächelte Nicola und fragte sich, warum er so dick auftragen musste. »Im Oktober, stimmt's? Da hatten wir diese Sitzungen wegen der Yellow-Target-Sache. Da hast du uns alle zu einem feinen Essen in der Witchery ausgeführt, wenn ich mich recht erinnere.«

»Richtig, richtig!«, krähte Torquil wie vor Freude und Erleichterung. Er wandte sich Charlie zu. »Und, kannst du deinen *haggis* auch kaum erwarten?«, fragte er. Charlie lächelte matt.

Nach dieser Begrüßung war endlos viel Zeit damit vergangen, dass die tausend Gäste träg wie Plankton am Sitzplan vorbeitrieben und von dort die gigantische Treppe hinab in den Ballsaal.

»Was ich nicht alles für dich tue«, hatte Charlie gebrummt, während Nicola und er die Treppe hinunterschlurften.

»Deinen Leuten zuliebe habe ich erst letzte Woche die entsetzlichlangweiligenalten *Meistersinger* durchgestanden«, hatte sie ihn erinnert. »Vier Stunden.«

»Heute wird's länger.«

»Und *Orpheus und Eurydike* die Woche davor.«

»Das war kurz.«

»Du überstehst das schon«, hatte sie verstimmt gesagt. »Mit all dem Whisky.«

»Weißt du, ob Harry es ins Team geschafft hat?«

»Als Ersatzspieler.«

Mit einem ärgerlichen Schnauben hatte Charlie gesagt: »Dieser Junge! Er hätte durchaus das Zeug dazu. Doch er versucht es nicht einmal.«

»Er sagte, er habe den Schuss vermasselt, mit dem er es geschafft hätte. Pech, nichts weiter. Er ist sehr enttäuscht.«

»Na hoffentlich.«

Beide hatten so viel zu tun, dass es zu einer großen Seltenheit geworden war, einmal einen freien Augenblick zu zweit zu haben wie jetzt in der Warteschlange auf der Treppe. Im Lauf der Jahre hatten sie eine muntere Stummelsprache entwickelt, um sich so rasch wie möglich über ihre vier Kinder, wichtige Informationen und persönliche Eindrücke austauschen zu können – fast wie zwei Kampfpiloten im selben Mosquito.

Nicola hatte ein außerordentlich gutes Gedächtnis, was nicht nur in der juristischen Praxis von unschätzbarem Wert war, sondern auch bei Anlässen wie diesem, da sie sich den Sitzplan einprägen und sich darauf vorbereiten konnte, den Klienten die richtigen Fragen nach ihren sportlichen Aktivitäten und ihren Kindern zu stellen. Sie war auch hervorragend, was Namen und Gesichter betraf. Während sie und Charlie sich also im Schneckentempo treppab bewegten, hatte sie das folgende Bild im Kopf:

Susan Buchanan
Hausfrau. Einnehmend.
Vegetarierin. Drei Jungen unter sechs.

Brian Mahon
In den Fünfzigern. Structured Finance bei der Bank of Hibernia. Tennis, Squash. Ursprünglich aus Belfast. Starker Trinker. Schöne Augen.

Charlie Beaumont
Senior Executive bei der Bank Schnell-Darwitters. Soll nicht zu viel trinken, bitte.

Lily Forfar
Unbekannte Größe.

Deborah Mahon
Drei Mädchen, alle erwachsen. Besucht Krankenhäuser. Bridge. Ealing. Portugal.

Iain Buchanan
Aus Glasgow emigriert. Londoner Filiale der Bank of Alba. Schlacksig, hyper. Golf, Fußball, Partick-Thistle-Fan (auf Fußball zu sprechen kommen). Starker Trinker.

Donald Forfar
Unbekannte Größe. Erfolgreich in der mächtigen Edinburgher Filiale der Bank of Alba. Möglicher Arbeitgeber; zurzeit bei Clarence Sweets, doch die haben ihm letztes Jahr einen wichtigen Fall vermasselt. Golf?

Nicola Beaumont
Partnerin bei Littleboy & Pringle.

Der Tisch war überladen mit schlanken Silbervasen voll Orchideen, Weinflaschen, die ungeöffnet vor Wäldern von Gläsern bereitstanden, Servietten, die zu weißen Kokarden gefaltet waren, und sogar kleinen versilberten *quaichs*, Trinkbechern, wobei in jeden der Name des Gastes, das Datum und das Emblem der Federation of Caledonian Bankers graviert waren.

»Ich muss schon sagen, Iain«, sagte Nicola zum Mann zu ihrer Linken. »Das ist alles schwer beeindruckend.«

»Und dabei hat es noch gar nicht angefangen«, antwortete Iain. »Darf ich dir einschenken? Weißen oder Roten? Bist du schon einmal auf einer Burns Night gewesen? Nein? Nun, da gibt es eine Menge Reden, ich habe dich gewarnt, da bist du froh, wenn du dich an einem Glas festhalten kannst.«

»Prost«, sagte Nicola, die den Mann oberflächlich kannte und seine Intelligenz und Offenheit mochte.

»Slandschiva« oder so etwas, antwortete er.

Aus den Augenwinkeln nahm sie Donald Forfar zu ihrer Rechten wahr, stark, gedrungen, der Typ, dem ein *kilt* gut stand. Wohingegen große, schlanke Männer wie Iain Buchanan in Jeans viel besser aussahen. Eben wollte sie sich Forfar zuwenden und sich vorstellen, als Iain ihr gegen den Arm tippte.

»Jetzt kommt Torquil Cameron«, sagte er und lenkte ihren Blick zum Haupttisch, der Hunderte von Metern entfernt auf einem Podium stand. »Er hält die Willkommensrede, und die dauert, weil er ein großer Heißluftballon ist, aber wenn er das Tischgebet gesprochen hat, können wir anfangen.«

»Gut«, sagte Nicola.

Es war sehr heiß. Sie nahm die Speisekarte, um sich Luft zuzufächeln, und ging in Gedanken noch einmal den vollgestopften Tag durch. Jede Minute war genutzt worden.

Die Stunden, die sie verrechnen konnte, hatte sie dieses Jahr bisher im Griff, aber es war ein ständiger Kampf. Heute früh hatte sie nicht einmal eine halbe Stunde für die Kinder gehabt; es war nicht anders gegangen, aber ihr war nicht wohl beim Gedanken, dass sie diese Woche schon zum zweiten Mal abends ausging, und dabei war es erst Mittwoch. Jade war in letzter Zeit sehr sarkastisch, andererseits genoss sie die Vorteile, die gute Schule, die schicken Urlaube. Sie, Nicola, würde die fehlenden zwanzig Minuten wieder gutmachen, sie morgen reinquetschen, irgendwie.

Sie nahm einen Schluck Wein, und hinter ihrem Gesicht stieg der Alkohol sofort bis auf Augenbrauenhöhe. Genau, was ich gebraucht habe, dachte sie. Das Einzige, was uns, die wir so viel arbeiten und meist auch Erfolg haben, fehlt, dachte sie, während sie den Blick über das Meer erhitzter Gesichter schweifen ließ, ist ZEIT. Sie nahm einen weiteren Schluck und spürte, wie sich in ihren Schultern eine Anzahl winziger Muskeln einem Seufzer gleich entspannte. Das war's, entschied sie. Ab jetzt nur noch Wasser, sonst steh ich das nie durch.

Dass sie problemlos eine halbe Stunde später hätte kommen können, ließ sie vor Ärger fast aus der Haut fahren. Aber so ist das nun mal, rief sie sich zur Ordnung. Sie musste immer vorausdenken. Das musste sie einfach. Sie war unfähig, den Augenblick zu genießen; in der Familie mokierte man sich darüber, dass sie nicht stillsitzen könne. Sie hatte ein wunderschönes Haus, doch sie war nie drin. Sie wusste zu jeder Stunde des Tages, was ihre Kinder taten, doch sie war nicht dabei. Es gelang ihr, beim Jonglieren alles in Schwung zu halten, sie ließ nie nach. Und zwar so sehr, dass sich zu entspannen geradezu gefährlich für sie wäre. Ließe sie mal los, wären die Folgen nicht auszudenken.

Unmengen von Kellnern bewegten sich durch den Saal und brachten Suppen zu den Tischen, während Torquil Cameron immer weitermachte. Gerade eben legte er ein Lippenbekenntnis für Burns ab.

»Denn wo, meine Damen und Herren«, dröhnte er, »wo wären wir ohne die Poesie?«

Nicola erhaschte quer über den Tisch Charlies Blick und unterdrückte ein Kichern. Sie betrachtete andere Gesichter und sah Mienen gequälter Frömmigkeit, als sei von Gott oder von Krebs die Rede.

Der Augenblick verging. Poesie!, dachte Nicola. Genau was wir brauchen. Mit Sicherheit würde später irgendein Schotte Burns-Gedichte von sich geben, in einem schottischen Dialekt, wenn sie das richtig in Erinnerung hatte. *Wee sleekit cowrin timorous beastie.* Während der Mann weiterdröhnte, stellte sie bei sich eine ungewohnte Empfindung fest: Langeweile. Aus solch toten Zeitspannen sollte man etwas für sich herausholen können. Manche Freundinnen rieten in solchen Fällen zu Meditationstechniken. Om oder so. Oder sich einen Strand vorzustellen. Da fiel ihr ein, sie musste so bald wie möglich den Scheck an Better Villas schicken.

Endlich kam der große Heißluftballon zum Schluss. Jetzt sprach er das Tischgebet, und alle mussten über ihren Suppenschüsseln die Köpfe senken.

Some hae meat that canna eat,
And some wad eat that want it;
But we hae meat, and we can eat,
And sae the Lord be thankit.

Dann hob das Stimmengewirr wieder an, und man hörte das Klimpern von tausend Löffeln, die in die *Cullen Skink* tauchten.

Nicola überblickte rasch die Tischrunde. Erleichtert stellte sie fest, dass sie des Lärmes wegen mit niemandem würde reden müssen außer mit Iain Buchanan zu ihrer Linken und dem anderen Mann zu ihrer Rechten. Iains Frau Susan, die ihr direkt gegenübersaß, warf Charlie von der Seite einen hellwachen Spatzenblick zu, den er mit einem falschen Lächeln erwiderte. Susan war aufgeweckt und lustig, soviel Nicola sich erinnerte, aber kein sonderlich tiefsinniger Mensch. Außerdem war sie eine Vollzeitmutter von der Sorte, die entsetzt die Röcke raffte, wenn jemand wie Nicola kam; gleichzeitig verströmte sie eine Bedürftigkeit, dass es einem eiskalt ums Herz wurde. Iain zu ihrer Linken, wusste Nicola, arbeitete Tag und Nacht, da er unbedingt stellvertretender Filialdirektor werden wollte, doch diese Beförderung würde noch ein gutes Jahr auf sich warten lassen.

Auf Charlies anderer Seite saß Deborah Mahon, eine vage lächelnde Frau, die 55 oder 56 war und seit mehr als dreißig Jahren kein Geld verdiente. Sie hatte eine Zeit lang einen Organisationsjob in der Bank gehabt, bis sie Anfang ihrer dekorativen Zwanziger, also im Nebel der Vergangenheit, geheiratet hatte; seither blieb sie daheim, um sich um ihren Mann zu kümmern und um drei anspruchsvolle, selbstsichere und ehrgeizige Töchter, deren jüngste eben zu studieren begonnen hatte.

Nicola wusste, wie bei solchen Veranstaltungen mit Ehepartnern die Gespräche liefen. Die Männer richteten mit gelangweilter Ritterlichkeit das Wort an die Frauen neben ihnen, gaben ihnen mit ein paar kurzen Fragen zu offensichtlichen Themen wie Kindern, Haus oder ihren kleinen Teilzeitjobs die Stichworte, und dann schwatzten die Frauen drauflos, mühten sich ab, das Konversationsfeuer im Alleingang am Brennen zu halten, und redeten sich die Seele aus dem Leib. Doch Nicola gehörte nicht zu diesen Frauen. Sie hatte in beiden Lagern einen Fuß. Sie hatte nicht nur vier Kinder geboren, sondern ebenso viel wie ihr Mann und mehr als Iain Buchanan verdient. Deshalb konnte sie mit den Männern über Geld reden und über das neue japanische Restaurant in der Nähe der Gracechurch Street und – mit Ausnahme von Sport, natürlich – sonstige Dinge, die sie wirklich interessierten. Andererseits trug sie hochhackige Schuhe und Ohrringe und stellte fest, dass der Mann zu ihrer Rechten, Donald Forfar, auf seine solide, etwas düstere Art recht attraktiv war.

»Das Selkirk-Tischgebet«, sagte er, mit dem Suppenlöffel in Nicolas Richtung winkend. »Es heißt so, weil Robert Burns diese Zeilen sprach, als er mit dem Earl of Selkirk dinierte. Tatsache ist allerdings, dass er sie nicht geschrieben hat, es gab sie schon lange vor ihm unter dem Titel *Das Tischgebet des Covenanters.*«

»Wie interessant«, sagte Nicola, und für den Fall, dass dies ironisch geklungen hatte, doppelte sie nach: »Ich liebe Schottland, aber in Selkirk bin ich noch nie gewesen.« Das war zwar geistlos, hörte sich aber immerhin nicht aggressiv an.

»Meine Frau liegt leider mit Grippe darnieder«, sagte Donald Forfar, nachdem Nicola sich nach deren Abwesenheit erkundigt hatte. Sie selbst wurde nie krank. Abgesehen von den drei Monaten Mutterschaftsurlaub anlässlich der Geburten hatte sie keinen einzigen Tag wegen Krankheit gefehlt. Unberufen.

Wie sich herausstellte, war Donald ein richtiger Burns-Fan. Zurzeit las er eine neue Burns-Biografie.

»Du liebe Güte«, sagte Nicola, deren hektisches Leben solcherlei nicht zuließ, obschon sie im Urlaub jeweils mindestens zwei Bücher las und sich fürs neue Jahr vorgenommen hatte, Mitglied eines Buchklubs zu werden. »Ich muss einfach mehr lesen.«

»Aber das ist doch ein Vergnügen«, lächelte Donald. »Bei dir klingt das wie eine Pflicht.«

Na ja, dachte Nicola. Ihr Leben war dermaßen vollgestopft, dass es ihr körperlich und geistig unmöglich war, den Augenblick zu genießen wie ein auf einem Kapuzinerblatt thronender dünnhäutiger Regentropfen, unmöglich, stillzusitzen und ein Buch zu lesen. Ihre Nächte waren notwendigerweise kurz und ihr Schlaf eine traumlose Ohnmacht. Am Morgen zu dösen kam nicht in Frage, nie.

Jetzt beugte sich Iain Buchanan vor, um mit Donald Forfar zu sprechen.

»Wir sind vor sechs Monaten umgezogen«, sagte er.

»Ein richtiges Landhaus, habe ich gehört«, sagte Donald Forfar, »mit Hektaren grünen Rasens.«

»*Och*, es ist schön für Susan und die Jungs, ein Stück Garten zu haben, in dem sie herumrennen können«, antwortete Iain. »Und ganz besonders gefällt ihnen der Tennisplatz. Apropos. Kennst du Roderick MacKenzie? Entschuldige, Nicola, vielleicht kennst du ihn auch? Investments in der Lombard-Street-Filiale der Bank of Auld Scotia?«

»Verheiratet mit Lucy MacKenzie von der Leviathan?«

»Genau. Der ist beim Tennisspielen tot umgefallen am 27. Dezember. Herzinfarkt.«

»Stimmt. Vier Kinder. Furchtbar.«

»Er kam ursprünglich aus Aberdeen, nicht?«

»Sie ist Irin, meine ich.«

»Nein, nein. Engländerin. Sehr englisch.«

»Was geht hier vor?«, fragte Brian Mahon, der sich über den freien Platz von Donald Forfars abwesender Frau beugte, an Iain Buchanan vorbeiblickte und sich ins Gespräch einschaltete: »Sind wir schon so weit, dass hier Engländer, Schotten und Iren miteinander verglichen werden? Geht es darum?« Er sah schon ziemlich angetrunken aus, sein Gesicht war gerötet, seine Augen blau wie das Meer.

»Donald hat eben gesagt, wie fleißig wir Schotten sind im Gegensatz zu den nichtsnutzigen verfickten Iren«, sagte Iain, »und wie viel mehr wir vertragen.«

»Auf die darfst du nicht hören, Nicola«, sagte Brian, der

seine dunkel umflorten blauen Augen auf sie gerichtet hatte. »Wir haben die besseren Dichter und die bessere Musik. Was ist Burns verglichen mit Yeats?«

»Wir haben Shakespeare«, warf Nicola ein, doch sie wurde ignoriert.

»Die Iren«, sagte Iain »sind ehrlich gesagt nicht sonderlich begabt in intellektueller Hinsicht.«

»Die Schotten denken immer nur an Nummer eins, Nicola«, sagte Brian. »Ein Schotte ist nicht fähig, sich zu verlieben.«

»*Och aye*, wofür Robert Burns ein Musterbeispiel ist«, prustete Iain.

»Was ist stärker, Natur oder Kultur?«, sinnierte Donald Forfar. Seine lehrerhafte Art hatte etwas Liebenswertes, fand Nicola. »Er war total aufs Überleben getrimmt worden und aufs Verdrängen«, fuhr er fort, »dennoch hat die Poesie in ihm triumphiert.«

»Bildung«, erklärte Iain, ließ den Whisky in seinem Glas kreisen und roch dann daran. »Und Fleiß. Das sind die beiden Gründe, warum Schottland die Nase vorn hat.«

Beim Stichwort »Bildung« reagierte Nicola wie ein pawlowscher Hund und wollte diese Männer gerade nach den Schulen ihrer Kinder ausfragen, als Brian Mahon ihr ins Wort fiel.

»Ein gieriges Pack, diese Schotten«, sagte er verächtlich. »So sind sie, Nicola: Um aufzusteigen, wandern sie aus, so schnell sie können, und wenn es nur bis Guildford ist, wie Iain hier, und dann halten sie einem Vorträge darüber, wie großartig ihr *auld country* ist.«

»Schottland blieb eben bei den althergebrachten Lehrmethoden, als England diese aufgab«, sinnierte Donald Forfar weiter. »Und weil es bei uns eine gebildete Arbeiterschicht gibt, ist unsere Gesellschaft eine von Grund auf demokratischere als die englische.«

»Donald ist auf ein Internat gegangen, das berühmte Fettes«, bemerkte Iain Buchanan trocken.

»Oh, Fettes!«, sagte Nicola fasziniert.

Doch bevor sie ihn nach alten Schulkameraden fragen konnte, wurde sie von einem Kiltträger unterbrochen, der rief, man möge sich erheben für die Ankunft des *haggis*. Während des folgenden Aufruhrs warf sie einen verstohlenen Blick auf die Uhr. Nach neun. Die Zwillinge sollten seit über einer Stunde schlafen. Ein schreckliches Plärren ertönte, und ein Dudelsackspieler marschierte zwischen den Tischen durch, gefolgt von einem Koch mit etwas Beigem auf einer Silberplatte, hinter ihm schwenkte ein weiterer Schauspieler in jeder Hand eine Flasche Whisky. Die drei bewegten sich im Rhythmus des langsamen Klatschens, das sie begleitete, gemächlich auf den Haupttisch zu.

»Schau mal, Donald«, sagte Iain Buchanan, der den Kopf gereckt hatte, um zu sehen, wie sich am Haupttisch ein stämmiger alter Schotte erhob, während der Rest des Saals sich setzte. »Der alte Shoogie Henderson hält die Ansprache an den *haggis*. Der ist schon seit Urzeiten dabei. Was meinst du, wann tritt der in den Ruhestand?«

»Er ist über sechzig«, sagte Donald, der Whisky in die kleinen silbrigen *quaichs* goss und sie dann ihren jeweiligen Besitzern reichte.

»Das ist der Nachteil dieses Unternehmens«, fluchte Iain, und kippte den Inhalt seines *quaich*: »Es bewegt sich nichts. Die Spitze ist blockiert.«

»Der Tamdhu schmeckt mir besser«, sagte Donald. »Das Speyside-Malz ist milder.«

Iains Gesicht war entschieden röter als vor einer Stunde. Er streckte seinen *quaich* hin, um sich nachschenken zu lassen. Er war in diesem kritischen Alter, 37 oder 38, in dem entweder eine Beförderung seiner Karriere gewaltigen Schub und zusätzliche Macht verleihen würde oder aber er auf demselben Gleis weiterfahren würde bis zu seinem Ruhestand.

Am knackenden Mikrofon räusperte sich der alte Shoogie Henderson, und widerstrebend breitete sich im riesigen Saal mehr oder weniger Stille aus. Dann begann er in nikolaushaftem Ton:

Fair fa' your honest, sonsie face,
Great Chieftain o'the Puddin-race!
Aboon them a' ye tak your place,
Painch, tripe or thairm:
Weel are ye worthy of a grace
As lang's my airm.

Und es ging nicht nur so lang wie sein *airm*, sondern immer weiter und weiter. Für Nicola hörte es sich unverständlich, selbstverliebt und lächerlich an.

»His knife see Rustic-labour dight«, fuhr der alte Shoogie mit Gusto fort, *»An' cut you up wi' ready slight …«*

Er hielt inne und lächelte dem *kilt* tragenden Spinner neben sich zu, der ein Messer ergriff und es theatralisch in den *haggis* rammte. Jubel ertönte.

»Was ist da eigentlich drin?«, fragte Nicola, als ein Teller mit filzigen braunen Brocken vor ihr hingestellt wurde.

»*Och*, es ist nur so eine Wurst«, sagte Donald, der ihren Arm streifte, als er nach dem Whisky griff. »Aber als Hülle verwenden sie den Magen statt der üblicheren Därme.«

»Schon, aber was ist drin?«, sagte Nicola und blickte ihm in die Augen, die wie aus schwarzem Glas und deren Lider gesenkt waren. »Ich will wissen, woraus das Ding besteht.«

»Leber, Lunge und Luftröhre eines Schafs«, sagte Donald und blitzte sie an.

»Aha«, sagte Nicola. »Vielen Dank auch.«

»Mir bitte noch ein paar Töffelchen und Rübchen«, flötete Iain Buchanan einem Kellner zu.

An jedem Tisch sah Nicola Männer in *kilts* schmatzend einen Nachschlag verlangen. Sie versuchte ein Bröckchen *haggis* und fand es mehlig und salzig. In diesem brütend heißen Saal ergoss sich ein Meer genippten, geschluckten und gekippten Alkohols in tausend leere Mägen. Gerötete, verschwitzte Gesichter zerrissen sich zu Gelächter. Der Lärm war enorm. Es war schon beinah zehn, sah Nicola mit einem erneuten verstohlenen Blick auf die Uhr, und sie waren noch nicht einmal beim Hauptgang angelangt, denn soweit sie das beurteilen konnte, war der *haggis* eher eine Vorspeise.

»Jetzt ist es so weit, Nicola«, sagte Iain Buchanan, als eine Schar schottischer Volkstänzer sich auf dem Podium in der Mitte des Saals versammelte. »Jetzt kommt das *heedrum hodrum*. Du musst auf den Krach hören, den sie machen. Ab und zu stößt jemand *a wee hooch* aus, um seine besondere Freude zu zeigen.«

»Tänze habe ich bei einem Burns Supper noch nie erlebt«, sinnierte Donald. »Heute Abend werden offensichtlich keine Kosten gescheut.«

Die jungen Tänzer waren ein trauriges, sonderbar aussehendes Völkchen, und das Podium erbebte, als sie hüpften und sprangen. *Hi-yeuch!*, stießen sie geschrubbt und verzweifelt hervor, bleckten die Zähne und keuchten. Fast so geschlechtslos wie irische Tänze, dachte Nicola, auch hier hatte der Oberkörper nichts mit dem Rest zu tun, als fände auf Hüfthöhe eine radikale Trennung statt. Sie schaute sich um. Nichts als Gestelztheit, Steifheit und Geschwätzigkeit! Stellte sie sich die im Bett vor, packte sie das kalte Grauen.

Sie wandte sich wieder ihrem Tisch zu, wo das Gespräch für das *heedrum hodrum* unterbrochen worden war, und ging die Männer durch. Charlie war immer noch ein Hauptkandidat, obschon er seit dem Sommer zehn Kilo zugelegt haben musste. Iain sah nicht schlecht aus, hatte aber aus irgendeinem Grund keine Chance. Erträglich, lächelte sie innerlich, aber nicht attraktiv genug, um mich zu reizen. Brian Mahon war zwar tief in den Fünfzigern, aber offensichtlich noch immer interessiert, wohingegen seine Frau so verstaubt aussah wie jemand, der keinerlei Gelüste verspürt. Nein, es müsste also dieser Mann, Donald Forfar, sein, er war der klare Favorit, auch wenn sein dichtes schwarzes

Haar beängstigend torfig aussah. Faszinierend war, wie im Lauf des Abends seine Wangen immer dunkler wurden. Wenn das so weiterginge, hätte er um Mitternacht einen Bart stehen. Er war mit seinem Stuhl etwas nach hinten gerückt, um die Tänze besser zu sehen, und so erhaschte Nicola einen Blick auf seine strammen Waden in den wollenen Kniestrümpfen und auf seine großen nackten Knie.

Die Mahlzeit zog sich hin mit warmem tranchiertem Fleisch und einer müsliartigen Pampe, bis endlich das Kaffeestadium erreicht war. Bald vorbei, dachte Nicola, während sie ein Minzschokoladetäfelchen auspackte. Es war deshalb ein übler Schock, als Donald ihr einen freundlichen Blick zuwarf und erklärte: »Dann kann es jetzt endlich richtig losgehen!«

»Ja, aber die Sache vor dem *haggis*«, stammelte Nicola, »dieses Gedicht, war es das noch nicht?«

»Nein, nein«, lachte Donald. »Das Herzstück einer Burns Night ist das Ewige Gedenken. Jemand muss eine Lobrede auf Burns halten, und die heißt so: Ewiges Gedenken.«

»Schau, wer sie heute Abend hält«, krähte Brian Mahon weiter oben am Tisch. »Rory McCrindle. Hast du sein Haus in Farnham mal gesehen? Schottenmustersofas, Schottenmusterteppiche, Bilder der heidekrautbedeckten schottischen Highlands. Man kommt sich vor wie in der Höhle von Rob Roy.«

»Aber nichts verglichen mit Iains Herrenhaus in Guildford, soviel ich gehört habe«, sagte Donald. »Man hört, es habe einen Swimmingpool, Iain; stimmt das?«

Ich weiß nicht, ob ich das durchstehe, dachte Nicola. Ich habe genug. Charlie blinzelte ihr quer über den Tisch zu. Er war rot und sah total knülle aus. Vor ein paar Minuten hatte sie ihn den Kellner nach mehr Malt Whisky fragen hören. Aus dieser Ecke ist also keine Hilfe zu erwarten, dachte sie und überlegte, wie sie ihn nach Hause bringen werde.

»Dieses Ewige Gedenken«, sagte Nicola, »wie, äh, *lange* dauert das so in der Regel?«

»*Och*, das Ewige Gedenken ist erst der Anfang«, sagte Iain. »Keine Angst. Du wirst begeistert sein.«

»Das Ewige Gedenken ist ein moralisches Abführmittel«, sagte Donald. »Man hört sich einmal jährlich die Geschichte von Burns' Leben und Dichtkunst an und nimmt in diesem Licht das eigene Leben unter die Lupe. Es ist etwas Erbauliches, Nicola.«

»Ist er eine Art Heiliger?«, fragte Nicola.

»Ein Heiliger nicht gerade«, sagte Donald.

»A man's a man for a' that«, platzte Iain herein.

»The social, friendly, honest man«, fuhr Donald fort: *»Whate'er he be.«*

»For a' that«, wiederholte Iain.

»Ja, die Engländer kennen alle auch ein bisschen was von Shakespeare«, sagte Nicola. »Sein oder nicht sein, ist das ein Dolch, was ich vor mir erblicke? Aber wir versuchen nicht, sein Leben nachzuahmen und Anne Hathaway – mit Zwillingen – im Stich zu lassen.«

»Oor Rab had mair twins than Shakespeare«, sagte Iain aggressiv. *»He had them coming oot his ears.«*

»Nein, Nicola, was die Leute ergreift, ist die Litanei seines Lebens«, sagte Donald. »Barfuß, Klappbett, Homespun, Torffeuer, an denen er den Geistergeschichten der alten Betty lauschte, ab sieben Jahren Zwangsarbeit auf dem kaum Ertrag bringenden Bauernhof seines Vaters. Arm waren sie, aber glücklich. Siehe *The Cotter's Saturday Night*, das große Family-Values-Gedicht der Schotten.«

»Aye one for the lassies, but«, sagte Iain.

»Oh, aye one for the lassies«, pflichtete ihm Donald bei, allerdings mit einem näselnden Unterton gespielter Missbilligung. »Er hat genug Kinder gezeugt, um von der Kirchenkanzel aus angeprangert zu werden, sodass er sich überlegt hat, nach Jamaica zu segeln … Doch im letzten Augenblick bringt ein Verlag seine Sammlung von Dialektgedichten heraus, die ein Riesenhit sind und von allen gekauft werden, von Edinburghs gesellschaftlicher Crème de la Crème …«

»Wie von dir selbst, mein lieber Donald«, bemerkte Iain.

»… von Edinburghs Literaturliebhabern bis zu meilenweit entfernten Bauernknechten und Mägden«, fuhr Donald unbeirrt fort. »Highland Mary stirbt bei der Geburt eines Kindes, natürlich seines …«

»Aber er hat dann immerhin *bonny* Jean Dingsbums geheiratet«, sagte Iain.

»Ja, er heiratet die treue Jean Armour, Mutter von neun seiner Kinder …«

»Ach, deswegen hieß die Nachspeise Jean's *Brose*«, unterbrach Nicola. »Dieses Müslizeug.«

»… Scheitert als Bauer, bekommt Arbeit als Steuereinnehmer, erkrankt«, fuhr Donald fort, »und stirbt mit siebenunddreißig.«

»Siebenunddreißig!«, rief Nicola. »Shakespeare war über fünfzig.«

»Burns hatte dafür mehr Zwillinge«, ließ sich Iain nicht beirren.

»Nicht genug damit, Nicola«, fuhr Donald fort: »Das Ewige Gedenken wird um eines von mehreren abgedroschenen Themen kreisen.«

»Burns Nummer eins«, fiel ihm Iain ins Wort, »der dichtende Ackermann.«

»›An ein Gänseblümchen in den Bergen, nachdem er mit dem Pfluge eines geknicket‹«, sagte Donald. »Burns Nummer zwei, der Liebende. *Aye one for the lassies, heh heh. O my luve's like a red, red rose.* Burns Nummer drei, der Zechbruder …«

»… Burns war kein Alki«, kommentierte Iain. »Der trank gern mal ein Schlückchen mit seinen Freunden, aber nicht regelmäßig bis zum Umfallen.«

»We are na fou, we're nae that fou«, zitierte Donald.

»Und so weiter«, sagte Iain etwas resigniert und schenkte Whisky nach. »Doch schau, McCrindle ist auf dem Weg zum Mikrofon.«

Man konnte ihn nicht wirklich sehen, so weit entfernt war der Haupttisch. Der Mann war eine schottisch gemusterte Ameise in einem schottisch gemusterten Ameisenhaufen.

»Burns war, wir wollen nicht um den heißen Brei herumreden, ein Bauer«, tönte seine Stimme aus dem Lautsprecher.

»Burns Nummer eins«, zischten ihr Donald und Iain von beiden Seiten in die Ohren.

Sie schaltete ab, wie wenn sie eine Oper aussitzen musste. Sie beschloss, dies als Entspannungszeit zu betrachten. Als sie über den Tisch zu Charlie schaute, verspürte sie einmal mehr Erleichterung darüber, nicht mit den Frauen reden zu müssen. Sie kannte solche Weiber, insbesondere Brian Mahons Frau, die ältere, deren Blick sie erhaschte, bevor sie wegsah. Oh, ja, dieser Blick sagte: »Du mit deinem Vierradantrieb und deiner Gier, warum hast du überhaupt Kinder, wenn du dich doch nicht um sie kümmerst?«

Sie schaltete auf Rory McCrindle um.

»Als Teenager gründeten Burns und seine Freunde einen Klub, die Tarbolton Bachelors«, verkündete er mit bemühter Lustigkeit. »Zu diesem wurden keine Snobs zugelassen und, ich zitiere, ›schon gar keine kleinlichen, weltlichen Sterblichen, die nichts anderes im Sinn haben, als Geld anzuhäufen‹.«

Gelächter wehte durch den Saal wie Wind durch ein Gerstenfeld.

»Warum nur ist der Barde so schlecht gerüstet für die Welt«, fuhr er fort, »und hat für deren Freuden so viel Sinn?«

Eben, dachte Nicola. Genau so ist es. Ihre Tochter Jade zum Beispiel wurde nicht müde zu sagen, sie wolle auf keinen Fall so leben wie sie. Bloß, was glaubte sie, wo das alles herkam? Bei ihrem letzten Gespräch hatte Jade gesagt, sie wolle Event-Organisatorin werden, sich nicht auf einen einzigen Job festlegen und vor allem Spaß haben. Nur um

Nicola zu ärgern (da war sich Nicola sicher), trug sie ein T-Shirt mit der Aufschrift »ALL DAS – und mein Vater ist stinkreich« quer über ihren Busen. Wäre sie wirklich lieber wie Brian Mahons Frau, deren Höhepunkt des Jahres wahrscheinlich die Planung und Durchführung der im Stil der Fünfzigerjahre gehaltenen Familienweihnacht mit Truthahn und Rosenkohl war? Wohingegen sie, Nicola, das Problem der Feiertage dadurch erledigt hatte, dass sie die ganze Mischpoche nach Lappland verfrachtete. Zugegeben, die Packerei war ein Albtraum gewesen, weil das Kindermädchen am Weihnachtsabend zurück nach Sheffield wollte, und dann hatte Chloe den kleinen Finger ihrer linken Hand gebrochen, weil sie am Flughafen Rovaniemi auf dem Glatteis ausgerutscht war, aber alles in allem war es eben doch fantastisch gewesen. All der Schnee, und die Kinder waren begeistert gewesen von der Schlittenfahrt mit den Elfen des Weihnachtsmannes.

Mittlerweile zitierte McCrindle aus einem Brief des dichtenden Ackermannes. »Wenn schon sumpfige Ackerbalken und dreckige Misthaufen den größten Teil meiner unsterblichen Seele in Anspruch nehmen, wünschte ich, ich wäre als Krähe oder Elster geboren, denn dann würde ich von keinem höheren Gedanken geplagt als dem Aufbrechen von Schollen und dem Aufpicken von Maden.«

Zu Hause war es an Wochentagen ohnehin öde, wie sie anlässlich der Mutterschaftsurlaube festgestellt hatte: keine anderen Gesprächspartner als Kindermädchen oder Frauen wie Deborah Mahon. Binnen dreier Tage verloren die Augen ihren Glanz, die Oberschenkel verwandelten sich in

Gelee, und jede Woche legte man drei Kilo zu. Sie liebte ihre Kinder mehr als das Leben selbst (zu solchen Goneril-und-Regan-Übertreibungen sah man sich ja geradezu verpflichtet), und auf seine Art tat das auch Charlie; doch wie er zog sie es vor, einen Großteil der Elternarbeit auszulagern. Sie hatte eine wunderbare Nanny, die Gold wert war, nun schon seit vier Jahren, und ihr graute beim Gedanken, was geschähe, wenn die Nanny sie verließe.

Unterdessen hatte Burns die dreckigen Misthaufen von Mossgiel hinter sich gelassen und wurde in den Salons von Edinburgh gefeiert; allerdings vertrug sich seine Freude an gebildeten Konversationen schlecht mit seiner Verachtung für vererbte Privilegien. Sie spürte sie um sich herum: Geschichte, diese Typen und deren Frauen, die sie am liebsten zurück an den heimischen Herd gescheucht hätten. Doch wie Burns in den Salons von Edinburgh würde auch sie sich nicht einschüchtern lassen: Sie hatte sich ihre Position überlegt und ihre Ansichten dazu gründlich durchdacht.

Als Nicola ein Kind gewesen war, hatte ihre Mutter in einer rötlichbraunen Wolke aus Wut und Frustration gelebt. Wenn ich heute den Schuldgefühlswagen nur schon am Horizont auftauchen sehe, dachte Nicola, fällt mir diese Wolke ein, und ich stoße einen Schrei der Erleichterung aus. Sie war nicht mit einem Silberlöffel im Mund geboren worden, doch die guten Prüfungsergebnisse vor dem Schulwechsel hatten ihr am Spiel teilzunehmen erlaubt. Sie war an ihre Grenzen gegangen, hatte sich mit anderen gemessen und Erfolg gehabt. Minuten waren zu sinnvollen Einheiten geworden, Stunden hatten sich zu etwas summiert. Dann waren die Kinder gekommen, sie hatte darauf hingearbeitet, Teilhaberin zu werden, und damit waren ihre Fähigkeiten, geschickt mit ihrer Zeit umzugehen, so wichtig geworden wie nie zuvor.

Manchmal löcherten sie die zu Hause bleibenden Mütter mit Fragen nach den besten Schulen für ihre Töchter. Wozu denn?, fühlte sie sich dann versucht zu sagen: Wozu wollt ihr eure Töchter durch Examen peitschen, wenn sie eines Tages wie ihr auch nur Kaffee trinken werden zwischen den Fahrten von und zur Schule? Natürlich hielt es die Männer am Tag nicht zu Hause: Die hauten in der Frühe ab, um da zu sein, wo etwas los war. Um zu arbeiten. Um Geld zu verdienen.

Zum Schluss des Ewigen Gedenkens gab Rory McCrindle noch ein paar hehre Gedanken zum Besten. »Dass menschlicher Anstand und Menschen von Wert in erster Linie bei den Armen zu finden sind, das nahm er so konstant, so drängend und aufgrund so vieler eigener Erfahrungen wahr wie kein anderer seiner Zeitgenossen«, psalmodierte er.

Ich halte nichts von dieser alten Vorstellung, dass Armut eine Tugend sei, dachte Nicola. Was soll an Geld nicht recht sein? Geld tut den Menschen gut. Dass sie ihren Lebensunterhalt selbst verdienen würde, daran hatte sie immer felsenfest geglaubt. Sie hatte nicht all die Jahre über rechtswidrigen Handlungen und Gesetzen gebrütet, für Examen geschuftet und auf Vergnügen verzichtet, bloß um sich die Zeit zu vertreiben, bis sie eine Familie gründete. Das wäre eine schöne Verschwendung von Staatsgeldern gewesen.

Und sie konnte auch nicht zwei Jahre pausieren. Nein. Keinen Fuß hätte sie danach auf den Boden gekriegt. Man hätte sie nicht mehr mitspielen lassen.

Abgesehen davon brauchten sie ihr Geld. Es wäre zu gefährlich gewesen, sich allein auf Charlies Einkommen zu verlassen in Anbetracht der Unsicherheit der Arbeitsplätze. Es brauchte eine unglaubliche Menge, um den Zirkus am Laufen zu halten, vor lauter Hypotheken, Kinderbetreuung und dann noch Charlies Alimenten für die schauerliche Joanne. Einen Augenblick lang kam sie sich uralt vor, wie ein abgearbeitetes Pferd. »Die will hoch hinaus«, hatte es immer geheißen, meist als Kompliment, allerdings –

Ihre Gedankengänge wurden unterbrochen durch plötzlichen Tumult: Scharrend wurden Stühle gerückt, ertönten *»Rabbie!«*- und *»Rabbie Burns!«*-Rufe, während allenthalben Leute aufstanden und theatralisch den Inhalt ihrer *quaichs* kippten, gefolgt von einer gefühlvollen Woge des Beifalls. Diese hart arbeitenden, bedächtigen Banker und ihresgleichen waren den Tränen nah vor Rührung ob der ihnen allen vertrauten Geschichte des leichtsinnigen, ärmlichen Lebens dieses Dichters, seines Sterbens und der immerwährenden Schrecken der Schulden.

»Wie ich gehört habe, gab es einige Probleme bei der Planung der Reden«, sagte Donald, der sich in Richtung Unbedachtheit süffelte. »Allem Anschein nach hat Alistair Wallace, der Leiter der Zweigstelle Aberdeen – also, er war der klare Favorit für den *Toast to the Lassies*.«

»The *Lassies*?«, sagte Nicola verächtlich.

»Ja, der *Toast to the Lassies* kommt in der Regel gleich nach dem Ewigen Gedenken, aber weil heute Abend so viele da sind, mussten sie die Sache ein bisschen langsamer angehen lassen, damit genug Zeit bleibt zum Auftragen und Abräumen und so weiter.«

»Warum Alistair Wallace?«, fragte Iain. »Warum kein Jüngerer? Fast alle von uns sind jünger als Alistair Wallace. Ist ja auch keine Kunst, jünger als Alistair Wallace zu sein.«

»Sein *Toast to the Lassies* ist die letzten dreißig Jahre bei Burns-Gesellschaften überall an der Ostküste äußerst gefragt gewesen«, sagte Donald. »Er ist ein Lokalmatador. Doch als dann in London die Liste durchgegangen wurde, da erwies sich seine berühmte Rede zur allgemeinen Bestürzung als unhaltbar. Zu anstößig. Zu sexistisch.«

»Ach, nicht schon wieder diese Political-Correctness-Scheiße«, sagte Iain angewidert.

»Man konnte schon sehen, wo das Problem lag«, sagte Donald brütend. »Bei einem Burns Supper sind in der Regel fast nur Männer da. Die Frauen bleiben zu Hause. Fast wie bei den Freimaurern, wenn man so will. Und dann hat der Organisator dieser großen Jubiläumsfeier der Caledonian Federation gerade noch gemerkt, dass die Hälfte der heute Abend Anwesenden wohl weiblichen Geschlechts sein würde. Ein Update wäre also angebracht.«

»Und was haben sie daraufhin getan?«, fragte Nicola, deren Interesse gegen ihren Willen erwacht war. Sie liebte Management-Streitfragen.

»Na ja, Alistair einfach ausbooten konnten sie natürlich nicht, das hätte auch Anstoß erregt. Er hätte keinerlei Verständnis gehabt, so wenig wie seine Fans. Also beschlossen sie, ihn für etwas weniger Kontroverses einzuplanen, die Antwort auf das Ewige Gedenken. Das ist in der Regel einfach eine öffentliche Danksagung, wenn sie nicht überhaupt gekippt wird. Und man bat ihn, die Obszönitäten auf ein Minimum zu beschränken.«

»Na großartig«, sagte Iain ärgerlich. »Mal wieder ein klassischer Anfall von Humorlosigkeit, na prima.«

»Nicht, wenn man darüber nachdenkt«, wandte Donald ein. »Dann kann man sie ein Stück weit begreifen. Es wäre sonst ein bisschen so gewesen, als hätte man einem Publikum, das zur Hälfte aus Schwarzen besteht, zugemutet, über rassistische Witze zu lachen. Da würdest du auch nicht von Humorlosigkeit sprechen.«

»Das ist etwas anderes«, knurrte Iain. »Aber wer wird denn nun den *Toast to the Lassies* ausbringen?«

»Sie haben einen Akademiker gefunden, der sich für schottische Literatur interessiert«, sagte Donald mit einem Schulterzucken. »Vom Birbeck College, glaube ich.«

»Oh, super, ein *Akademiker*«, sagte Iain. »Meinst du, die bringen die Flasche Talisker noch mal vorbei?«

»Ist das der Mann, der den ganzen Ärger verursacht hat?«, fragte Nicola.

»Genau der«, sagte Donald, während er den Hals nach dem obersten Tisch reckte.

Mit schweren Guttural- und Räusperlauten ratterte der umstrittene alte Redner Alistair Wallace Anekdoten herunter. Nicolas Ohren nahmen ungefähr die Hälfte des Gesagten auf, während sie mit dem angestrengten Gesichtsausdruck einer Schwerhörigen dasaß. Nicht zu glauben, wie spät es ist, dachte sie; so kommen wir nie nach Hause. Seine Stimme klang wie Artilleriefeuer, sein Ton brutal, lakonisch, fast osteuropäisch, fand sie; allerdings hatte die Verbindung von Romantik und Stoizismus auch etwas unverwechselbar Schottisches. Soweit sie seine Rede verstehen konnte, hatte diese absolut nichts mit Burns zu tun. Aber wenigstens war sie nicht so lang wie die vorherige. Und jetzt kam zum Schluss noch ein Witz für Banker.

»›*Och*, dieses Leben ist ja gut und schön‹, sagt Angus zu seinem Freund Gavin. ›Das Geld ist gut, der Job ist prima, aber der Stress macht mich einfach fertig. Ich bin manchmal so überdreht, dass ich mir nicht mehr zu helfen weiß.‹

›Du weißt doch genau, dass das zum Berufsrisiko gehört, wenn man wie wir in der City am Drücker ist‹, sagt Gavin. ›Wir haben nun mal dicke Eier. Aber ich sag dir, was ich tue, wenn ich zu viel Stress hab. Also, wenn es so weit kommt, dann fahre ich bei der ersten Gelegenheit nach Hause, küsse die Alte gleich unter der Haustür und bugsiere sie hoch ins Schlafzimmer. Eine halbe Stunde später bin ich wieder voll da. Putzmunter. Und brenne so richtig darauf, mich ins Getümmel zu stürzen. Versuch's doch auch einmal.‹

›Hm‹, sagt Angus. ›Danke für den Tipp. Wenn man dich anschaut, funktioniert das offensichtlich.‹«

Die Männer kicherten über ihren Whiskys. Susan Buchanan hielt beim Zuhören den Kopf schräg, wie ein fröhlicher Spatz, während Deborah Mahon ihr vages Allzwecklächeln aufgesetzt hatte. Nicola betrachtete das Lächeln auf dem müden grauen Gesicht ihres Mannes. Charlie war ihr immer noch der Liebste, doch er sah wirklich nicht mehr aus wie der junge Ritter Lochinvar.

»Eine Woche später«, fuhr der Redner fort, »begegnen sich Angus und Gavin wieder. ›Du siehst viel besser aus, Angus‹, ruft Gavin, ›um Jahre jünger, entspannt, als hättest du auf der ganzen Welt keine Sorge.‹ – ›Dank dir‹, sagt Angus lächelnd. ›Ich bin deinem Rat gefolgt. Als ich das nächste Mal Stress hatte, bin ich mit dem Auto zum Haus rausgefahren. Ich hab an die Tür geklopft. Die Frau geküsst. Sie hinauf ins Schlafzimmer bugsiert. Eine halbe Stunde später war ich wieder voll da. Genau, wie du gesagt hast. Zuerst war deine Alte zwar ein bisschen verwundert, aber als ich ihr erklärt habe, du hättest mich geschickt, da war sie mit Leib und Seele dabei.‹«

Der Riesensaal tobte. Ringsum brachen rot erhitzte Gesichter in schallendes Gelächter oder Gewieher aus. Nicola lächelte höflich und spürte, wie sie schauderte.

Stress! Damit konnte sie umgehen. Sie genoss es geradezu, in seine salzigen Wogen zu springen. Das Gefährliche war, dass es einem zu gut gelingen konnte. Dass man Zeit, die nicht bezahlt wurde, die man nicht verrechnen konnte, als tote Zeit zu empfinden begann, als unrentabel; es sei denn, sie diente der Erholung, wie die zwei Stunden Kraftraum jede Woche, damit man das Energielevel halten konnte, damit die Maschine weiterhin rund lief. Natürlich gab es auch andere Rhythmen, den Rhythmus von Kindern und alten Leuten, dass man geduldig war, dem Gras beim Wachsen zusah; doch das kam für sie mindestens die nächsten dreißig Jahre nicht in Frage. Sie wollte es nicht locker angehen lassen. Sie war jung oder zumindest in der Blüte ihres Lebens; sie setzte mit Begeisterung etwas Produktives in Gang. Ruhe brachte ihr absolut nichts.

Wieso ist eigentlich immer von mir die Rede, überlegte Nicola, wenn es mal wieder darum geht, alles aufs Mal zu haben? Ich war die Beste meines Jahrgangs. Ich bin cleverer als er, auch wenn ich ihm das nicht zu spüren gebe. Wir haben vier Kinder. Doch dass er seine Arbeitszeit nach der Familie richtete oder helfen würde mit dem Kindermädchen oder mit dem Haus und was das alles mit sich bringt, ist nie ein Thema. Nicht eine Sekunde lang ist je davon die Rede, dass Charlie auch nur das Geringste anders machen sollte.

Fairerweise musste man allerdings sagen, dass er nie vorgeschlagen hatte, sie sollte zu arbeiten aufhören.

»Iain, es ist schon nach elf«, sagte Nicola. »Ich will ja nicht unhöflich sein, aber ich mache mir Gedanken wegen des Babysitters.«

»Das dauert noch eine Weile. Eine Burns Night kann man nicht im Schweinsgalopp absolvieren. Aber mach dir keine Sorgen wegen der Babysitterin. Wenn du nach Hause kommst, schläft die vor dem Fernseher.«

»Stimmt«, sagte Donald. »Es lässt sich eh nichts machen. Am besten, du genießt es. Magst du noch ein Glas?«

»Nein danke«, sagte Nicola ohne ein Lächeln.

Sie musste die Einzige im Raum sein, die nicht betrunken war. Wie viel mehr Burns-Zeug konnte es überhaupt noch geben?

»Na also, Nicola«, sagte Iain. »Gleich geht's los mit dem *Toast to the Lassies*. Da ist der Akademiker. Ich kann es kaum erwarten.«

Tatsächlich war die folgende Rede so direkt und anrührend, dass Nicola zu ihrer Verwunderung zum ersten Mal an diesem Abend mit voller Aufmerksamkeit zuhörte.

Agnes, die Mutter des Lyrikers, war das älteste von sechs Kindern gewesen; als sie zehn war, starb ihre Mutter und sagte Agnes auf dem Sterbebett, sie müsse sich um ihre kleinen Brüder und Schwestern kümmern. Wenig später wurde Agnes von einem Ackermann umworben, mit dem sie täglich auf dem Feld arbeitete; nach sieben Jahren erwischte sie ihn jedoch mit einer anderen, machte Schluss und heiratete sogleich William Burns, einen Pächter, der einiges älter war als sie. Ihr Ältester, Robert, erbte ihre strikten Idealvorstellungen von Treue nicht. Er schrieb vielmehr, sein Herz sei aus Zunder und entflamme deshalb andauernd für die eine oder andere Maid.

Da gab es beispielsweise die sogenannte Highland Mary, Mary Campbell, der er in einem Bächlein rein die Hand reichte zum heimlichen Ehebund und die ungefähr zu der Zeit, als Jean Armour ihm Zwillinge gebar, bei der Geburt seines Kindes starb. Dann gab es May Cameron, ein Dienstmädchen, Jenny Clow und Agnes McLehose (seine Clarinda) in Edinburgh und Anna Park, die Barmaid im Globe von Dumfries, die, neun Tage bevor Jean ihm seinen dritten Sohn präsentierte, seine Tochter Betty gebar.

Gott sei Dank lebe ich im Zeitalter der Empfängnisverhütung, dachte Nicola. Von allen Segnungen der modernen Welt muss das die wichtigste sein.

Jean Armour heiratete er schließlich, und in einem forsch formulierten Brief schlug er Zweifel angesichts des intellektuellen Ungleichgewichts in den Wind mit den Worten: »Der Kopf einer Ehefrau ist unwichtig im Vergleich zu ihrem Herzen. Meine Jean hat das liebste Herz im Land, dankbar widmet es sich mit all seinen Kräften der Aufgabe, mich zu lieben. Ja, das arme Mädchen hat eine geradezu heilige Begeisterung für mich und keinen anderen Wunsch, als jedem meiner Wünsche zu willfahren.« Sie gebar neun seiner Kinder, vier davon starben. »Von den vier Kindern, die sie mir in siebzehn Monaten geboren hat, zweimal Zwillinge, lebt nur mein ältester Sohn«, schrieb er 1788 an einen Freund. »Aber bis zu meinem zwölften Hochzeitstag rechne ich mit zwölfmal zwei Kindern – vierundzwanzig Taufen, vierundzwanzig nützliche Mitglieder der Gesellschaft! Ich bin so angetan von Jeans produktiven Zwillingsgebärfähigkeiten, dass ich sie zu meiner rechtmäßigen Gemahlin gemacht habe und dies nun vor aller Welt bekenne.«

Dass sie mit vierzig die Zwillinge gehabt hatte, war doch toll, fand Nicola: Neues Leben zu gebären in einem Alter, in dem andere sich über den Tod Gedanken zu machen begannen. Noch war sie nicht zu alt, noch könnte sie ein letztes Baby reinquetschen, falls sie wirklich Lust darauf hätte.

Nachdem Burns Jean Armour geheiratet hatte, sorgte er

dafür, dass die Kinder, die er weiterhin mit anderen Frauen zeugte, nun zu ihr kamen statt wie früher zu seiner Mutter. *»Oor Rab could hae done wi' twa' wives«*, meinte Jean bloß. Am Tag seiner Beerdigung gebar sie ihr neuntes Kind, einen Jungen. Nun hatte sie fünf Söhne und die kleine Betty Park. Sie sollte noch 38 Jahre leben, während welcher zwei weitere ihrer Söhne starben.

»Seinerzeit wurde Burns vorgeworfen, er sei unmoralisch«, schloss der Redner. »Worauf er schrieb

O ye douce folk that live by rule
Grave, tideless-blooded, calm an' cool
Your hearts are like a standing pool
Ye never stray …

Liebe von der Art, wie sie Burns zum Dichten anregte, ist wie das Meer. Sie ist Ebbe und Flut unterworfen. Sie ist unbeständig. Und was bleibt, wenn sie vergangen ist? Die Poesie natürlich. Und die Babys.«

»O je«, sagte Nicola zu Iain und wischte sich, während der Applaus verklang, die Augen. »Das war traurig. Die arme Jean.«

»Och aye, bonnie Jean«, sagte Iain. »Heutzutage könnte sie bestimmt Telearbeit leisten für die Bank.«

»Das wäre jedenfalls ein sichererer Job als die Arbeit auf einem Bauernhof«, sagte Nicola.

»Sichere Jobs. Babys. Ich weiß nicht.« Iain schüttelte den Kopf und goss sich Whisky nach. »Auf die Gefahr hin, unhöflich zu sein, Nicola, darf ich dich was fragen? Wieso hast du vier? Wir haben drei, und das ist für Susan schon mehr als genug, und die arbeitet nicht noch nebenher.«

Nicola war daran gewöhnt, dass Männer ihr diese Frage stellten. In der Regel schwang der unausgesprochene Vorwurf mit, sie sei einfach habgierig, ein starkes Stück aus dem Mund eines Bankers. Weil ich so viele *will* und es mir *leisten* kann, hätte sie am liebsten gesagt; weil ich vorausdenke an die Zeit, wenn ich mit fünfzig in den Ruhestand trete; weil ich so *mehr vom Leben* habe; weil – warum *nicht*?

Doch dieser Mann war nicht aggressiv, sondern auf eine etwas benebelte Art ehrlich neugierig.

»Ich hätte nie so viele gehabt, wenn ich zu Hause bleiben und mich selbst um sie hätte kümmern müssen«, sagte sie, wie sie immer sagte, um die Situation zu entschärfen. Dann, weil ihr der Mann sympathisch war, fuhr sie etwas weniger diplomatisch fort: »Also, während der dritten Schwangerschaft habe ich mir überlegt, eine Pause einzulegen. Aber ich kann dir sagen, da hat sich Charlie große Sorgen gemacht wegen der Hypothek. Ich hatte mehrmals hintereinander Pech gehabt mit den Kindermädchen. Ich hatte in diesem Jahr wegen der Arbeit alle Sporttage von Jade verpasst und alle Preisverleihungen. Doch als ich auf dem Ultraschall sah, dass es Zwillinge waren, war der Fall klar. Da wusste ich, dass ich sofort wieder arbeiten würde, sowie ich aus dem Haus nur schon kriechen könnte. Zwillinge!«

»Susan sagt, eine Nanny sei einfach nicht dasselbe«, bohrte Iain. Jetzt drohte er den Bogen zu überspannen. »Sie sagt, die Kinder wollen *sie* haben.«

»Ja, die hätten lieber eine Mama, die daheim bleibt«,

sagte Nicola spitz. »Doch das könnte ich nicht. Ich bin ihre Mutter, und so bin ich nun mal.«

Trübselig den Kopf schüttelnd saß Iain da und starrte in sein Glas. Nicola wandte sich irritiert von ihm ab und Donald zu.

»Du freust dich bestimmt schon auf die Antwort der *lassies*«, sagte er.

»Wie? Noch mehr?«, sagte Nicola mit unverhohlenem Grausen. Er lachte.

»Das sollte das Letzte sein. Ehrlich.«

In der Ferne sah man eine junge Frau am Mikrofon stehen und einen Blick auf ihre Notizen werfen.

»Ist das nicht die neue Assistentin von Fiona MacPherson?«, fragte Donald, sich zu Iain hinüberlehnend, sodass sein Gewicht gegen ihren Arm drückte. »Der Fiona MacPherson, die bei der Auld Scotia für das Personal zuständig ist?«

»Komm dieser MacPherson ja nicht ins Gehege, sag ich dir« sagte Iain und schüttelte traurig den Kopf. Wenn er trank, wurde er zum Jammerlappen, stellte Nicola fest.

»Hinter jedem erfolgreichen Mann steckt eine Frau«, begann die junge Frau am Mikrofon, und ihre Stimme war überraschend laut und deutlich zu hören. »Hinter jeder erfolgreichen Frau steckt … ja, was eigentlich? Das ist die Frage, die ich an dieser Burns Night erörtern möchte.«

Genau, dachte Nicola. Jede Frau braucht … eine Ehefrau. Sie sah Donald mit Blick auf Brian Mahon eine Augenbraue hoch- und Brian zur Antwort seine Mundwinkel komisch nach unten ziehen. War dieser jungen Frau nicht klar, wie wenig Lust auf Predigten die Leute hatten, fragte sich Nicola, peinlich berührt, doch auch mit einer gewissen Bewunderung für die Rednerin; und war ihr nicht klar, dass Männer insbesondere Predigten von Frauen hassten?

»Männer fragen: Was wollen Frauen eigentlich?«, fuhr die junge Frau fort.

»Flachgelegt werden, dass die Heide weint!«, rief ein ausgelassener Schotte, der schon den elften Whisky intus hatte.

Das Verletzendste war immer die Annahme, weil sie beruflich erfolgreich sei, müsse sie ihre Kinder geopfert haben; müssten ihre Kinder gelitten haben. Doch wenn jemand gelitten hatte, das war ihr mittlerweile klar, dann sie selbst.

»Frauen wollen Liebe und Arbeit genau wie die Männer«, erklärte die junge Frau. »Und sie möchten, dass Kinder als etwas gesehen werden, das zum Leben gehört, und nicht als persönliche Schwäche. Wenn Sie, meine Herrschaften, Ihre Frauen also lieben, dann übernehmen Sie doch einen Teil der sogenannten Frauenarbeit, damit wir Frauen Ihnen wiederum einen Teil des Brötchenverdienens abnehmen können. Es gibt ein Leben außerhalb der Arbeit. Leben Sie es! Es wird Ihrer Gesundheit guttun. Ihrem Liebesleben. Und, wenn es Sie überhaupt interessiert, aber es kommt immerhin bei Burns vor: Und es ist besser für Ihre unsterbliche Seele. *Aux armes, citoyens!* Im Namen der Liebe, die Sie für uns *lassies* zu hegen behaupten.«

Sie verließ das Rednerpult, begleitet von spärlichem Klatschen und verunsicherten Pfiffen. Sie zeigte weder ein Lächeln, noch schaute sie zurück.

»Na ja, für die meisten von uns ist es zum Glück so, dass

die Frau daheim ist und sich um diese Dinge kümmert«, kicherte Iain Buchanan. »Und glaub bloß nicht, es werde nicht gewürdigt, Susan. Im Gegenteil! Entschuldige, Nicola. Aber es ist nun mal so. Ich sehe nicht ein, warum ich etwas ändern sollte, was offensichtlich funktioniert und mir zu arbeiten erlaubt. Seien wir ehrlich: Für einen solchen Job bist du auf hundertprozentige Unterstützung angewiesen. Wir alle brauchen eine *bonny Jean*, die dafür sorgt, dass zu Hause der Ofen nicht ausgeht.«

»Ich würde sagen, hier hat jemand soeben beruflichen Selbstmord begangen«, sagte Donald. »Ob Fiona MacPherson diese nette kleine Rede vorher zu Gesicht bekommen hat? Eher nicht, vermute ich.«

»Und ich lasse mir von keiner fetten Maus von der Personalabteilung vorschreiben, wie ich mein Leben leben soll. Oder wie ich Kinder haben soll, Herrgottnochmal«, fuhr Iain fort. »Mach mal die Flasche Deanston's rüber, Brian.« Er schwenkte seinen *quaich. »Freedom and whisky gang thegither.«*

»Ich muss schon sagen, ich habe noch nie erlebt, dass man diese Lektion aus Burns' Leben hergeleitet hat«, sagte Donald in grüblerischem Ton. »Burns, der Familienmensch. Und das, wo er doch der Inbegriff des Typen war, der Frauen schwängerte und dann sitzen ließ.«

»Er hat sich aber um seine Kinder gekümmert«, erwiderte Iain hitzig.

»Pardon«, sagte Nicola, »aber mir kommt es eher so vor, als hätten seine Mutter und seine Frau sich um sie gekümmert. Es sei denn, ich hätte da was missverstanden.«

»Ha, ja«, sagte Iain in seinem Tran, »von mir aus. Aber er hat sie immerhin nicht im Straßengraben verrecken lassen.«

»Das Problem ist doch, dass es heutzutage nicht mehr genügt, wenn du soundso viele Stunden ackerst, sondern dass jemand mitkriegen muss, wie viel du ackerst«, sagte Brian Mahon mit schon reichlich schwerer Zunge. »Also in einem richtigen Beruf, meine ich, nicht als Lehrer oder Journalist.«

»Nein, Poet kann man nicht als richtigen Beruf bezeichnen«, nickte Nicola, einem eigenen Gedankengang folgend. »Früher nannte man den Freitag ja den Poet's Day. Wegen des Akronyms: *Piss of early tomorrow's Saturday.* Heute ist aber nichts mehr mit sich früh verpissen, sondern ist Freitag bloß der Tag, an dem man sich etwas weniger förmlich anziehen darf.«

»Er hatte schon einen richtigen Beruf. Er war Bauer«, sagte Iain. »Er hatte bloß kein Glück damit. Und danach arbeitete er für die Steuerbehörde. Das war kein Tagedieb.«

»Liebe bemisst sich nicht nach Stunden«, versicherte Nicola jeweils ihren Kindern: »Wie viele Stunden ich mit euch verbringe, hat nichts damit zu tun, wie sehr ich euch liebe. Ihr könnte mich jederzeit bei der Arbeit anrufen, wenn ihr wollt.« Das Gleiche sagten vermutlich diese drei, Iain und Donald und Brian, jeweils ihren Frauen. Und dieser Donald hatte einen wunderschönen Mund, bemerkte sie eben. Als sie aufblickte, sah sie, dass er sie mit einem finsteren Blick bedachte.

»Ein Familienmensch«, sagte er, hart und tonlos. »Das ist nichts als ein Euphemismus für ein faules Schwein, das sich drum drückt, seinen Beitrag zu leisten.«

Sie versanken in brütendes Schweigen, als erneut Musik ertönte. Das Klavier war irgendwo auf der anderen Seite des Saales, sodass Nicola nicht sah, wer spielte. Wenn man die Kinder auf Stufe vier brachte, bis sie zehn waren, konnte man ein Musikstipendium beantragen. Das hatten sie damals bei Jade und Harry noch nicht mitbekommen, aber als die Zwillinge geboren wurden, da hatten sie es kapiert. Deswegen der Spezialunterricht für die Kleinen.

Als sie schließlich hinhörte, wirkten sich die Einsamkeit und die Nachdenklichkeit, die von der Musik ausgingen, wie Alkohol auf sie aus, zum ersten Mal an diesem Abend entspannte sie sich. Sie ließ los, und das war ein Fehler.

Normalerweise beugte sie sich der Tyrannei des positiven Denkens, weil alles andere nicht eben hilfreich war. Nun aber taten sich in den Mauern ihrer Festung blitzschnell Risse des Zweifels und der Ambivalenz auf. Nächste Woche würde Charlie nach Australien verschwinden, und sie würde in Frankfurt sein. Ihr war nicht wohl, wenn beide gleichzeitig außer Landes waren. Vor kurzem hatte man bei Harry eine leichte Apraxie diagnostiziert, und Nicola hatte schlicht noch nicht die Zeit gehabt, der Sache nachzugehen. Die Nanny war schon so lange bei ihnen, dass sie sich als Familienmitglied betrachtete. Was sie nicht war. Das würde also schlecht ausgehen. Roderick MacKenzie, ein Mann von 43 Jahren, lag tot in seinem Grab, bei Charlies Assistentin hatte man gerade Brustkrebs diagnostiziert, und sie war erst 38. Burns war 37 geworden, aber das war damals gewesen. Sie war bereits älter, alle wurden sie immer älter. Der Sex funktionierte, besonders aufregend war er allerdings nicht. Die Zündflamme brannte, und wenn man die richtigen Vorkehrungen traf, konnte man sich auf ein befriedigendes Resultat verlassen. Doch Sex war zu etwas geworden, das gut für die Gesundheit war wie ein Besuch im Fitnessstudio. Wo war die wilde Ruhelosigkeit geblieben, die sie nun in dieser Musik hörte? Sie war sich Donald Forfars festen unvertrauten Körpers neben dem ihren bewusst und überlegte, ob er wohl sehr haarig sei. Sie hätte nichts dagegen. Wie feige es doch war, dass sie seit ihrer Hochzeit nur mit einem einzigen Mann schlief. Man hatte nun mal nur ein Leben, und dieses hielt man am besten durch die Flamme des Sexuellen frisch – das hatte sie an diesem Abend mitbekommen –, indem man sich in Neue, andere verliebte, das Herz aus Zunder immer wieder neu entflammte. Sie jedoch hatte sich für die Monogamie entschieden.

Das Klavierstück ging zu Ende. Noch nie hatte ein Abend sich so hingezogen wie dieser. Die Menschen an ihrem Tisch hatten einander viele Stunden lang Gesellschaft geleistet wie die Insaßen eines Rettungsboots und waren nun vor Alkohol und Müdigkeit erschlafft. Als eine weitere *lassie* im Schottenrock mit innig verschränkten Händen zum Mikrofon schritt, hätten viele gern den Kopf auf das Tischtuch gelegt und aufgegeben. Brian Mahon schien nicht einmal mehr halb bei Bewusstsein zu sein. Charlie rollte die Augen. Das ist lächerlich, dachte Nicola: Wie sollen wir morgen früh aus den Federn kommen? Vor uns liegt ja kein Wochenende, an dem wir uns erholen könnten. Es ist Mittwoch. Das heißt, unterdessen ist es wohl eher Donnerstag.

Sie war wütend und traurig. Ein Brötchen flog am Nebentisch vorbei und zog missbilligendes Zischen nach sich.

Die Stimme der jungen Frau trillerte aufdringlich über ihren Köpfen, doch immerhin war so der Text zu hören:

John Anderson my jo, John,
When we were first acquent;
Your locks were like the raven,
Your bonny brow was brent;
But now your brow is beld, John,
Your locks are like the snow.
But blessings on your frosty pow
John Anderson my jo.

»›Jo‹ heißt ›Schatz‹«, wisperte Donald. »Es ist das Lied einer alten Ehefrau an ihren runzligen und glatzköpfigen alten Ehemann.«

Sie spürte seinen flüsternden Atem in ihrem Haar und glühte. Sein Arm berührte ihren und schien Hitze zu verströmen.

John Anderson my jo John,
We clamb the hill the gither;
And mony a canty day, John,
We've had wi' ane anither:
Now we maun totter down, John,
And hand in hand we'll go;
And sleep the gither at the foot,
John Anderson my jo.

»Und, freust du dich darauf, eines Tages mit deiner Frau dem Greisenalter entgegenzuwanken?«, fragte sie Donald, höflich und provozierend zugleich, als das Lied vorbei war.

Er warf ihr einen finsteren Blick zu wie durch eine Wolke.

»Meine Frau hat mich gerade verlassen.«

»Oh, ah. Ach«, sagte Nicola. »Das tut mir leid.«

Über den Tisch kam Charlies Stimme, klangvoll und etwas lallend.

»*It's a braw licht moonlicht nicht the nicht*. Mein schottischer Akzent ist astrein, wie du hörst«, prahlte er gegen Susan Buchanans gläsernes Lächeln an. Dann drehte er den Kopf und fasste Nicola und ihren dämonischen Liebhaber langsam ins Auge.

»Donald, wo ist deine Hose abgeblieben?«, verlangte er mit pseudoschottischem Akzent zu wissen, bevor er sich in dummem schläfrigem Gelächter verlor.

Dann hievten sie sich benommen auf die Beine. Das Ende war in Sicht. Big Dougal bedankte sich, dass sie gekommen waren, und hoffte, dass alle mitsingen würden bei Burns' berühmtestem Lied überhaupt; zuerst wollte er sich aber noch bedanken bei …

Nicola wandte sich Iain Buchanan zu, der sie wütend anstarrte.

»Was für ein armes Schwein, dieser Burns«, knurrte er. »Immer kurz vor dem Bankrott, weil der Bauernhof nicht rentierte. Und so viele Mäuler von Frauen und Kindern zu stopfen. Nie das geringste bisschen Sicherheit.«

»Nein, das war wohl so«, sagte Nicola und dachte: Bin ich froh, dass ich dich nicht nach Hause bringen muss, und dann noch bis hinaus nach Guildford.

»Er hat geschuftet, um seine Familie am Leben zu erhalten«, sagte Iain heftig, als hätte Nicola ihm widersprochen. »Nachdem er es als Bauer nicht geschafft hatte, wechselte er den Beruf und ging zur Steuerbehörde. Hast du das gewusst? Der war kein Säufer. Ab und zu hat er mal über die Stränge geschlagen, wie wir alle, dann hat er halt eines über den Durst getrunken, aber ein Trinker war der wirklich nicht.«

»Nein, nein«, sagte Nicola.

»Rheumatoide Endokarditis«, sagte Donald, »daran ist er gestorben.«

»Nein, der ist nicht am Suff gestorben«, sagte Iain Buchanan und schob sein Gesicht so streitsüchtig an ihr Gesicht heran, dass ihr klar wurde, wie betrunken er war. »Es war nicht der Suff.«

»Das hast du bereits festgestellt«, sagte Nicola.

Sie sah Susan Buchanan mit hoffnungsloser sehnsüchtiger Trauer zu ihrem Mann hinüberblicken.

»Burns war sterbenskrank«, verkündete Donald Forfar in seiner würdevollen Art. »Da hat ihn der Arzt allein zum Solway Firth geschickt. Er befahl ihm, jeden Tag ins Meer hinauszuwaten, bis ihm das Wasser zu den Achseln reichte, und dann so lange im eiskalten grauen Atlantik zu stehen, wie er nur konnte. Das hat seiner Gesundheit aber nicht geholfen. Dann kam eine Rechnung über sieben Pfund und vier Shilling von seinem Schneider, und die erfüllte ihn mit tödlicher Angst. Er war in Geldnot und konnte sie nicht bezahlen. In seinem Kopf wuchs sie zu einer gigantischen Summe, einer entsetzlich lastenden Schuld. Sie quälte ihn aufs Schlimmste. Und ein paar Tage später war er tot.«

Iain Buchanan stöhnte auf und kippte noch etwas Whisky nach.

»Das ist sehr traurig«, sagte Nicola und stellte fest, dass sich Iain, banktechnisch gesprochen, übernommen hatte.

Die Dudelsäcke begannen zu heulen. Inzwischen war es fast eins. An den Tischen erhoben sich die Leute und schunkelten je nachdem mehr oder weniger peinlich berührt und müde zu den trübseligen Klängen von *Auld Lang Syne.*

Should auld acquaintance be forgot
And never brought to mind?
Should auld acquaintance be forgot
And days of auld lang syne!

Ihr war egal, ob sie irgendjemanden von ihnen je wiedersehen würde. Ihre rechte Hand lag in Iains, der links von ihr stand, und ihre linke in Donalds, der rechts von ihr stand. Ihr war unbehaglich, als fließe durch sie das alkoholgetränkte Elend der beiden, das gefährlich leicht entzündbar war und vor dem sie sich in Acht nehmen musste.

Ich bin jetzt in der Mitte meines Lebens, dachte Nicola. Ich bin fest verwurzelt. Ich habe vier gesunde Kinder. Sie fühlte eine Woge der Dankbarkeit über sich hereinbrechen.

Donald und Iain hielten ihre Hände zu heftig gepackt,

und Iain schwadronierte über die »cups of kindness« in dem Lied.

Ich schufte, ich verdiene gut, ich kann meine Familie ernähren, ergänzte sie für sich. Meine geliebten Kinder. Und ich bin keine Trinkerin.

Es folgte Vers um Vers von *Auld Lang Syne*, die kaum jemand verstand, auch die Schotten nicht. Dann war endlich Schluss. Es war vorbei, verlegen wandte man sich für Umarmungen und Küsse seinem Nachbarn zu, ohne ihm in die Augen schauen zu können. Es war wie der peinliche Schluss eines Erweckungsgottesdienstes mit Singen und Klatschen, fand sie: erzwungener Körperkontakt. Allerdings war die Stimmung hier eher ängstlich-klebrig, um nicht zu sagen: rührselig.

Donald Forfar packte sie und küsste sie auf den Mund. »Oh, gut«, war ihr erster Gedanke, bevor der gesunde Menschenverstand sich meldete, sie schloss die Augen und schmiegte sich an Donalds heißen Körper, gab sich der Hitze und Dunkelheit des Kusses hin. Sie genoss sogar den Geruch und Geschmack des Whiskys. Wie alles andere an diesem Abend schien er endlos lang anzuhalten, obschon es nicht mehr als ein paar Sekunden sein konnten.

Dann stand Charlie neben ihnen und sagte: »He, darf ich bitten«, er war sehr wacklig auf den Beinen. Er stupste Donald in die Schulter, als Iain dazwischentrat und knurrte: »Was machst du da mit meinem Kumpel?«

»Deinem Kumpel?«, sagte Charlie, der verblüfft aussah.

»Bist du taub, Freundchen?«, fuhr ihn Iain an. »Oder einfach nur blöd?«

»Meinst du mich, du Affe?«, sagte Charlie, ließ von Donald ab und baute sich vor Iain auf.

»Iin! Iin!«, piepste Susan Buchanan, tanzte um die beiden herum und zupfte an seinem Ärmel. »Lass ihn in Ruhe! Komm jetzt mit!«

Nicola wollte sich ebenfalls einschalten, merkte aber, dass sie vor Lachen herauszuplatzen drohte, und hielt sich zurück. Das war nicht lustig, das war kein bisschen lustig. Donald berührte ihren Arm, doch sie schüttelte ihn ab. Nein, ich will dich nicht, dachte sie. Wirklich nicht. Rabbie Burns hin oder her, das wäre eine furchtbar schlechte Idee.

An den Nachbartischen standen Leute auf und gafften, als trauten sie ihren Augen nicht. Iain packte Charlies Revers, Charlie packte Iains Revers. Das würde ihrer Beziehung zu dieser Bank nicht eben förderlich sein, begriff Nicola, und so versuchte sie blitzschnell Strategien zur Schadensbegrenzung zu entwickeln. Die beiden Männer waren dermaßen zugedröhnt mit Whisky, dass sie kaum stehen konnten.

»Nein, Ii-jen«, kreischte Susan Buchanan. »He, nein!«

Tapsig ringend wie zwei verschlafene Bären in einer Schneewehe, fielen der Schotte und sein althergebrachter Feind knurrend, langsam und schwerfällig auf das weiße Tuch des Tisches, über den hinweg sie einander an diesem Abend so viele Stunden lang höflich angeblickt hatten, und krachten auf das Geschirr und das Besteck mit einem solchen Lärm, dass der Rest des riesigen Raums einen Moment lang verstummte.

Ich liebe sogar meinen Mann, zählte Nicola in diesem Moment einen weiteren Grund dafür auf, warum sie sich glücklich schätzen sollte. Sogar jetzt. Sie betrachtete ihn, wie er im Schottenmuster-*stramash* von Essensresten und Flaschen lag und keuchte. Du bist der Vater meiner Kinder, sagte sie lautlos. Aber treib es nicht zu weit. Freundchen.

OPER

»Aber du liebst doch Oper«, sagte er. »Vor allem so alte Sachen. Das weiß ich doch.«

»Ja«, sagte sie. »Das stimmt.«

»Wo liegt dann das Problem?«, fragte er. »Probier jetzt mal das rote Ding an.«

Sie stand in ihrer Unterwäsche inmitten eines Kleiderhaufens, während er auf dem Bett lümmelte. Seit den Kindern und seit dem Verlust ihrer Stelle hatte sie sich in einen Wust von weichen Leggings und Sweatshirts verkrochen, bloße Tagesversionen ihrer Pyjamas, außer wenn sie wie heute zu einem Kundenanlass mitgeschleift werden sollte. Dann zeigte Christopher plötzlich Interesse für ihre Garderobe und begutachtete die Wirkung dieses oder jenes Kleides mit dem scharfen Blick eines altmodischen Libertins.

»Vorderste Ränge Parkett, Galavorführung«, drängte er. »*Orpheus und Eurydike.* Genau das Richtige für einen

Hochzeitstag, hätte ich zumindest gedacht. Zieh den Bauch ein, Janine. Nein, das bringt auch nichts. Versuch's noch mal mit dem schwarzen Rock und dem perlenbesetzten Oberteil.«

»Es ist wirklich praktisch meine Lieblingsoper«, keuchte sie, entsetzt ob ihres Spiegelbildes. »Sie ist so frisch und frei von Ballast und geht einem direkt ans Herz. Aber …«

»Aber was?«, fragte er.

»Aber nicht mit Kunden«, sagte Janine widerstrebend, da sie wusste, dass ihn dies in Rage bringen würde.

»Was spielt denn das für eine Rolle? Es sind lauter Leute, die absolut in Ordnung sind. Du sagst doch immer, wie gern du unter Leuten bist.«

Wenn er so redete, hatte sie das Gefühl, es handle sich um vorübergehende Umnachtung; sie müsse sich damit abfinden, wie Pamina, die mit Tamino durchs Feuer ging, und darauf vertrauen, dass sie wieder zusammenfänden, sobald er es überstanden hätte.

»Kunden sind keine Freunde«, sagte sie.

»Können sie aber werden«, entgegnete er. »Du bist so engstirnig. Sie können sogar sehr gute Freunde werden.«

»Nein«, murmelte sie. »Bei Kunden geht es um Geld.«

»Oh, der böse Mammon«, spottete er. »Deinem ignoranten Geschwafel nach zu schließen, geht es bei allem nur um Geld. Bei Musik zum Beispiel. Schau dir nur mal Covent Garden an.«

»Bei Kunden geht es ums Geschäft«, insistierte sie, »nicht um Vergnügen.«

»Bei Kundenanlässen geht es um nichts anderes als um

Vergnügen«, knurrte er. »Gute Plätze, Champagner, das ganze Drum und Dran. Früher bist du für so was offener gewesen.«

»Mit Kunden darf man sich nicht betrinken«, sagte sie.

»Und wie«, sagte Christopher. »Und wie ich das kann.«

»Stimmt«, räumte sie ein. »Aber zu Kunden darf man nie wirklich grob oder beleidigend sein.«

»Dein Freundeskreis dürfte sich auch rasch verkleinern, wenn du das wärst.«

»Freunde hat man nicht, weil sie einem nützlich sind«, sagte sie. »Da dürfen nicht noch andere Interessen im Spiel sein.«

»Warum nicht?«, sagte er. »Beziehungen, von denen beide Seiten profitieren, so funktioniert das heute. Besondere Beziehungen; schon mal gehört? Symbiosen sind angesagt. Ist dir das neu?«

»Hast du mich deshalb geheiratet?«, fragte sie. »Weil ich dir nützlich sein könnte?«

»Ganz offensichtlich *nicht*«, sagte er heftig.

Nun herrschte Schweigen. Er sah ihr direkt in die Augen.

»Nein«, sagte er.

»Gut«, sagte sie und legte sich zu ihm aufs Bett.

»Dein Geruch«, sagte sie schließlich, ihr Gesicht in seiner Achsel vergrabend, »daran erkenne ich, dass das immer noch du bist.«

»Musik! Steh ich total drauf«, sagte Nigel Perkins von Littleboy & Pringle. »Alles Mögliche. Kommt auf die Stimmung an. Verdi, wenn ich down bin. Kommt nicht oft vor. Paar Sachen von Bowie. Auch Cajun. *Eine kleine Nachtmusik*. Es ist wie Nahrung, nicht? Sagte ja schon Shakespeare.«

Janine nickte und lächelte.

»Kommt drauf an, wie du dich gerade fühlst«, fuhr er fort. »Am häufigsten höre ich im Auto Musik, ehrlich gesagt, oder auf dem Walkman. Wie die meisten halt. Insofern ist das jetzt was Neues für mich.«

»Kennen Sie die Geschichte?«, fragte Janine.

»Nein«, sagte er. »Aber die werd ich dann schon mitkriegen.«

»Äh, die singen aber auf Französisch«, sagte Janine. »Das ist die Version von Berlioz. Orpheus war ein Sänger, dessen Musik selbst die wilden Tiere bezauberte. Dann starb ganz plötzlich seine Frau Eurydike. Und er ging hinab in die Unterwelt, um sie zu suchen …«

»Janice, Janice, schon gut«, sagte er, »ich hab's kapiert.«

»Verzeihung«, sagte Janine.

»Ich finde, man macht solche Sachen kaputt, wenn man sie analysiert«, sagte er, während er nach Champagnernachschub Ausschau hielt. »Schwatzschwatzschwatz die ganze Zeit.«

»Hm«, machte Janine.

»Ah, da kommt meine Frau. Penny! Das ist Christophers Frau Janice.«

»Hallo«, sagte Penny. »Die Fahrt hierher war der schiere Horror, Schatz. Megastau bei Sevenoaks. Und wer ist dieser Gluck oder wie der heißt?«

»Geboren in Böhmen, studierte in Italien«, platzte Janine heraus. »War in London, freundete sich mit Händel an, schrieb zur Feier der Schlacht von Culloden eine Oper, die aber ein Flop wurde. Ging darauf nach Wien …«

»Also wirklich, Janice!«, sagte Nigel Perkins neckisch. »Schwatzschwatzschwatz.«

»Die Mamas im Bus machen schwatzschwatzschwatz«, sang Penny fröhlich.

»Was?«, sagte ihr Mann.

»Das ist ein Kindergartenlied«, murmelte Janine. »Meine singen es auch. ›Die Papas im Bus machen raschelraschelraschel.‹ Mit den Zeitungen, wissen Sie.«

»Meine Damen und Herren, in wenigen Minuten beginnt die Vorstellung«, verkündete ein Kellner, der mit einem Tablett für die leeren Gläser auf die Gruppe zukam.

»Wissen Sie, wie lang es bis zur Halbzeit geht?«, erkundigte sich Nigel Perkins.

»Ich bin mir da nicht sicher, Sir, doch soweit ich weiß, handelt es sich um eine sehr kurze Oper.«

»Gut«, sagte Penny auf dem Weg in den Zuschauerraum. »So können wir das Essen in der Pause auch genießen. Nicht wie bei diesem *Pelléas und Mélisande*.«

»Genau, das war schrecklich!«, stimmte ihr Mann mit ein. »Ein unendlich langes Teil war das, mit nur zwei viertelstündigen Pausen.«

»Entsetzlich«, sagte Penny und schüttelte den Kopf. »Das Coronation Chicken mussten wir geradezu herunterschlingen in der ersten sogenannten Pause, in der zweiten gab es dann einen nicht besonders guten Blaubeer-Quarkkuchen und nicht einmal genug Zeit, um den Kaffee auszutrinken. So ist es natürlich viel netter«, sagte sie mit einem gnädigen Lächeln in Janines Richtung.

Als sie im Dunkeln der Musik lauschte, wurde Janine aus der Welt der Menschen und Dinge weggetragen. Sie vergaß die schattenhaften Nadelstreifen rechts und links von sich und konzentrierte sich auf die Bühne, wo Trauergäste, die wie lebende weiße Statuen aussahen, Blumen auf Eurydikes Grab streuten. Der hinterbliebene Ehemann Orpheus lag vom Kummer darniedergestreckt, während der Chor der Trauergäste sein schönes Klagelied sang. *»Eurydice!«,* rief Orpheus, und Janine erschauerte. *»Eurydice!«,* rief er, ein zweites Mal die Trauergäste unterbrechend, und Janine seufzte. Als er zum dritten Mal *»Eurydice!«* rief, fuhr sie zusammen, denn Nigel Perkins flüsterte in ihr linkes Ohr.

»Das macht Laune«, zischte er. »Zum Anstoß gleich ein Begräbnis.«

Auf der Bühne löschte der Hochzeitsgott Hymen zum Zeichen, dass der Tod ein Ehepaar getrennt hatte, seine Fackel, und der Chor sang:

L'amoureuse tourterelle
Toujours tendre, toujours fidèle
Ainsi soupire et meurt de douleur.

Erneut spürte Janine die unerwünschte Wärme von Nigel Perkins' Atem in ihrem Ohr.

»Schau mal, die haben Obertitel«, flüsterte er geräuschvoll. »Du hast dir meinetwegen also umsonst Sorgen gemacht.«

Janine zwang sich zu einem Nicken und einem Lächeln.

»Trotzdem nett von dir«, doppelte er mit rauer Stimme nach.

In diesem Augenblick machte jemand hinter ihm »Psst!«, worauf er sich in seinen Sessel sinken ließ und verstummte.

War die Ehe selbst gestorben, fragte sich Janine, während sie in die andere Welt zurückkehrte; hatte sich dieses Ideal von Turteltauben und Treue, einem lebenslangen gemeinsamen Flug ohne Verrat als nicht verwirklichbar erwiesen? Orpheus sang mit wachsender Trauer, eindringlich und beherrscht. Nun fiel ihr wieder ein, was an dieser Oper besonders aufwühlend war: dass gleich zu Anfang etwas Schreckliches geschah, etwas, das sich nicht rückgängig machen ließ. So ist das mit dem Tod, dachte sie, da wird eine Linie überschritten, und danach ist alles anders.

Die Musik hatte sie unmerklich eingehüllt wie steigendes warmes Wasser. Sie erinnerte sich an den vergangenen Morgen, die halbe Stunde vor dem Aufwachen, in der sich durch ihren Kopf eine Prozession all jener geliebten Menschen bewegt hatte, die verstorben waren. Als Christopher das letzte Mal von einem Kundenanlass betrunken heimgekommen war, hatte sie laut darüber nachgedacht, ob er wohl bemerken würde, wenn sie stürbe, worauf er gemeint hatte, sie wünsche sich offensichtlich, er wäre tot, damit ihre Leiden oder Probleme ein Ende hätten. Sie unterdrückte ein Stöhnen.

Jetzt teilte Amour Orpheus in fröhlichen Silbertönen mit, die Götter hätten sich seiner erbarmt und erlaubten ihm, in die Unterwelt zu gehen, um Eurydike zurückzuholen – unter einer Bedingung: Solange sie sich im Totenreich befänden, dürfe er sie nicht ansehen und ihr auch nicht sagen, warum.

Soumis au silence
Contrains ton désir
Fais-toi violence

sang Amour, und über der Bühne glitten die Obertitel vorbei: »Unterwirf dich dem Schweigen, halt dein Verlangen im Zaum, tu dir selbst Gewalt an.« Die Wörter flogen auf Janine zu und drangen wie Pfeile in sie ein. Ja, schweigend warten sollte sie mit Aussicht auf das traditionelle Zuckerbrot: dass Liebe belohnt würde. Anders als in der Oper, dachte sie voll Zorn, werden wir beim schweigenden Warten jedoch alt.

Jetzt traf Orpheus auf die Furien und ihre hasserfüllte Musik mit dröhnenden und schmetternden Bläsern, mit blitzenden Streichern und wilden Oktavenläufen. Er wartete, dann flehte er mit Unterstützung der Harfe und der Flöte darum, dass sie ihm den Weg freigäben hinab ins Königreich der Toten. Wieder und wieder wiesen die Furien ihn ab, doch zu guter Letzt vermochten seine Bitten ihre Herzen zu erweichen und ließen sie ihn gehen. Schön wär's, dachte Janine. Wenn sie Christopher sagte: »Es geht mir miserabel«, sagte er: »Nein, dir geht es gut.« Tobte sie wie eine der Furien, sagte er: »Ich liebe dich.« Unfair. Unwiderlegbar.

In der Gästelounge während der Pause war Christopher Sensibilität und Aufmerksamkeit in Person, wie er Dominic

Pilling von der Bank Schnell-Darwitter umschwirrte und dessen Frau an den Lippen hing.

»London ist ja so was von überfüllt, finden Sie nicht auch?«, sagte die Frau. »Zu viele Leute. Ich bin im Herzen wohl ein Mädchen vom Land geblieben, fürchte ich.«

»Sie sind bestimmt eine begeisterte Gärtnerin«, suggerierte Christopher beflissen.

»O ja. Wenn ich nur nicht so fürchterlichen Heuschnupfen hätte.«

»Weshalb wir jemanden kommen lassen müssen«, lachte Dominic.

»Weil Dominic an Wochenenden nicht oft genug da ist, um zu verhindern, dass es wuchert«, sagte sie.

»Ich habe in der Freizeit Besseres zu tun als Rasen mähen.«

»Arbeiten beispielsweise«, sagte sie böse.

Janine erhaschte Christophers Blick und schaute weg. In fünf Jahren sind wir so weit wie die beiden, dachte sie, wenn wir so weitermachen. Was du Tag für Tag tust, verändert dich.

»Ach, Freizeit«, warf Christopher hastig ein. »Das kostbarste aller Güter. Wir sind gerade dabei, unseren Urlaub zu buchen. Wo sind Sie das letzte Mal gewesen?«

»Club Med«, sagte Dominic Pilling begeistert. »Großartig. In welchem Land Sie sind, ist unwichtig. Die haben alle den gleichen hohen Standard, weshalb das eigentlich egal ist.«

»Du brauchst keinen Finger zu rühren«, gurrte seine Frau. »Für die Kinder ist gesorgt. Die siehst du kaum. Die sind ganz begeistert.«

»Das Wichtigste ist, die Batterien mal wieder aufzuladen«, erklärte Dominic.

»Gefällt Ihnen die Oper?«, fragte Janine.

»Super«, sagte seine Frau. »Und nicht zu lang.«

Als sie wieder im Dunkeln saß, wurde Janine bewusst, dass sie dieses Jahr noch nie zu zweit ausgegangen waren. Die Musik des Elysiums schlich sich in ihre Ohren, langsam und erhaben, Janine hielt den Atem an, bis sie einen tiefen Seufzer ausstieß und sich zurechtsetzte. Er hatte keine Zeit für sie. Dafür gab es Musik, dachte sie: Während man nach außen hin moderat blieb, rationalisierte und sublimierte, durfte man im verborgenen Innern mit einer Intensität leben, die sonst nicht gebilligt wurde. Er war nie da. Jetzt wurde die Musik des Orchesters komplexer, eine Oboenmelodie, begleitet von trillernden Triolen der Streicher, gekräuselt wie die Oberfläche eines schnell fließenden Stroms oder wie die ineinander verflochtenen Stränge von Denken und Fühlen, Pein und Verlangen.

Eurydike flehte ihren Mann an, sie in seine Arme zu schließen. Sie sang in sanften, langsam steigenden und fallenden Linien. Warum ignorierte er sie? Fand er sie nicht mehr schön?

Janine verspürte ein heißes Prickeln im Gesicht, als wäre sie in einen Rosenstrauch hineingelaufen. Fast das Schlimmste war diese Erstarrung, dieses Reduziertwerden auf doofes, passives Ehefrauenverhalten, auf Trauer und das Gefühl, verraten worden zu sein. Ihre Stimmen verschmolzen und entwirrten sich im hinreißend süßen

Widerstreit, sie rang nach Atem und stieß einen hilflosen Seufzer aus.

Eurydike sang: »Geliebter Gatte, der Kummer raubt mir schier den Atem.« Orpheus beteuerte seine Liebe und peinigte seine Frau gleichzeitig durch seine Gleichgültigkeit. Dann aber konnte er nicht mehr an sich halten. Er drehte sich nach ihr um. Sie starb auf der Stelle. Das war der am wenigsten bombastische aller Operntode und der trostloseste. Orpheus hatte sich verschätzt und seine Frau so für immer verloren.

Als er seine berühmte Arie *J'ai perdu mon Eurydice* begann, spürte Janine, dass ihr Tränen über das Gesicht rannen. Um Himmels willen, dachte sie, nicht hier, und versuchte, sie mit dem Handrücken unauffällig wegzuwischen. Doch sie flossen weiter. Dann schmuggelte ihr Nigel Perkins sein Taschentuch in den Schoß und flüsterte ihr etwas ins Ohr. Was sagte er? Es klang wie: »Eines zu viel.« Sie hätte am liebsten gekichert oder ihm ins Gesicht gespuckt. Zum Glück saß Christopher am anderen Ende der Reihe. Sie atmete tief und langsam und schob die Musik von sich weg.

Wenigstens war das keine jener Opern, in denen das Beste bis zum Schluss aufgespart wurde. Die letzten beiden Szenen zogen sich so unglaubwürdig wie eh und je hin bis zum unmotivierten Happy End. Für Janine war die Sache schon gelaufen. Ungerührt hörte sie zu, wie Amour Orpheus davon abhielt, sich umzubringen, und ihm sagte, alles werde gut. Es war ihr vollkommen egal, dass er Eurydike hervorzauberte wie ein Kaninchen aus dem Hut, bevor er von Zephyren und Cupidos begleitet auf einer Wolke himmelwärts segelte. Sowie der letzte Ton ertönte, war Janine bereit zu gehen. Doch zuerst mussten die Wogen des Applauses noch durchwatet werden.

»Danke, dass Sie mir Ihr Taschentuch geliehen haben«, sagte sie Nigel Perkins, während sie Seite an Seite applaudierten. »Es erwischt mich halt manchmal, wenn ich in die Oper gehe.«

»Meine Frau verträgt auch keinen Champagner«, sagte er. »Drum hab ich ihr das Trinken verboten.«

»Aha«, sagte Janine.

»Der Schluss ist etwas hingemogelt, fand ich«, sagte Nigel mit einer Kopfbewegung zur Bühne.

»Der Originalschluss wäre nicht ganz leicht zu machen«, antwortete sie. »Trunkene Mänaden zerfleischen Orpheus und reißen ihm den Kopf ab.«

»Na bitte, da hast du's«, grinste Nigel. »Weiber und Alkohol. Fatale Kombination. Das Taschentuch kannst du gern behalten.«

»Nein danke«, sagte Janine und gab es ihm zurück. »Du tauber Klotz.«

Er starrte sie an, als traue er seinen Ohren nicht; und sie hatte in all dem Lärm auch leise genug gesprochen, um Zweifel offen zu lassen.

»Es war aber ganz reizend, dass Sie an mich gedacht haben«, sagte sie überschwänglich, lächelte ihn dankbar an und lehnte sich über die Sitzlehne, um ihm ein Küsschen auf die Wange zu geben.

Endlich war es vorbei, das Anstehen an der Garderobe, das Getümmel draußen in der Nachtluft, die »Danke«- und »Bis bald«-Rufe beim Zuschlagen der Taxitüren. Nachdem der letzte Kunde in ein Taxi verfrachtet worden und in die Nacht hinausgeschnurrt war, gähnte Janine ein großes Gähnen, das in ein Knurren mündete. Christopher hatte sein Gastgeberlächeln abgeschaltet und sah sie argwöhnisch an.

»Bist du okay?«, sagte er.

»Ja.«

»Gutgut.« Er hielt inne. »Taxis scheinen plötzlich ausgestorben zu sein. Bleib hier, ich mach mich auf die Suche.«

»Ich komme mit«, sagte sie, doch er war schon weg.

Sie geriet außer sich. Sie rannte ihm nach, aber er war schneller.

»Christopher«, rief sie.

Er tat, als höre er nichts.

»Christopher!«, schrie sie erneut.

Er war eine dunkle Gestalt, die sich gleich in der Schwärze der Nacht verlieren würde.

»Christopher!«, brüllte sie mit der ganzen Kraft ihrer Lungen.

Er lief langsamer, widerwillig, hielt an und blieb lange Sekunden stehen, bis er sich umdrehte nach ihr.

PROST

Der Frost, der das Auto an diesem Morgen verzierte, hatte es in etwas anderes verwandelt, eine harte kandierte Frucht, und das Grün des Lacks wurde verdeckt von einem Flor kristallener Borsten. Innen versuchte es Lois ein paar weitere Male mit dem Zündschlüssel und lauschte missbilligend dem Keuchen und Winseln des Motors.

Als sie zu den vorbeifahrenden Autos aufblickte, sah sie geblendete Gesichter, zu augenlosen Masken verzerrt. Der Wetterbericht hatte für die kommende Woche einen Windkältefaktor von minus zwölf angekündigt. Es gelang ihr nicht, den Wagen anzulassen, sie musste deshalb zu Fuß zur Bahnstation gehen.

Überall im Cator Park standen Bäume, kalt und märchenhaft in ihrer diamantenverzierten Nacktheit. Von den Fensterscheiben naher Häuser stießen silbrig blitzende Spitzentruppen in die entblätterten Äste vor, wo sie splitternd zerstoben. Wie ein Filmstar stakste Lois die Wege entlang, den Kragen hochgeschlagen, die Fäuste tief in die Taschen gesteckt.

Auf dem Bahnsteig stand sie unter einem schönen und herzlosen blauen Himmel ohne Wärme oder Tiefe. Man könnte viel einfacher leben, wenn es immer so wäre, dachte Lois: leicht, energiegeladen, unverschmiert. Dezembertage der anderen Art – schlechte Aussichten, nasse Gehsteige und fieser feiner Eisregen – waren schwerer zu ertragen.

Im Zug zur London Bridge öffnete sie die Weihnachtskarten, die an diesem Morgen eingetroffen waren – Glühweintassen, Esel sowie Menschen, die Gamaschen trugen und Schneebälle warfen – und studierte die handgeschriebenen Nachrichten. Jill hatte ihre Scheidung also doch noch bekommen. Und Sally teilte mit, dass sie, Gavin und ihre Brut aufs Land hinauszogen. Das dürfte wohl ein Fehler sein, dachte Lois, der die Verdrossenheit und Paranoia der beiden nur verstärken würde. Sie versuchten ängstlich, jede Berührung mit dem Rest der Menschheit zu vermeiden, und würden wohl den Rest ihres Lebens damit zubringen, im Auto Kinderhörbücher zu hören. Dabei, sagte sich Lois, während sie durchs Fenster die Hintergärten von Südlondon betrachtete, dabei war doch das Wichtigste, wenn das mittlere Alter heranrückte und sich mit seinem Riesenhintern auf einem niederließ, dabei war das Entscheidende doch, dass man sich selbst gegenüber nicht zu zimperlich wurde.

Sie ließ sich das heutige Programm noch einmal durch den Kopf gehen. Die Jungs waren bei ihrer Tagesmutter und würden dort auch übernachten, da Lois nach Ladenschluss eine alte Freundin aus der Universitätszeit zum Essen treffen und es wohl spät werden würde. Von William konnte man nicht mehr erwarten, dass er etwas für den Haushalt tun würde wie zum Beispiel die Kinder zu holen. Das Haus war für ihn mittlerweile weniger Heim als Garage.

Im letzten Jahr war er immer später nach Hause gekommen, bis es sich kaum noch lohnte – mit Spiegeleieraugen und absolut unansprechbar; halb angezogen fiel er jeweils wie ein Toter neben ihr aufs Bett und schlief sofort ein. Er sagte nicht, was los war und ob es an etwas Schlimmerem lag als daran, nicht mehr jung zu sein. Er sprach nicht mit ihr. Letzte Nacht hatte sie ihn im Licht des Treppenhauses daliegen sehen, den Mund, um den ein Geruch von fauligem Obst spielte, halb geöffnet, und sie war versucht gewesen, ein paar Zentimeter über seinen Zähnen ein Streichholz anzuzünden, um eine geisterhafte bläuliche Flamme über seinen Zügen tanzen zu sehen.

Bei der London Bridge nahm sie die U-Bahn und kam am Oxford Circus in einer Welle Einkaufsfreudiger wieder an die Oberfläche. Dicht an dicht, Schulter an Rücken, Arm oder Brustkorb in den warmen und abgestandenen Ausdünstungen voneinander, versuchte jeder, innere Distanz zu wahren, indem er niemandem in die Augen schaute. Ich bin gern unter Leuten, ohne sie zu kennen, dachte Lois, sogar so; ich gehe gern in der Masse unter. Von einer weiteren Welle ließ sie sich über die Oxford Street tragen und dann geschickt die Rolltreppen des Kaufhauses John

Lewis hoch, bis sie vor einem Regal mit Rollen plastifizierten Stoffes stand. Von all den gaunerischen Verheißungen der Weihnachtszeit war Gemütlichkeit die schlimmste, befand sie, als sie ein Dingley-Dell-Design mit Abscheu von sich wies.

Zwei Meter sollten reichen, dachte sie, während sie die anderen Muster begutachtete und sich den ausgezogenen Esstisch am Weihnachtstag um zwei Uhr vorstellte. Am Kopfende William, tief in der zweiten Flasche, mit trübem Blick und nicht mehr ansprechbar. Neben ihm seine Mutter, deren Geschnatter sich im Kreis frühen Alzheimers drehte. Dann ihre Jungs, die einander und ihren Cousinen Rosenkohl zurollten; ihre jüngere Schwester, in diesem Jahr verwitwet und vor Trauer und Entsetzen noch immer unter Hochspannung; ihre ältere Schwester, die gar nicht erst zu verbergen versuchte, wie sehr sie sich nach ihrem leider verheirateten Geliebten sehnte, der seinerseits an einer ächzenden Festtafel saß; und ihre vergrätzte Mutter, achtundsechzig, mit von Rotwein verfärbten Lippen wie ein marinierter Hecht.

»Zweieinhalb Meter bitte«, sagte sie, als der Mann ein Panorama abwaschbarer Weihnachtssterne entrollte. Als sie frühmorgens aufgewacht war, hatten alle schon bereitgestanden, um in Lois' Kopf zu spazieren, sich hinzusetzen und von ihr umsorgen zu lassen. Unter ihrer Steppdecke hatte sie gespürt, wie sie förmlich zerrissen wurde von bitterem Mitleid, Zärtlichkeit und Groll.

Der Rest des Nachmittags ging drauf in vollgestopften Geschäften, Glitzer und Bargeld. Sie kannte alles schon, sie wusste genau, wo hingehen und was kaufen; dennoch machte ihr Geschenke auszuwählen Freude, weil sie gut darin war. Sie freute sich auch darauf, Holly zu sehen. Sie ging gern aus und sprach gern über Dinge, die außerhalb ihres eigenen Erfahrungsbereichs lagen. Sie waren in einem polnischen Café verabredet, das Holly ausgewählt hatte.

Dieses lag, wie Lois beim Nachsehen in ihrem U-Bahn-Plan feststellte, vier Stationen weiter auf der Bakerloo-Linie und danach noch fünf auf der District and Circle. In der Bahn saß sie dann diskret und stumm zwischen ihren Einkaufstüten. Weihnachten war zu einer einzigen Werbekampagne für das Familienleben geworden, doch nie war die Rede davon, dass die Familie einen dermaßen in Beschlag nahm, dass man für die Außenwelt kaum noch vorhanden war. Genüsslich ließ Lois den Blick über all die Fremden jeglichen Alters und Aussehens um sich herum schweifen.

Da gab es welche, die von Büropartys ganz schön knülle waren, aber auch zurückhaltende Späteinkäuferinnen wie sie selbst. Neben ihr saß ein hochgewachsener Schwarzer und las ein evangelisches Rundschreiben, während die Japanergruppe gegenüber das Programm von *The Phantom of the Opera* studierte.

Vorn im Wagen schwankte ein ausgelassener, angegrauter Knurrer und Trällerer. Er hatte seine eigene Party laufen und wurde immer lebhafter. Jetzt pirschte er sich wie ein Rumpelstilzchen auf Zehenspitzen an allein sitzende Frauen heran, blies ihnen dann mit gerecktem Kinn seine Whiskyfahne ins Gesicht und prustete vor Vergnügen, wenn sie erschrocken zusammenfuhren. Als es Lois traf, fuhr sie zusammen wie die anderen auch. Dann tänzelte er zu den Japanern hinüber, stellte sich vor sie hin, machte Schlitzaugen und johlte vor Vergnügen.

Lois roch den Whisky, der ihn befeuerte, und erinnerte sich an die alte Theorie der Selbstentzündung. Jedes seiner Organe musste scotchdurchtränkt sein, durch seine Adern Bernsteinfarbenes fließen, sein Gewebe höchst feuergefährlich sein. Aber schließlich schwamm die Welt in Alkohol, fiel ihr ein, Russland, Schottland, Rumänien, überhaupt der Ostblock. Oh, und natürlich auch Skandinavien, von oben bis unten, und, nicht zu vergessen, die Niederlande.

Des Triezens müde geworden, schlingerte der Mann durch den Wagen, fand an einer Stange Halt und klaubte eine Zigarette hervor. Lois hielt den Atem an, als er sie mit einem unbeholfen entflammten Streichholz anzündete.

»In Untergrundbahnen ist Rauchen verboten«, ertönte eine geradezu feierlich ernste Stimme.

Es war der Mann neben Lois.

Sie fuhr zusammen. Der Rest der Fahrgäste blickte gespannt nach vorn. Angesichts seines Herausforderers kniff der Betrunkene die Augen ungläubig zusammen, riss sie übertrieben weit auf und kniff sie erneut zusammen.

»Machen Sie die Zigarette aus«, sagte ihr Nachbar.

Als der Betrunkene trotzig einen Zug nahm und den Rauch wie ein unerzogener Junge dem Schwarzen entgegenblies, stand dieser auf, nahm ihm die Zigarette mit spitzen Fingern weg und zertrat sie. Dann setzte er sich und las weiter in seinem christlichen Traktat.

Lois sah auf dem Gesicht des Trinkers Verschlagenheit aufblitzen. Sie schaute zu, wie seine Hand in Zeitlupe in die Innentasche seines Regenmantels griff: vielleicht nach einem Messer, dachte sie.

Sie erhob sich und flüsterte dem jungen Australier, neben dem sie zu stehen kam, etwas von dem Messer zu. Keine Angst, sagte der, da ist kein Messer, und der andere ist groß und stark, der weiß sich schon zu helfen. Schon, aber eine Menge Knochen und eine Masse Fleisch schützen nicht gegen Stahl, dachte sie unbehaglich, als der Zug endlich beim Piccadilly Circus einfuhr. Der Trinker stürzte auf seinen Tadler zu, schüttelte ihm die Hand, als seien sie alte Freunde, und schwallte dabei etwas Unverständliches von wegen Leben oder Tod; dann glitt er im letzten Moment mit einem fröhlichen Abschiedswinken aus dem Zug.

Danach sah jede Frau im Wagen zu, dass sie beim Hinausgehen am Helden vorbeikam und ihm etwas Dankbares oder Lobendes zuraunte. Er quittierte das jeweils mit einem Nicken und las weiter. Lois, die wieder Platz genommen hatte, meinte leise, das sei sehr mutig von ihm gewesen, aber der Mann hätte ja ein Messer ziehen können. Ihr Nachbar wandte sich ihr zu und betrachtete sie ohne die Spur eines Lächelns.

»Irgendeiner muss doch aufstehen und etwas sagen«, sagte er.

»Schon …«, begann sie.

»Es gibt zu viel Freiheit«, erklärte er ihr und brach das Gespräch ab.

Zu viel Freiheit, dachte sie, als sie beim Embankment

umstieg. Zu viel Freiheit! Das möchte man nicht als Moral der Geschichte hören. Nicht von einem Helden.

Holly saß bereits an einem Ecktisch und trank aus einer Literkaraffe bulgarischen Rotwein, als Lois mit ihren Einkäufen ankam.

»Im Zug war ein Säufer«, begann Lois, während sie sich aus ihrem Mantel schälte.

»All diese Büropartys«, sagte Holly. »Ich hasse es, wenn einer kotzt, und du musst noch ein paar Stationen weiter fahren. Da, trink ein Glas!«

»Prost«, sagte Lois. »Kommen all deine Schüler der sechsten Klasse verkatert zur Schule?«

»Das geht schon in der vierten los«, sagte Holly. »Im Dezember sollte man sie Strafarbeiten schreiben lassen: Hundertmal: ›Ich muss einen halben Liter Milch trinken, bevor ich in den Pub gehe.‹«

»Oder: ›Trink nie, wenn du wütend, einsam, müde, hungrig bist oder dich langweilst.‹«

»Mit anderen Worten: nie«, sagte Holly. »Na dann prost.«

»Die gehen eh alle bald auf Raves«, sagte Lois, während sie ihr Glas hob. »Da sind sie sicher vor dem Dämon Alkohol.«

»Rotwein ist gesund«, sagte Holly und nahm einen tüchtigen Schluck. »Du brauchst aber mindestens vier Einheiten pro Tag, damit er etwas ausrichten kann gegen das schädliche Cholesterin, die Lipoproteine.«

»Das kann ich gebrauchen«, sagte Lois. »Dieses sentimentale Familiengedöns, das immer zu Weihnachten aufgetischt wird, macht mich rasend. Als sei es eine Art Zauberwald, in dem alles anders wird.«

»Dickens ist schuld, wenn du mich fragst«, sagte Holly. »›Die Erinnerung an Kummer macht die Herzen weicher.‹ Kaputt macht sie sie!«

»Diese zelebrierte Gemütlichkeit«, zischte Lois mit einem finsteren Blick auf die Speisekarte. »So was Verlogenes. Ich kenne nicht eine Familie, die keine Probleme hat. Das ist ihr Sinn und Zweck!«

Sie studierten die Liste mit *Barszcz*, Kohlrouladen in weißer und Fleischklopsen in roter Sauce.

»Ich sterbe vor Hunger«, sagte Holly. »Fleischklopse, die nehm ich. Ich habe gerade ein sehr langes Krippenspiel hinter mir. Daves Jüngster war einer der Hirten.«

»Die Jungs hatten ihres gestern«, sagte Lois. »Du kennst doch die Stelle, wo es im Gasthaus keinen Platz gibt? Da sagten sie: ›Wir sind leider komplett ausgebucht.‹«

»Typisch Sydenham«, sagte Holly. »Bei uns in Ilford hört sich das anders an.«

Sie aßen und tranken und erörterten Hollys Idee, die Schule aufzugeben und Programmiererin zu werden. Sie würde vermutlich durchdrehen vor Langeweile, aber es könnte lukrativ genug sein, dass sie und ihr Partner Dave aus der Wohnung in ein Haus umziehen könnten, was ein großer Vorteil wäre, da Daves Kinder fast jedes Wochenende kamen. Seine Frau wollte sich jedoch nach wie vor nicht scheiden lassen. Und die Kinder gaben Holly die Schuld an der Trennung ihrer Eltern. Sie und Dave wollten ein eigenes Kind, aber letztes Jahr hatte sie eine Fehlgeburt gehabt, und die Zeit wurde knapp. Vor zwei Wochen war ihr Vater von seiner zweiten Frau verlassen worden, er würde Weihnachten also bei Holly verbringen.

Lois hörte sich noch mehr darüber an, wie widerwärtig Daves Frau sei, wie bösartig seine Kinder und wie rücksichtslos sie Daves Verpflichtungen sich selbst gegenüber seien, und stellte fest, dass das in letzter Zeit jedes Mal so war, wenn Holly ein paar Gläser intus hatte: Sie wurde unehrlich. Angesichts des komplizierten und schmerzhaften Balanceaktes, der nötig war, damit Dave und sie zusammen sein konnten, trank sie immer noch ein Glas, um sich moralisch überlegen fühlen zu können. Und wenn sie das tat, fand Lois insgeheim, klang sie immer wie Polonius.

»Was meinst denn du dazu?«, fragte Holly schließlich und hatte etwas Mühe, ihren Blick zu fokussieren.

»Ich bin immer auf der Seite von Liebe und Glück«, sagte Lois taktvoll.

»Und wie geht's William?«, fragte Holly und bestellte, ohne Lois zu fragen, noch einen halben Liter Wein.

»Das weiß ich nicht so recht«, sagte Lois. »Er spricht nicht mehr mit mir und trinkt zu viel.«

»Dann musst du ihn Zungenbrecher aufsagen lassen«, sagte Holly begeistert, versuchte es mit Fischers Fritz und stolperte bereits über die dritte Silbe.

Lois sah sie kichernd nach Atem ringen, und plötzlich dämmerte ihr, dass William wohl irgendwo Geld geliehen hatte, ohne ihr etwas zu sagen, und dieses erneut verloren hatte. Deshalb konnte er nicht mit ihr reden. Jetzt stürmten ihre Gedanken in Siebenmeilenstiefeln davon.

Als sie mit dem Essen fertig waren, hatte Holly ziemlich viel getrunken. Ihre Augen sahen aus, als versuchten beide auf dieselbe Nasenseite zu gelangen, wie bei einer Flunder. Sie äußerte Zweifel an Lois' Erinnerung, was den Ursprung englischer Weihnachtslieder betraf, das Thema einer Arbeit, die sie beide vor zwanzig Jahren an der Universität geschrieben hatten. Damals tranken wir noch heiße Schokolade, dachte Lois.

»Lullay, lullay«, sang Holly, und Köpfe drehten sich nach ihr um, *»thou tiny little child ...«*, dann brach ihre Stimme, und ihr Gesicht zerfloss.

»Es ist diese Melodie«, flüsterte sie, während Lois eilig die Zeche bezahlte und Holly unter dem Tisch Papiertaschentücher zusteckte.

Scheiße, dachte Lois, verdammte Scheiße, während sie ein Taxi anzuhalten und Holly einzureden versuchte, niemand habe etwas bemerkt.

»Ich schaff das schon«, murmelte die Rotäugige und stolperte über eine Tragetüte. »Ich hab eine Rückfahrkarte.«

»Nach Ilford, bitte«, sagte Lois, umarmte sie ärgerlich, verfrachtete sie auf den Rücksitz eines schwarzen Taxis und konterte die offensichtliche Unlust des Fahrers angesichts seines Fahrgastes mit einer Zwanzig-Pfund-Note.

»Kommt die klar?«, fragte der Fahrer und blickte misstrauisch über seine Schulter auf die zusammengesackte Gestalt auf dem Rücksitz.

»Klar kommt die klar«, schnauzte Lois und knallte die Tür zu. »Die ist Lehrerin.«

Der Zugverkehr an diesem Abend war chaotisch, doch Lois nahm einen Zug bis Lewisham und erwischte dann einen Bus, der irgendwann mal durch Lower Sydenham kommen sollte. Sie fand sogar einen Sitzplatz auf der Dreierbank direkt hinter dem Fahrer, wo eine dicke verschlafene Frau zwischen ihr und dem Mann am anderen Ende hin und her schwankte.

»Nicht einschlafen«, sagte der Mann der schläfrigen Frau von Zeit zu Zeit ins Ohr. Als er an der Ecke Catford Road aufstand, um auszusteigen, taumelte ihm die Frau hinterher und krachte auf den Gehsteig. Das schien sie etwas wacher zu machen, verwundert schaute sie in den Bus und sagte: »Drummond Road?«

»Die gehört nicht zu mir«, rief der Mann dem Fahrer zu. »Sie sagt, sie muss zur Drummond Road.«

»Fährt jemand bis Drummond Road und kann sich um die Dame kümmern?«, rief der Fahrer nach hinten und blickte in lauter ausdruckslose und betretene Gesichter.

Verdammte Scheiße, dachte Lois.

»Ich«, sagte sie grimmig und half, die Frau wieder an Bord zu hieven. Aus deren schwarzer Strumpfhose war ein Netz weißer Löcher und nasser roter Knie geworden.

»'schuldige Schatz«, lallte die Frau, kippte zusammensackend gegen Lois und schlief ein.

»Aufwachen!«, sagte Lois. »Wie heißen Sie?«

»Treesa«, murmelte die Frau. »Tess. Tess.«

»Kommen Sie, Tess. Wir müssen gleich raus. Drummond Road.«

»Drummond Road«, sagte Tess und setzte sich mit geschlossenen Augen auf.

»Kommen Sie klar?«, fragte der Busfahrer, als die mit Tragetüten behängte Lois der Frau beim Aussteigen half.

»Woher soll ich das wissen?«, schnauzte Lois, die von dreißig Augenpaaren beobachtet wurde, als der Bus anfuhr.

»Drummond Road«, sagte sie laut. »WELCHE NUMMER? Nicht einschlafen!«

»Hunnevieuneißig. Sechsuneißig«, sagte Tess, fischte einen gewaltigen Schlüsselbund heraus und gab ihn Lois. Ihre Augen waren wieder dabei zuzufallen.

»Hundert*vier*unddreißig?«, rief Lois. »*Sechs*unddreißig?«

»Sex«, sagte Tess mit großer Anstrengung. »Sexuneißich. Hunesexuneißich.«

»HundertSECHSunddreißig?«

»Wir«, sagte Tess erschöpft. Sie trug Stilettos, weshalb sie beängstigend schlingerte, wollte sie jedoch nicht ausziehen.

»Weitergehen«, sagte Lois mit zusammengebissenen Zähnen. Es war, als müsste sie ein gigantisches Wickelkind in Bewegung halten.

Bei Nummer 136 angekommen, probierte sie jeden Schlüssel aus, ohne Erfolg. Sie drückte der Reihe nach sieben Klingeln, doch niemand reagierte. Sie versuchte es erneut mit den Schlüsseln. Diesmal ließ sich das Schloss öffnen, und sie waren drin. Tess ging die läuferlose Treppe hoch voran, und im Hinaufgehen sah Lois einen Bewohner des Erdgeschosses seine Tür einen Spalt weit öffnen. Sie erhaschte einen Blick auf ein Stück Gesicht, das Glitzern eines Auges, woraufhin der Spalt sich lautlos wieder schloss.

»Da«, sagte Tess erschöpft und zeigte auf eine Tür beim

Treppenabsatz. Dann ging sie ins Klo daneben und verriegelte hinter sich die Tür.

»Verdammte Scheiße«, sagte Lois, stellte ihre Tüten ab und probierte erneut die Schlüssel durch – zweimal, denn diese Tür hatte zwei Schlösser. Endlich ging sie auf.

»Kommen Sie klar da drin?«, rief Lois durch die verschlossene Tür Tess zu.

»Alles bestens, Schätzchen«, sagte diese, hörbar bemüht, klar zu artikulieren. »Keine Angst.«

»Und Sie kommen gleich wieder raus?«, rief Lois.

»Klar, Baby.«

Lois raffte ihre Tüten zusammen und stieß die Tür zur Wohnung auf. Auf einem Bett mit braunen Laken und am Boden verstreut lagen Kleider. In einer Ecke war die Spüle mit einem Plastikbecken, in dem Unterwäsche zum Einweichen lag; darin steckte wie zum Umrühren ein Holzlöffel. Sonst gab es nichts außer zwei Weihnachtskarten über dem zugemauerten Kamin und einem riesigen kahlen Weihnachtsbaum, der fast bis zur Decke reichte.

Lois spülte die Tassen und Becher auf dem Abtropfbrett, füllte sie mit kaltem Wasser und stellte sie neben das Bett. Die Luft anhaltend, kippte sie die Unterwäsche in die Spüle und stellte das Plastikbecken ebenfalls neben das Bett. Danach versuchte sie durch die verschlossene Tür, die Frau mit Bitten und Drohungen zum Herauskommen zu bewegen.

»Schon gut, Schätzchen«, war die beschwichtigende Antwort. »Schon gut. Ich besorg dir was zu essen, Baby. Kann ich dir was zu essen besorgen?«

»Ja, aber erst wenn Sie rauskommen«, bat Lois. »Bitte.«

Die Frau sagte, sie liebe sie, und bot ihr erneut etwas zu essen an. Lois lehnte sich an die Wand und schloss die Augen.

»Kommen Sie bitte heraus«, wiederholte sie. Sie war am Ende. Sie hatte genug.

Endlich ging die Tür mit Geklapper auf, Tess kam heraus und drückte wie ein großes verschämtes Kind weitere Unterwäsche an sich.

»Schon gut«, redete ihr Lois mit vor Erleichterung matter Stimme zu. »Keine Angst. Das macht nichts.«

»Tumileid, Schätzn«, stöhnte Tess. »Tumileid, leid.«

Die Verletzlichkeit dieser dicken weichen Frau, ihre offen stehende Handtasche, der Schlüsselbund, den sie so ohne weiteres hergegeben hatte, das Fehlen jeglichen Kampfgeistes – all das ließ Lois fast schon sehnsüchtig an den bösartigen Kobold im Zug zurückdenken. Sie half Tess auf das Bett, wo diese sich wie ein Fötus zusammenrollte und knurrend die Decke über ihren Kopf zog.

Lois ging zurück zur Tür und stellte fest, dass sie den Atem anhielt. Jetzt ging es darum, dass Tess im Zimmer blieb, die Handtasche und die Schlüssel neben sich, und dass Lois mit ihren Tragetüten aus dem Zimmer kam und die Tür hinter sich zuziehen konnte. Es gelang. Ihr Herz klopfte heftig vor Ermüdung und Hoffnungslosigkeit; so schnell es ging, polterte sie die Treppe hinunter und hoffte, keinem Wolf zu begegnen, der eben noch Kreide gefressen hatte.

Draußen in der Kälte fühlte sie sich wieder sicher. Sie ging eine Zeit lang an Kebab-Ständen und Minicab-Zentralen vorbei, sah vor dem nächsten Pub eine Traube feuchtfröhlicher Zecher und beschloss deshalb, von der Hauptstraße abzubiegen. Auf den Nebenstraßen würde der Heimweg ruhiger sein, auch wenn er dadurch etwas länger geriete. Die gefrorenen Efeublätter in den winzigen Gärten sahen aus wie Narbenleder, und die Blätter der Ligusterhecken wirkten, als wären sie mit Metall überzogen. Das möchte ich auch, dachte Lois, eine Schutzschicht haben aus Metall.

In den wenigsten Häusern der Straße hatte man die Vorhänge zugezogen, und durch fast jedes Fenster sah Lois einen Baum voll brennender Kerzen in einem dunklen Zimmer leuchten. Wenn sie nach Hause käme, würde sie die Tür öffnen, und da würde der Baum stehen, den sie und die Jungen vor zwei Tagen geschmückt hatten. Sie war sehr müde. Im Licht der Straßenlaternen schleppte sie sich weiter. Trautes Heim. Traum. Raum. Baum. Warum nur hatte Tess diesen albtraumhaft großen Baum in ihr Zimmer hinaufgeschleppt? Überhaupt: Was hatte ein Baum in einem Raum zu suchen? Bäume sollte man nicht ins Haus lassen, die sollten draußen bleiben.

Sie würden auch das Haus verlieren, das war es. Und er konnte es ihr nicht sagen. Verdammte Scheiße, dachte sie und blieb abrupt stehen. Warum hat er mir das nicht längst gesagt?, fragte sie sich. Ich weiß, warum: Er sieht das Ganze als Wettkampf und sich als Verlierer. Das also ist es, dachte sie, nach all dem Schweigen geradezu erleichtert; allerdings war es schrecklich. Andererseits: besser raus damit als rein. Sozusagen. Bodenlos tiefe Seufzer ausstoßend schüttelte sie den Kopf.

Eine Kirchturmuhr schlug die volle Stunde, lang: Es war Mitternacht. Sie hörte einen fernen Nachtbus vorbeituckern und das Lachen von Leuten, die etwas weiter vorn aus einem Haus kamen. Als sie zu den Dächern hochblickte, sah sie, dass die Ziegel vom Frost weiß bepelzt waren ebenso wie die Latten der Gartenzäune. Im Licht der Straßenlampen glitzerte der Frost aufs Schönste.

Ein Wald von Bäumen stand leuchtend im Schutz von Wohnzimmern, und die Lichterketten blinkten Lois, die draußen stand, zu. Fischers Fritz fischte frische Fische. Die Räume, in denen die Bäume Zuflucht gefunden hatten, dufteten bestimmt nach Gewürzen, Immergrün und Orangenschalen. Im Licht der Schönheit dieser Räume verspürte Lois neben allem anderen auch einen Schwall hartnäckigen Glücks. Ihr Schnäuzen klang wie ein Trompetenstoß. Dann ergriff sie eine geschenkgefüllte Tüte nach der andern und machte sich auf nach Haus.

WURSTIGKEIT

»Was hast du denen im Büro gesagt?«, fragte sie.

»Was hast du deinen gesagt?«, konterte ich.

»Gar nichts«, sagte sie und blickte ihrer langen Nase nach ohne ein Lächeln auf mich herab. »Ich bin schließlich der Boss dort.«

Wir hatten uns wie abgemacht auf dem Gehsteig vor dem Hugenottenhaus in der Fournier Street getroffen, einer Gegend, wo die Geländer nicht von Speerspitzen, sondern von Distelmotiven gekrönt sind. Ich war an diesem Morgen im Osten der Stadt gewesen, um mit einem Mann von der Finanzaufsichtsbehörde über peinliche Verluste der Leviathan Bank zu sprechen, deren Compliance-Abteilung ich leitete. Auf dem Rückweg von Canary Wharf zu meiner Lunchverabredung in Spitalfields hatte ich das Pech gehabt, einen dieser wütenden und obsessiven Taxifahrer zu erwischen, die den Londoner Verkehr hassen und tausend geheime Schleichwege kennen. Er verschmähte deshalb die offensichtlichen Routen, weigerte sich, die Commercial Road zu nehmen, raste dafür Richtung Bow, verlor beim ersten Rotlicht die Nerven, wich in die Salmon Lane aus und blieb, wie nicht anders zu erwarten gewesen war, fluchend und schimpfend in der Mile End Road stecken. Mir war unterdessen ein bisschen schlecht, doch er ließ nicht locker, bis er uns unfassbar weit nördlich nach Bethnal Green verfrachtet hatte. Bei Weaver Fields gab ich jede Hoffnung auf, je wieder da hinauszukommen, doch dann setzte er mich endlich am oberen Ende der Brick Lane ab, nachdem er sich verblüfft und entrüstet gezeigt hatte über das Einbahnsystem, obschon jedes Kind weiß, dass dieses dort seit Ewigkeiten besteht.

Dennoch war ich früh dran. Ich war rastlos und in Hochstimmung beim Gedanken daran, was während der nächsten Stunde oder so geschehen würde. Während ich auf Isobel Marley wartete, sah ich einen alten Mann einem Bus nachlaufen, der an der Haltestelle vorbeigefahren war. Er schleppte sich dahin, gebückt wie ein Jaguar, der sich im Regenwald an seine Beute heranpirschte, sein schmerzverzerrtes Gesicht zu einem einnehmenden breiten Grinsen zwingen wollend. Ich bin nicht mehr wirklich jung, dachte ich, vor Mitleid zusammenzuckend; aber (fröhlicher gestimmt) so alt nun auch wieder nicht.

Endlich fuhr glänzend und tuckernd Isobels schwarzes Taxi vor. Sie ließ sich Zeit, bis sie ihr langgliedriges kugelbäuchiges Ich vom Rücksitz herausgewuchtet hatte. Mehr als zwanzig Minuten hatten sie für die kurze Strecke von der Gray's Inn Road gebraucht, und sie ließ sich vom Fahrer eine Quittung ausstellen. Wir nickten einander zu, ohne uns in die Augen zu schauen. Schuld und Verschworenheit umwaberten uns wie altmodische Theaterkonventionen.

»Also dann«, sagte sie, nachdem wir uns formell begrüßt hatten, »wo ist sie denn, diese geheime Grotte der Verlockungen?«

»Das darf ich nicht verraten«, sagte ich wahrheitsgemäß. »Du musst mir einfach folgen.«

»Das ist ja lächerlich!«, zischte sie, als ich sie an der Fashion Street und der Polizeiwache vorbei und dann links in die Chicksand Street führte. »Grotesk! Für wen halten die sich?«

Ich hatte Isobel Marley zwei Tage davor in der Seething Lane am Iddon-Featherstone-Empfang für deren Corporate-Finance-Kunden kennengelernt. Iddon Featherstone ist ein kleineres Anwaltsbüro, dessen Gesellschafter immer hoffen, ich könnte ihnen Arbeit vermitteln. Das tue ich auch ab und zu. Diesmal ging ich aus Neugier hin, weil die Rede war von einem möglichen Zusammenschluss mit der deutschen Anwaltsfirma Marbeiter Rotenhart, einer Fusion, die wohl unvermeidlich, für manche Iddon-Featherstone-Partner jedoch katastrophal ist.

»Das Problem ist, Laura, dass wir in Frankfurt mehr als nur einen Zeh in die Tür bekommen müssen«, suchte sich John Mannion, der Chef der Corporate-Finance-Abteilung, zu rechtfertigen. »Auch wenn es uns nicht gefällt: Wir müssen in den sauren Apfel beißen.«

»Schwierig«, sagte ich in mitfühlendem Ton und nahm einen Schluck Mineralwasser. Ich blickte mich im Raum um. Eher ein Manet- als ein Monet-Gemälde: Wie in großen Unternehmen üblich, tarnten sich alle in Monochromie; eine Szene wie in Mondlicht getaucht, nur da und dort der Farbtupfer einer Krawatte.

In der Nähe stand eine sehr groß gewachsene Frau mit markanten Zügen und sprach mit dem geschäftsführenden Gesellschafter von Iddon Featherstone, Graham Groton. Sie musste im sechsten oder siebenten Monat schwanger sein, und ich konnte nicht umhin festzustellen, wie viel besser eine Schwangere in einem Kammgarnkostüm aussieht als in einem Umstandskleid.

»Aber natürlich tendiert zurzeit alles in diese Richtung«, sagte ich. »Bei den Brokern hat es eine regelrechte Stampede von Fusionen gegeben. Alle sind hypernervös.«

Wir schauten beide zu, als die große Frau dem Kellner den Champagnerkelch zum Nachschenken hinstreckte.

»Das ist mittlerweile verboten, oder nicht?«, meinte John Mannion. »Saufen, wenn man schwanger ist? In den USA braucht es nicht einmal das, damit sie dich lynchen.«

»Ich wünsche ihr viel Glück«, sagte ich.

»Das ist ihr Viertes«, sagte John Mannion, und ich dachte zunächst, er spreche von ihrem Alkoholkonsum. »Isobel Marley, Kronanwältin. Sie hat tolle Arbeit geleistet für uns bei dieser Geldwäschersache auf den Philippinen.«

»Ach die«, sagte ich stirnrunzelnd, als mir einfiel, dass ich ihren Namen in einem Artikel der *Financial Times* über Aufsteigerinnen gelesen hatte. »Im Aufwind.«

Wir sahen, wie Graham Groton ihr zuprostete. Er ist eher klein, und sie musste beim Reden auf ihn herabblicken.

»Ich stehe nur auf große Männer«, flachste ich.

Ich hatte wie wahnsinnig auf den CGGI-Deal hingearbeitet, auf dem die Unternehmensführung bestanden hatte, obschon ich immer wieder auf dessen ungute Aspekte hingewiesen hatte. Meine Integrität stand auf dem Spiel. Der Mann, den ich Anfang des Jahres kennengelernt hatte und den ich mit der Zeit wohl lieben gelernt hätte, hatte es während der CGGI-Sache verständlicherweise sattbekommen, immer bis zehn oder elf Uhr abends darauf zu warten, dass ich ihn vollkommen abgearbeitet ein, zwei Stunden lang beehrte, und war nicht mehr da.

»Ich schaue gern hoch an einem Mann«, erklärte ich.

»Blicke auf zu«, sagte John Mannion, überrascht die Augen rollend. Mir fiel auf, dass er mehrere Zentimeter größer war als ich.

»Nein, schaue hoch an«, sagte ich und lächelte.

»Ah«, sagte er. »Jetzt hab ich's kapiert. Aber ich möchte Sie Isobel vorstellen. Sie müssen sie kennenlernen.«

Isobel Marley hatte Graham Grotons begeistertem Geschwafel über die Fusion und darüber, dass wir nun alle eine einzige große europäische Familie seien, schon so lange zugehört, dass sich ihr Gesicht fast freudig erhellte, als sie uns kommen sah. Nur fast, denn ihre Miene war auf beeindruckende Weise ernst und bis auf den Luxus eines gelegentlichen Stirnrunzelns undurchdringlich.

»Wie, bitteschön, soll Europa eine einzige glückliche

Familie werden können«, schaltete ich mich ein. Ich konnte nicht anders, denn all die einander aufs Verrückteste widersprechenden Vorschriften waren der Grund, warum ich die letzten zwei Monate jeden Tag 15 Stunden lang gearbeitet hatte: Ein Deal, der im einen Land so sauber wie frischer Schnee war, konnte in einem anderen anrüchig wirken und in einem dritten geradezu kriminell sein. Da war der Euro das kleinste der Probleme.

»Sie müssen sich wie der Lone Ranger vorkommen«, kicherte John Mannion. »Sie und die anderen Aufsichtsleute, ständig irgendwelchen Outlaws hinterherzugaloppieren: Die schnappen wir uns, diese verdammte Traderbande!«

»Hi ho Silver«, sagte ich. »Einer muss es eben machen.«

»Für Anwaltsfirmen sind die Zeiten jedenfalls nicht schlecht«, sagte Isobel, doch sie war nicht wirklich bei der Sache. Sie war abgelenkt worden und hatte etwas bemerkt, was keinem Mann je aufgefallen wäre.

In diesem Augenblick wurden John Mannion und Graham Groton von einem anderen Iddon-Featherstone-Gesellschafter weggeführt, um die graue Eminenz von Marbeiter Rotenhart kennenzulernen, die London einen ihrer raren Besuche abstattete.

Isobel hielt inne und gestattete sich dann den Kommentar: »Das ist eine schöne Bluse.«

Ich trug zu meinem grauen Anzug langweiliger- und unauffälligerweise eine weiße Bluse. Nur einem Mitglied des Geheimbunds der Augenmenschen konnte auffallen, dass sie aus Nonnenschleierstoff bestand mit einem schwachen grauen Streifen, schmal wie ein Bleistiftstrich.

»Warum?«, fiel mir ein, hatte ich damals bei Wurstigkeit den Verkäufer gefragt, während ich die schöne, aber letztlich unspektakuläre Bluse betrachtete: »Warum, äh, ist die dermaßen teuer?«

»Ah, die«, hatte er geantwortet. »Schauen Sie sich den Streifen hier an. Sehen Sie? Das ist, weil die Linie durchbrochen ist.«

Tatsächlich gab es in dem feinen Streifen Lücken, klein wie Zuckerkörnchen.

»Selbstverständlich«, sagte ich. Und kaufte sie.

»Danke«, sagte ich nun zu Isobel.

Ich sah, dass sie mit sich kämpfte. Sie war ein extrem ehrgeiziger Mensch, das war offensichtlich, würde es jedoch nicht übers Herz bringen, nicht zu fragen.

»Sehr angenehmer Stoff«, sagte ich aufreizend und fast lachend. »Wie Daunen auf der Haut. Und sehen Sie, die Linie ist durchbrochen.« Ich hielt ihr die Manschette zur Betrachtung hin.

»Tatsächlich«, sagte sie. »Ja.«

Sie hielt erneut mit undurchdringlicher Miene inne, dann konnte sie nicht mehr anders und fragte: »Stammt sie etwas aus diesem Laden? Diesem verrückten Laden, zu dem man ein Passwort braucht und dessen Adresse nicht verraten werden darf? Wie heißt er denn noch mal? Irgendwas Deutsches.«

»Wurstigkeit«, sagte ich, leicht errötend.

»Was für eine groteske Idee, ein Laden mit einem Passwort«, sagte sie verächtlich.

Sie konnte die Vorstellung, ausgeschlossen zu sein, nicht

ertragen, das war offensichtlich. Sie war es gewohnt, auf jeder Liste zu stehen, und zwar ganz oben.

»Etwas exzentrisch«, stimmte ich ihr leichthin zu.

»Ist er nicht ganz furchtbar teuer?«, sagte sie, die Nase rümpfend.

»Vielleicht« sagte ich, »aber nicht für jemanden, der im Aufwind ist.«

Für mich war der Laden mittlerweile viel zu teuer geworden, doch ihr würde ich das ganz bestimmt nicht sagen. Seit meinem ersten Besuch bei Wurstigkeit hatten sich die Preise verfünf-, nein versechsfacht und waren Jahr für Jahr um mindestens hundert Prozent gestiegen. Marktkräfte eben.

Fünf Jahre zuvor hatte ich in einem Restaurant in der Nähe der Liverpool Street einen Mann von Shibui Investments zum Mittagessen getroffen. Noch bevor wir die Amuse-Gueules fertig gegessen hatten, war er durch einen Anruf auf sein Handy abberufen worden, weil ein Deal zu platzen drohte; da ich plötzlich eine nicht verplante Stunde zu meiner Verfügung hatte, hatte ich mir erlaubt, mich ohne einen Stadtplan durch das staubige Sonnenlicht treiben zu lassen. Das war zu einem Zeitpunkt meines Lebens gewesen, als ich vor lauter Sorgen nicht mehr schlafen konnte. Beim geringsten Anlass hatte ich nachts Panikanfälle, hörte mein Herz rasen und meinen Atem keuchen, während Myriaden von Schrecken, Spukgestalten, Bedenken und Ängsten wie ein Meteoritenschauer auf mich niederprasselten (während ich mucksmäuschenstill neben meinem heutigen Exmann lag und tat, als ob ich schliefe). Ich hatte mir angewöhnt, in meinem Aktenkoffer Fläschchen mit Blütenessenzen herumzutragen, deren jede gegen ein spezifisches Elend wirken sollte. Am häufigsten benutzte ich »Fels-Quellwasser« für »Menschen, die ihre eigenen Bedürfnisse unterdrücken, zu viel arbeiten und sich keine Entspannung gönnen«, und »Läusekraut« für »Menschen, die Mühe haben, sich selbst zu lieben«.

Wie auch immer, während dieses Zeitfensters in einer alles andere als euphorischen Phase meines Lebens stolperte ich zufälligerweise in Wurstigkeit, das in jener Woche überhaupt erst eröffnet worden war. Es war, als betrete man einen verzauberten Kleiderschrank und finde sich in einem anderen Land wieder. Was man empfand, war Schwerelosigkeit: Man ging seines Gravitationszentrums verlustig.

»Wurstigkeit«, sagte Isobel. »Ich wüsste gern, was das heißt. Es hat wohl etwas mit dem deutschen Wort für *sausage* zu tun.«

»Laura«, sagte John Mannion, der mit einem älteren Mann im Schlepptau angetanzt kam, »Laura, ich möchte Ihnen Günter Mangelkammer vorstellen. Herr Mangelkammer leitet in Frankfurt die Abteilung Commercial Litigation. Herr Mangelkammer, das ist Laura Collinson, Leiterin der Abteilung Compliance bei Leviathan. Und das ist die berühmte Kronanwältin Isobel Marley.«

»Was für ein Glück«, sagte Isobel und lächelte Mangelkammer an. »Wir zerbrechen uns gerade die Köpfe wegen eines deutschen Worts. Vielleicht können Sie uns helfen.«

»Das wäre mir eine große Freude«, sagte Mangelkammer vorsichtig.

»Was war es noch mal, Laura?«

»Wurstigkeit«, sagte ich.

»Ach so«, sagte Mangelkammer sichtlich erleichtert. »Das kenne ich allerdings. Das ist ein Ausdruck, den Bismarck geprägt hat. Er beschreibt einen gewissen Geisteszustand. Er hat, wie soll ich sagen, etwas mit Würsten, *sausages*, zu tun.«

»Würsten?«, sagte John Mannion, und seine Augenbrauen verloren sich unter seinem Haar.

»Einem Zustand wurstartigen Verhaltens«, sagte Mangelkammer hartnäckig.

»Wie würden Sie auf Englisch dazu sagen? *Sausageness?*«, fragte ich.

»*Sausageness* ist gut«, stimmte er zu. »Gemeint ist, dass einem etwas egal, auf Deutsch ›wurst‹, ist.«

»They don't give a fig?«, schlug ich vor.

»They don't give a fuck!«, rief John Manning und lachte begeistert. *»They don't give a flying fuck!«*

»Ihres ist besser, glaube ich«, sagte Mangelkammer und nickte mir huldvoll zu.

Wir bogen von der Chicksand Street in den Frostic Walk ein und gingen dann durch eine üble verpisste Gasse. Hatten wir vorher noch so viel Himmel über uns gehabt, dass man daraus ein Paar Matrosenhosen hätte schneidern können, war diese Gasse so schmal, dass nicht mehr zu sehen war als ein vergissmeinnichtblaues Band.

»Bist du dir wirklich sicher, wo es langgeht?«, fragte Isobel mit einer gewissen Schroffheit, während sie mit ihren feinen Schuhen widerlichen Pfützen auszuweichen suchte.

Wir bogen scharf ab in eine letzte dunkle Kopfsteinpflastergasse und waren da.

»Das ist ein Witz«, sagte Isobel tonlos, als sie die verschrammte, nummernlose Tür und das abgeklebte Panoramafenster daneben sah.

Irritiert blickte sie auf ihre Uhr und dann zu mir.

»Einen Moment«, sagte ich.

Auf der Höhe der Wand, wo eine Klingel hingehört hätte, war das Flachrelief eines Satyrkopfs, und in dessen gewundene Ohrmuschel wisperte ich das Passwort. Dann trat ich einen Schritt zurück und wartete.

Langsam öffnete sich die Tür nach innen, und wir folgten ihr. Dahinter tat sich die Halle des Bergkönigs auf, gefüllt mit der Aussteuer seiner Räuberbraut. Ich hielt den Atem an, fühlte mich plötzlich springlebendig, von Sauerstoff erfüllt, luftig und gierig. Meine Augen lechzten rund herum. Die Farben lockten, prickelten und bissen sich in Disharmonie, derweil die Wände sich in samtigem Dunkel verloren. Ich versuchte, den Anschein von Gleichgültigkeit zu wahren, doch immer wieder drängte sich ein Lächeln über meine Lippen, und schon bald schnurrte, gurrte und gluckte ich von Stange zu Stange. Die Lippen schürzend, durchstöberte Isobel mal diesen Ständer, mal jenen. Ich sah die Dinge durch ihre Augen, empfand sie wie damals vor fünf Jahren, als ich zum ersten Mal hierher gekommen war. Was für ein Haufen Ramsch, hatte ich gedacht. Was für ein Haufen Elsternplunder, lauter kleines buntes Glitzerzeug.

Doch plötzlich hatte es mich gepackt. Waren es die schrägen Korsarenstreifen vorn auf einer strukturierten

Strickjacke? Wie können die für solchen Blödsinn mehr als fünf Pfund verlangen, dachte ich noch; eine Sekunde später fiel es mir wie Schuppen von den Augen. Mir wurde klar, dass hier etwas am Wirken war, das sich nicht rechtfertigen ließ, und ich griff nach meinem Scheckbuch. Es war wie eine umgekrempelte Version von *Des Kaisers neue Kleider.*

Jetzt griff Isobel nach Preisschildern, verächtlich schnaubend und den Mund verziehend.

»Du musst dir nicht die Preisschilder anschauen«, riet ich ihr, »sondern die Kleider.«

Ich nahm etwas Langes Blaugrünes vom Bügel und hielt es hinter sie. Instinktiv steckte sie ihre Arme in die Ärmel und zog es sich über. Wir sahen ihre zurückhaltende Miene im langen Spiegel und den Grande-Dame-Opernmantel, dessen geflochtenen und aufgeplusterten Serpentinenkragen sie majestätisch bis zum Kinn hochgezogen hatte.

»Nein«, sagte sie, ihn von sich werfend, »den würde ich nie tragen. Wann könnte ich je so etwas tragen?«

»Darum geht's nicht«, wollte ich sagen, beschloss jedoch zu warten.

Vielleicht war sie ja nur eine Status-Jägerin, eine dieser markenbewussten Shopperinnen. Falls ja, hatte ich sie falsch eingeschätzt und verschwendete hier nur meine Zeit.

Ich erinnerte mich an das *Financial Times*-Interview mit Isobel Marley. Ein Schwall von Phrasen fiel mir ein, Dinge wie »hundertzwanzig Prozent«, »Superliga«, »total engagiert«, solches Zeug. Eins ihrer Zitate lautete: »Ich bin ein Workaholic, und ich bin unglaublich gut.« Sie wehrte den Vorwurf, eine Abzockerin zu sein, mit Gerede von Markt und Freiheit ab. All das war nicht gerade vielversprechend. Sie hatte bestimmt gar keine Zeit für andere Dinge.

Andererseits hatte sie sich in eine Bluse verliebt, rief ich mir in Erinnerung; sie musste demnach etwas haben.

»Hier gibt es nichts, was ich zur Arbeit tragen könnte«, sagte sie. »Hier gibt es nichts, was ich zu Hause tragen könnte, wenn ich bei meiner Familie bin. Was soll das also?«

»Aber der Mantel passt zu dir, das siehst du doch«, sagte ich mit Nachdruck. »Apotheosenkleider, dafür ist dieser Laden da.«

Niemand würde sich je nach mir umdrehen und sagen: »Was für eine gut gekleidete Frau.« Außerhalb der Arbeit ziehe ich nichts an, um anderen zu gefallen als mir selbst. Vernünftige Kleidung ist etwas, das mir immer sehr entsprochen hat: nützliche Taschen, Turnschuhe und William Morris' Ansichten über pflanzliche Farbstoffe. Doch wenn ich wie eine fröhliche Irre aussehen will, dann kann ich das. Ich zahle für diese Kleider, und ich habe Spaß. Das entspricht allerdings kein bisschen der allseits geschätzten französischen Art: die obersten zwei Knöpfe offen, ein Gürtel um die schlanke Taille, der Rock sehr, sehr kurz. Dieser Laden würde den Franzosen nicht gefallen: zu exzentrisch, zu viele Farben. Und was die widerwärtige zynische Maxime der Gallier angeht, man müsse Kleider aussuchen, um seine ansehnlichsten Körperteile *mettre en valeur*! Was darf es sein, der Herr, Schenkel oder Brust? Pah, sage ich, *à bas les vêtements pimpants*, Kleider, um den Körper aufzupimpen. Und nur zu Ihrer Information: Nein, ich bin nicht dick. Auch nicht dünn. Ich bin genau richtig.

Und dann kippte Isobel um. Ihre Abwehr brach zusammen, die Vernunft machte sich aus dem Staub. Isobel kümmerte sich nicht mehr um das Geld und sah sich die Preisschilder nicht mehr an. Stattdessen verengten sich ihre Augen zu Schlitzen, und sie machte sich auf die Jagd nach dem Fantastischen und dem kunstvoll Bizarren. Ich wusste, dass ich mich in ihr nicht getäuscht hatte. Ich wusste, dass sie ein Auge dafür hatte. Was solche Dinge betraf, waren wir aus dem gleichen Holz geschnitzt. Sie hatte es geschnallt. Es hatte sie gepackt. Sie war zur Getriebenen geworden.

Bald hatten wir beide genug angesammelt, um mit dem Anprobieren zu beginnen. Im kleinen Klo neben dem Showroom – etwas so Funktionelles wie eine Umkleidekabine gab es bei Wurstigkeit nicht –, lagen Seide und Samt auf dem rostigen Waschbecken an einem Haufen, während wir einander Ellbogen in die Gesichter hauend uns in verrückte Kleider und wahnwitzige Ensembles zwängten. Ich kannte diese Frau kaum, hatte sie erst einmal zuvor gesehen, doch da waren wir nun und zogen uns in einem rostigen Kabuff voreinander aus.

Ich probierte zuerst eine Baumwollbluse an, die himbeerfarben war und fast nach Himbeeren roch, als ich sie mir über den Kopf zog. Ich roch die Sauberkeit der Baumwolle und den angenehmen Geruch unseres Schweißes, frisch, leicht und grasig, der nun stärker unter unseren Armen hervordrang. Als die Baumwolle mein Gesicht, meine Wangen berührte, zart wie die Haut eines Babys, seufzte ich.

Isobel ist viel größer als ich. Ich bin nicht klein, doch meine Augen befanden sich genau auf der Höhe ihrer von der Schwangerschaft größer und knubbeliger gewordenen Brustwarzen, die sich gegen die Gaze ihres BHs pressten. Ich schaute weg. Ich hoffte, sie würde mich nicht mit diesem gnadenlosen weiblichen Blick mustern, der so ernüchternd ist. Bestimmt haben Sie schon bemerkt, wie Frauen einander in Umkleideräumen oder Fitnessstudios anschauen – verstohlen, abwägend, ohne Lust oder Freundlichkeit, dafür mit einem hyperkritischen Blick für das geringste Anzeichen von Alter oder nachlassender Gesundheit. Kein Wunder, dass Nacktheit in der britischen Gesellschaft so wenig Platz hat. In unseren Kleidern leben wir unter einer Wolke, blaugeädert wie Käse, blauweiß wie Milch.

»Ich würde zu gern mal wieder ein Baby im Arm halten«, sagte ich in Erinnerung an dieses gute, kompakte Gewicht wie von einem Bohnensäckchen.

»Eine halbe Stunde lang«, sagte sie, sich zischende Seide überziehend. »Babys per se finde ich nicht besonders toll.« Mit mürrischer Miene tauchte ihr Kopf aus der glitzernden Tussahseide auf. Sie wirkte wahrlich beeindruckend, so mürrisch, mit ihrem gelockten Haar, den barocken Gesichtszügen und der langen geraden Nase.

»All die entsetzlichen Schwestern im Krankenhaus mit ihren Vorträgen über das Stillen«, sagte sie schaudernd.

Ich war versucht, zum Spaß etwas von Antikörpern zu erwähnen, befürchtete jedoch, sie könnte mich ins Gesicht schlagen.

Nach der Geburt meiner Tochter hatte ich die Milch zu Hause und bei der Arbeit abgepumpt. Im Kühlfach lagerten die kostbaren Würfel, die das Kindermädchen jeweils auftaute. Und ich trug die fürchterliche Milchpumpe so ehrfürchtig in meiner Handtasche herum, als sei sie eine Reliquie. Die Milch, die ich während der Arbeitszeit jeweils auf dem Damenklo abpumpte, lagerte ich ganz hinten im Bürokühlschrank in einer deutlich angeschriebenen Flasche, die ich dann mit nach Hause nahm. Ich hörte schlagartig damit auf, nachdem meine Sekretärin zu mir gekommen war und geflüstert hatte, sie habe läuten hören, die Jungs von der Verkaufsabteilung hätten sie mit Wodka versetzt. Die Milch. Wenn man kein Kind hat, kommt einem so etwas wie ein kindischer Streich vor, danach hingegen wie pure Grausamkeit. Ich sah ein, dass ich für sie vielleicht zu viel Gedöns um das Füttern des Babys gemacht hatte. Die konnten sich das nicht im Geringsten vorstellen. Doch das war jetzt schon beinahe sieben Jahre her.

»Hast du eine gute Nanny?«, fragte ich, während ich mir einen Samtrock wie aus elastischem Moos überzog.

»Ich hasse sie aus tiefster Seele«, sagte sie, wobei ihre Stimme gedämpft wurde durch das Kleid, das sie sich wieder über den Kopf zog. »Den Kindern geht es genauso. Doch sie ist hervorragend, sie schmeißt den ganzen Haushalt, ich würde es nie schaffen ohne sie. Außerdem ist es gut für die Kinder zu begreifen, dass es im Leben nicht immer darum gehen kann, was sie wollen. Es ist nun mal kein Spaziergang.«

Jedes Mal, wenn ich mich nach einem Baby sehne, erinnere ich mich an die Kindermädchensache und überlege es mir noch einmal. Ein Kind war gut. Das heißt, es war zwar zu viel für meinen Mann. Im Jahr nach ihrer Geburt sagte er, er sei am Abschlaffen, fühle sich nicht mehr frei. (Unter uns gesagt: Mir ging es genauso.) Im zweiten Jahr sagte er: »Ich habe das Gefühl, mich nicht mehr entfalten zu können, es sei denn, ich gehe«, quetschte eine mannhafte Träne aus dem Auge und war weg. Ich habe immer dieselbe Nanny behalten, für die es der ideale Job ist. Nannys neigen bei neuen Babys dazu, sich aus dem Staub zu machen, doch ich ließ es nicht darauf ankommen, und heute ist sie wie meine Ehefrau.

Ich betrachtete den glamourösen Samt auf meinen Schenkeln, dessen Flor so kurz war wie von Schafen abgeknabbertes Gras und der Licht und Töne aufsaugte.

»Wäre es nicht wunderbar, von Kopf bis Fuß damit bedeckt zu sein wie eine Katze«, sagte ich verträumt.

»Was?«, sagte sie, die Stirne runzelnd. »Ein Catsuit?«

»Was ist ein Catsuit?«, sagte ich. »Ein Katzenkostüm?«

Einen Augenblick lang sah ich eine Katze ihr Fell mit einem Reißverschluss öffnen und nackt an die Sonne treten. Ich erhaschte mich selbst im Spiegel über dem Waschbecken. Wenn ich an manchen Tagen mein Gesicht sehe – und vielleicht ein bisschen müde bin –, ertappe ich mich beim Gedanken: »Einmal kurz mit einem feuchten Lappen dämpfen wäre keine schlechte Idee.« Die Zeit schreitet voran. Vor Kurzem ist die Haut im Tal zwischen meinen Brüsten wie genoppte Seide geworden, und wenige Monate davor war alles noch vollkommen glatt und unversehrt gewesen. Am deutlichsten ist es nach dem Schlafen, und zu sehen, wie das Alter sprunghaft näher kommt, hat etwas Faszinierendes. Der Mann, für den ich nicht genug Zeit hatte erübrigen können, war plötzlich über mir, das perfekte Gewicht für jene wenigen idealen Momente, wenn meine angezogenen Knie sich passgenau in seine Achselhöhlen gefügt hatten.

»Heiß ist es hier drin«, sagte ich mit einem weiteren Seufzen.

In den beengten Verhältnissen des Klos, wo wir versuchten, den Ellbogen und der Nase voneinander auszuweichen, während wir uns Kleider über den Kopf zogen, andere über die Oberschenkel zerrten, mit abgewandtem, in die Höhe gerichtetem Blick und den Gedanken scheinbar anderswo, erhaschte ich flüchtige Blicke auf Isobels babyvollen Bauch und ihre ausgesprochen langen Glieder, mehr Knochen und Kraft als bei Frauen üblich, und fragte mich einen Augenblick lang, wie Sex zwischen Isobel und ihrem Mann wohl ablief. Ging sie auf ihn zu und packte ihn am Revers wie eine Judokämpferin? Umschlang er sie von hinten wie ein Rugbyspieler und rang sie so nieder? Oder ließ sie sich elegant auf eine Chaiselongue niedersinken, allmählich einknickend wie eine Giraffe oder ein Zollstock? Doch vielleicht gab es kein Sich-Ergeben, möglicherweise näherte sie sich ihrem Mann vielmehr aktiv an, gab ihm einen Stups unters Kinn, umklammerte ihn, tauschte mit ihm sportliche Boxhiebe aus. Es war schwer, sich vorzustellen, wie eine sehr hochgewachsene, starke Frau sich in dieser Situation verhielt. Zurückzuweichen und sich passiv zu verhalten würde lächerlich wirken, als versuchte ein Berg eine Maus zu sein. Sie müsste sich vielmehr ihrer Statur gemäß verhalten, großartig, unnahbar, kühn und alles andere als mädchenhaft. Groß, stark und mutlos zu sein wäre schlimmer, als klein, schwach und mutlos zu sein, es käme einem wie Verschwendung vor, wie ein unbewohntes Mietshaus. Ich dachte über die Bosheit nach, die hochgewachsenen Frauen entgegenschlägt, als hätten sie kein Anrecht auf die Länge ihrer Knochen, als hätte diese etwas Lächerliches; und über ihre Verletztheit darob, ihr Sich-in-sich-Zusammenziehen – das vollkommene Gegenteil so vieler klein gewachsener Männer, die Unruhe stiften, weil sie mehr Raum und Aufmerksamkeit beanspruchen, als sie von Geburt an bekommen haben. Als ihre Mütter ihnen geben konnten.

Nein, Isobel hatte nichts Passives oder Mutloses an sich. Sie strotzte vor Kraft und Macht. Nachdem wir in den Verkaufsraum zurückgekehrt waren, um uns vor die langen Spiegel zu stellen, begeisterte sich eine süße junge Verkäuferin für Isobels Pracht, beäugte sie mit der Gewieftheit eines Liebhabers, zog dies und das und jenes für sie zum Anprobieren heraus. Und gegen ihren Willen war Isobel beeindruckt.

»Das an dir«, sagte ich aufgeregt ob des sonderbaren Stücks, das die Verkäuferin Isobel anzuprobieren überredet hatte, eine Art Umhang mit Ärmeln, rosa und rehbraun und feinst plissiert wie die Lamellen auf der Unterseite eines Wiesenpilzes. »Das ist so was von raffiniert, wie ein Zusammentreffen von Madame de Sévigné mit Simone de Beauvoir.«

»Hmmm«, sagte sie, sich selbst im Spiegel streng begutachtend.

»Ich glaube, das ist das Richtige für Sie«, murmelte die Verkäuferin.

Sie war wohl fünfzehn Jahre jünger als wir beide, ein paar Zentimeter ihres goldbraunen Bauchs waren an der Luft, ihr Bauchnabel gepierct mit einem diamantbesetzten Silberring. Isobel und ich sind beide Mitte dreißig, im Alter von Helden russischer Romane, in der Mitte des vierten Lebensjahrzehnts.

»Probieren Sie das hier«, sagte die junge Frau zu Isobel und hielt ihr ein Kleid entgegen, so giftig grün wie ein Cricket-Rasen vor einem Unwetter.

»Ja«, sagte Isobel gedehnt und nickend.

Die junge Frau legte ihr eine säuregelbe Mantilla über die linke Schulter, und zischend stießen wir im Chor den angehaltenen Atem aus. Sie lächelte triumphierend.

Danach geriet Isobel in einen Kaufrausch. Direkt auf den Ja-Stapel kamen eine Jacke in den guten, ehrlichen Farbtönen einer Karotte und von deren blasserem Kern; ein grauer Leinenanzug mit der Mauveschattierung trockener Erde; ein blau-weißes Kleid mit einem Weidenmotiv wie eine Teetasse.

Ich habe keine Ahnung, was Farbe mit Gefühlen zu tun hat, aber sie sind zweifellos unlösbar miteinander verbunden. Stelle ich mir meine Tochter vor, sehe ich ihre blass glühenden Augen, ein wütendes Hellblau, umrahmt von blonden Fransen, und das mit korallenroten Sommersprossen gesprenkelte Blassrosa der dünnen Haut ihres Vaters. Meine beste Freundin (um den Wortschatz meiner Tochter zu verwenden) taucht auf, und ihre blassgrünen Augen sind voll Verständnis, ohne jede Spur von Härte, lichtdurchlässig wie Salbei im Gegenlicht oder das helle Grün von Schnittlauch, ihre Farbe und ihr Licht so bemerkenswert, als würden sie von einer Silberplatte reflektiert.

Denke ich an mir bekannte Frauen, sehe ich immer ihre Augen vor mir; bei Männern sehe ich ihre Münder, Hände und die Kopfform. Ich habe mir zu erklären versucht, warum das so ist, und bin zum Schluss gekommen, dem sei so, weil Männer und Frauen einander nach wie vor nie voll ins Gesicht blicken.

Isobels Handy ertönte mit gedämpfter Dringlichkeit aus ihrer Tasche. Es war begraben unter einem Haufen schräg geschnittener Frangipaniblüten-Röcke und Nadelstreifen-negligés, pinker Plüsch-Toreadorhosen und eines mit Bändern reich verzierten Kolanis.

Es klingelte und klingelte.

Sie sah den Kleiderhaufen an, als sei darin ein brüllendes Baby verborgen. Sie blickte mürrisch drein, und die Runzel auf ihrer Stirn war wie eine sie komplett durchlaufende Verwerfungslinie.

»Lass es«, sagte ich. »Ich höre es nicht einmal.«

»Es könnte wichtig sein«, sagte sie.

Ich zuckte mit den Schultern.

Nach einer Weile blieb es still.

Beide hätten wir woanders sein müssen. Beide hatten wir eine Menge zu tun. Ihre Zeit ist so kostbar, dass anderen Leuten dafür ein Pfund pro Minute verrechnet wird. Fünf Pfund pro Minute. Zehn!

Ich habe nie genug Zeit. Ich arbeite elf Stunden täglich,

den Weg nicht mitgerechnet. Das bedeutet, dass mein Kindermädchen einen Dreizehnstundentag hat. Ich muss morgens vor sieben aus dem Haus sein, und wenn ich Glück habe, komme ich rechtzeitig heim, um meiner Tochter einen Gutenachtkuss zu geben.

Isobels Worte aus dem Aufsteigerinnen-Interview in den *Financial Times* fielen mir wieder ein. »Es ist unrealistisch zu sagen, man könne Arbeit und Kinder unter einen Hut bringen. Unterm Strich muss man sich entscheiden, ob man mit ihnen Kuchen backen oder arbeiten gehen will.«

Schon wieder Kuchen. Warum reden hart arbeitende Frauen immer von Kuchen, wenn es um Kinderbetreuung geht? Niemand bäckt heutzutage noch Kuchen: Sie sind schwierig zu machen, und sie sind ungesund. Wir sollten uns eher über die Unmöglichkeit Gedanken machen, Tagesmütter dazu zu bewegen, gewöhnliches frisches Essen zu kochen, und dann die Kinder dazu zu bewegen, es zu essen. Das war in der Tat unsichtbare Arbeit; und verlorene Liebesmüh. Doch nein, immer ist von Kuchen die Rede. Es hat wohl mit der englischen Redensart *you cannot have your cake and eat it* im Sinne von »beides auf einmal geht nicht« zu tun.

»Hast du Schuldgefühle?«, fragte ich Isobel.

»Weswegen?«, fragte sie.

»Der Arbeit«, murmelte ich. »Der Kinder.«

»Warum sollte ich?«, sagte sie. »Wenn du von deinem Partner finanziell nicht abhängig sein willst, musst du arbeiten. Das versteht sich doch von selbst.«

Wie komisch, dachte ich: Das klingt wie etwas, das man

normalerweise sagt, bevor man Kinder kriegt. Und nach allem, was ich in den letzten Jahren an dem durchgemacht habe, was mein Exmann wohl »Persönlichkeitsentfaltung« nennen würde, versteht sich für mich nichts mehr von selbst.

»Aber wie auch immer«, fuhr sie fort, »Schuldgefühle sind unnütz.«

Ich fiel fast um. Noch nie hatte ich mir Gedanken über die Nützlichkeit von Gefühlen gemacht. Ich war baff.

»Probier mal das hier«, sagte Isobel und überraschte mich erneut.

Und so probierte ich ein sonderbares langes Kleid an, gelb wie eine Birne, mit dunkelvioletten von der Achsel bis zum Saum reichenden Streifen und einer Schärpe, die über dem Bauch geknüpft wurde und die Trägerin zu einer Art Geschenk verpackte wie die Schleife auf einer Pralinenschachtel. Es war ein wildes Fantasiegebilde. Es war durchgeknallt. Dennoch stand ich zwischen der großen Isobel und der kleinen Verkäuferin, und alle drei, auch Isobel, lächelten wir in den Spiegel mit dem Lächeln der erfahrenen Shopperin. Das Kleid war wie für mich gemacht.

Die Verkäuferin formte die Fingerspitzen zu einem kabalistischen europäischen Zeichen für Perfektion. Ich schaue mir in letzter Zeit mein Spiegelbild nicht eben oft an, doch jetzt tat ich es mit einem scheuen Lachen, als begegnete ich einer einst besonders guten Freundin nach langer Zeit zum ersten Mal wieder. Isobel sagte: »Das passt zu dir. Das ist genau dein Stil, wenn ich das so sagen darf.«

Sie war ein bisschen verlegen. Wir kannten uns kaum.

Und sprachen so intim miteinander. Gleichzeitig verstanden wir einander, vor allem visuell, wohl besser, als unsere Männer oder Exmänner uns verstanden.

Heißt es von etwas, es sei »ein bisschen anders«, dann stelle ich mir eine Welt dicht neben der unseren vor, eine Mittelwelt, frei von den üblichen Sorgen und Belastungen. Dieses Kleid war »ein bisschen anders«, etwas, das man zu einem Fest in der Mittelwelt tragen würde. Ich spürte ein Prickeln, als werde mir Energie zugeführt, es war das pure Gegenteil jener Beklemmung, die einen überkommt, wenn man etwas kauft und sich im selben Augenblick bewusst wird, dass man es nicht hätte kaufen sollen, jenes schleichenden Gefühls, das einen nicht mehr loslässt, solange man das neue Kleidungsstück trägt, das einen plagt bis in die Träume hinein.

Isobel hatte eine Menge prächtiger Kleidungsstücke angehäuft und stand jetzt mit gerunzelter Stirn vor der Kasse, wo gerade zusammengerechnet wurde, was es kosten werde. Sie sah wie eine verblüffte Monarchin aus, als könnte sie nicht glauben, dass sie drauf und dran war, diesen Illusionisten große Summen Geld zu geben.

»Ich finde, diese Sachen sind genau richtig für Sie«, sagte die Verkäuferin tröstend. Sie lächelte, nickte und ging an ihren Platz zurück.

Nun waren wir in den Händen von zwei emsigen jungen Männern. Der eine entfernte die Preisschilder, der andere faltete und packte.

»Diese Weste hat kein Preisschild«, sagte der Erste. »Was kostet sie?«

Der Zweite zog fragend eine Augenbraue hoch.

»Hundertfünfzig? Zweihundert, glaube ich.«

Er zuckte mit den Schultern, hob die Weste hoch und rief seinem Kollegen oben in der Hängekleiderabteilung zu:

»Wie viel ist die, Gianni?«

»Dreihundert.«

»Dreihundert«, wiederholte er, ohne mit der Wimper zu zucken.

»Dreihundertfünfzig«, rief jemand aus einer anderen Ecke des Ladens.

Durch den Raum schwirrten verschiedene Zahlen wie auf einer Auktion.

»Nein, dreihundert«, entschied die Frau an der Kasse frohlockend, als gratuliere sie zu einem Schnäppchen.

Isobel bewegte den Kopf, als sei sie schwimmen gewesen und versuche, sich das Wasser aus den Ohren zu schütteln.

Nach solchen Wortwechseln bei Wurstigkeit wirkt alles dermaßen unwirklich, dass das Bezahlen zu einer lässigen, ja sorglosen Angelegenheit wird. Man ist wie anästhetisiert, unempfindlich gegen die üblichen Bedenken beim Ausgeben von Geld. Es ist schiere Thaumaturgie. Ich erinnerte mich an meinen ersten Besuch hier vor Jahren: wie ich nach dem Preis von etwas gefragt, die Antwort höflich belächelt und mich aus dem Staub gemacht hatte. Ich war durch die engen Straßen gegangen, hatte über das dumme kleine Kleidungsstück nachgedacht, und es war genau so gewesen, wie wenn man eine Grippe bekommt: Fieber und schwindender Widerstand hatten gemeinsame Sache gemacht, ich war in den Laden zurückgekehrt und hatte das Geld hingeblättert.

»Man muss es ihnen lassen«, witzelte ich.

Isobel lächelte matt.

»Schauen wir mal«, sagte sie: »Ich müsste dieses Kleid achthundert Mal tragen, bis ich auf dreißig Pence pro Mal käme. Das heißt, jährlich siebenundzwanzig Mal, bis ich fünfundsechzig bin.«

»Ein Bild würde ungefähr gleich viel kosten«, meinte die Frau an der Kasse. »Es kommt aufs Gleiche hinaus.«

»Nein, das tut es nicht«, zischte mir Isobel zu.

»Nimm beide«, sagte ich, als sie zwischen zwei Blusen zögerte, einer in Blassrosa und einer anderen in knalligem Sächsischblau.

»Man muss sich entscheiden können, Laura«, sagte sie streng. »Man kann nicht alles haben.«

»Wieso nicht?«, fragte ich. »Wenigstens hier.«

Ich schlenderte fort, während sie zahlte. Als ich zurückkam, war sie auf einen Stuhl gesunken, rot im Gesicht, erschöpft, mit bleischweren Lidern.

Unsere Verkäuferin kam mit einem Tablett, auf dem ein Gläschen Eau de Vie stand neben ein paar hauchdünnen Keksen mit Zuckerguss. Isobel schlang sie hinunter.

Dann fragte sie gereizt: »Wofür sind die?«

Wir drehten uns um und sahen zu, wie ein Paar mit Kaurimuscheln verzierte Chaparajos in silbriges Seidenpapier eingewickelt wurde.

»Elegant, aber sportlich«, befand der schöne junge Mann, der sie verpackte.

»Ja, ja«, sagte Isobel rüde.

Nun, da sie wieder ihre Arbeitskleidung trug, schwand der Zauber. Sie blickte auf die Uhr und schnalzte ungeduldig.

»Die können Sie überall tragen«, sagte er hartnäckig und blickte unter seinen rabenschwarzen Augenbrauen zu ihr hoch.

»Ach ja?«, schnappte Isobel.

»Zur Gartenarbeit beispielsweise«, sagte er.

»Genau«, sagte Isobel. »Zur Gartenarbeit.«

Dann kapitulierte sie. Ein Lächeln breitete sich auf ihrem Gesicht aus. Ich erkannte sie kaum wieder. Vor Amüsement bewegte sich ihr Gesicht, als sei es aus Quecksilber. Sie war komplett verändert, als leuchte sie von innen.

»Ich kann Ihnen fünf Prozent Rabatt anbieten«, sagte der junge Mann großherzig.

»Ah«, gluckste sie, »das könnte allerdings den Ausschlag geben.«

Ich warf einen Blick auf meine Uhr. Du lieber Gott, so spät schon? Ja.

Nun ging alles sehr schnell. Eilig wurden ihr die fünf Prozent erstattet, die raschelnden Tragetüten wie frische Brötchen über den Tresen geschoben, und wir waren wieder in der Wirklichkeit, hinausgeworfen auf den Gehsteig, die anonyme Tür hinter uns ins Schloss gedrückt.

»In welche Richtung musst du?«, fragte sie.

»Eastcheap.«

»Dann nehmen wir gemeinsam ein Taxi«, sagte sie. »Stell dir vor, ich muss bis vier Uhr noch achthundert Seiten lesen.«

Schnell, fast hüpfend gingen wir auf die Hauptstraße zu. Freude und Sanftheit belebten Isobels markantes Gesicht, ihr Lächeln glitzerte silbrig wie Wasser im Sonnenlicht.

»Und ich muss den Head of Sales befragen.« Ich lachte. »Dreck am Stecken, dass es kracht. Raus mit ihm!«

»Da fällt mir ein«, sagte sie und verlangsamte ihren Schritt. »Jetzt, wo ich bezahlt habe, will ich das Passwort.«

»Na schön«, sagte ich.

Wir hielten an, sie neigte den Kopf, ich stellte mich auf die Zehenspitzen und flüsterte es ihr ins Ohr.

Sie lachte laut.

GLEICH, SCHÄTZCHEN

Hundstage war das richtige Wort für diese letzten fliegenverseuchten Tage Ende August. Dorries mütterliches Wohlwollen war mittlerweile abgenutzt. Für sie war das immer der Tiefpunkt des Jahres, wenn all das Ferienfleisch ihre Aufmerksamkeit erforderte und alle ihrer schlechten Laune schamlos freien Lauf ließen.

Sie saß an einem Tisch im schattenlosen Grillbereich neben dem Schwimmbecken, eine Tasse schlechten Kaffees vor sich. Dabei sollten diese zwei Wochen Sommerurlaub der Höhepunkt des Jahres sein, zumal sie dieses Mal beschlossen hatten, weder zelten zu gehen noch sich selbst zu verpflegen, sondern richtig Geld auszugeben für ein Zimmer in diesem Familienhotel mit dem guten Preis-Leistungs-Verhältnis.

»Du bist wirklich ein dummer kleiner Junge. Treib es bloß nicht zu weit«, sagte der Mann am Nachbartisch zu einem der drei Kinder, die bei ihm saßen. »Diesen Hamburger isst du auf, und zwar jetzt! Kannst du nicht *ein* Mal in deinem Leben …«

Seine Stimme war ruhig und troff vor Gift. Was machte der hier allein mit seinen Kindern? Wahrscheinlich das Gleiche wie Max mit ihren drei: Sie spielten Minigolf, um Dorrie etwas Zeit für sich zu lassen. Die Frau dieses Mannes saß wahrscheinlich gleich um die Ecke bei genau so einer Tasse Kaffee. Geriet auch sie in Panik, weil sie den teuer erkauften Luxus, Ruhe, nicht richtig zu nutzen wusste?

»Wenn du nicht sofort tust, was ich dir sage, gibt es kein Eis. Auch keinen Strand. Und kein Kasperletheater. Das ist mein Ernst.«

Der kleine Junge neben ihm begann, in seinen Hamburger zu weinen, und klagte, seine Zähne täten ihm weh.

»Glaub bloß nicht, dass du mich mit so was rumkriegen kannst«, knurrte der Mann. »Ich bin nicht deine Mutter, ist das klar!«

Überall, wenn man hinhörte, war dieser entnervte Unterton zu vernehmen, mit dem Eltern in wenig glamouröser Freizeitkleidung versuchten, ihre ungestümen, egomanischen Zwerge dazu zu bewegen, beispielsweise ein Sandwich aufzuessen, »sonst bist du selber schuld, wenn du heute Abend nicht in den Schatzinselklub gehen darfst, und das ist mein Ernst«. Das Brötchen des schluchzenden Kindes blieb Dorrie im Hals stecken. Außer den Bezeichnungen der Sandwichfüllungen wechselten die Eltern kein Wort miteinander. Dorrie und Max ging es genauso: Über, unter oder inmitten der Kinder konnten sie nicht reden, und so wurden sie einander gegenüber immer missmutiger und sturer. Nachts im Bett hielten sie einander, doch konnten sie weder etwas sagen noch etwas tun aus Angst vor den neben ihnen liegenden Kindern, die leicht wie Lerchen schliefen oder wie atmende, sauber geputzte frische Früchte.

Sie nahm einen Schluck und verzog ihr Gesicht, dann schaute sie dem Mähdrescher zu, der auf der nahen Steilküste im Schneckentempo seine Bahn zog. Ein Platschen ertönte, als jemand ins Schwimmbecken sprang, Geschrei wegen Wespen, das Scharren eines Kinderhochstuhls, der zu einem Plastiktisch gezerrt wurde, Geheul, Gebrüll, Gestöhn und herzzerreißendes Schluchzen, die anhaltende Kakofonie von Familienleben en masse. Immerhin konnte sie, indem sie hier allein saß, die einzelnen Elemente der Komposition wahrnehmen, stellte Dorrie überrascht und mit einer gewissen Freude fest. Wenn sie mit ihrer Brut zusammen war, bekam sie von der Außenwelt nichts mehr mit, da die Kinder ihre ganze Aufmerksamkeit in Beschlag nahmen.

Da kamen sie vom Minigolfplatz her, verheult, mit hängendem Kopf und finsterer Miene. Da kommt die große Nervensäge mit den kleinen drei. Unterdrück dein Gähnen. Lächle. Im Urlaub wurde Max zum Verbündeten, dann sagte er Dinge wie: »Nie geben sie Ruhe« oder »Dieses Kind ist der reinste Kannibale: Es frisst dich auf«. Ihr andauerndes helles Geschnatter, das nach einer Reaktion verlangte, unermüdlich wie das Sirren einer Mücke, machte ihn wahnsinnig. Es musste etwas Besseres geben, dachte sie, als so eine streitsüchtige Kernfamilie, die andauernd mit aneinandergebundenen Beinen schreckliche Hinkwettrennen um sie herum veranstaltete.

Sie konnte sehen, dass sie stritten. Sie sah Martin Robin eine reinsemmeln und Robin zurückschlagen. Es war wie Ferien mit einem Kasperletheater: Ständig wurde gehauen, gekreischt und um Würste gestritten. Und was für eine schwerfällige, trübselige, weinerliche, saft- und kraftlose Mutti sie selbst geworden war, die tagaus, tagein Koffer ein- und auspackte für andere und seufzte. Doch seufzen war immer noch besser als das, was sie vor ein paar Stunden am Strand getan hatte: Zermürbt und zerschlissen davon, dass die Kinder den ganzen Nachmittag lang unaufhörlich etwas von ihr wollten, war sie aufgestanden und hatte ihnen die Hände hingestreckt.

»Da, nehmt euch ein paar Finger«, hatte sie geknurrt und getan, als breche sie sich einen nach dem anderen ab. »Nehmt euch ein Bein, ein Ohr. Na, schmeckt's?« Und sie hatten begeistert gelacht, sich auf Dorrie gestürzt, sie zu Boden gerissen, auf dem Badetuch festgehalten und an ihren Gliedern gesägt, an den Ohren gezerrt, die Finger und Zehen ausgerissen. Und was für eine Figur sie am Strand machte in letzter Zeit: mit runden Schultern in sich zusammengesunken inmitten des Familienlagers aus Frottiertüchern, ein wahres Monument der Ungeduld, das verdrossen aufs Meer hinausstarrte. Oder war sie eher eine Mutter Courage der Sanddünen, die ihren schlaffen, blassen Körper unter allerlei verbarg und mit Kopfbedeckung und Sonnenbrille da kauerte inmitten des Inhalts ihres Karrens, der Eimer, des Wespensprays, der Sonnencreme, der Fremdenlegionärshüte mit den Stofflappen im Nacken, des Plastikfußballs, der Strand-Cricket-Ausrüstung, der Herde von Plastiksandalen, Ersatzbadekleider und Notfallunterhosen. Wenn Dorrie mal kurz planschen ging, war sofort der Teufel los.

»Na, habt ihr's schön gehabt?«, fragte sie matt, als sie den Tisch erreicht hatten.

Martin kreischte wegen einer Ungerechtigkeit, das Gesicht seines Vaters war finster wie eine Gewitterwolke. Robin kletterte ihr eilends auf den Schoß, dann warfen sich Maxine und Martin eifersüchtig auf sie, ihren Anteil einfordernd wie Siedler in einer frisch gegründeten Kolonie.

»Sie ist kein jahrzehntelang verschollener Onkel, eure Mutter«, sagte Max, der nicht an sie herankam. »Ihr habt sie vor einer halben Stunde eben noch gesehen.«

Bevor es sich besserte, wurde es schlimmer. Es gab noch eine fürchterliche Szene. Und zwar im großen Raum neben der Bar, dem Familienraum, wo um sechs ein surfbegeisterter Student die Kinder zum Singen und Tanzen animierte, während deren Eltern an der Wand in sich zusammensackten und zuschauten.

Ein kleines bisschen dies
und ein kleines bisschen das
und schwenk den Po
wie Mama, so

sangen die Kinder und lachten sich schief, während sie die Bewegungen nachahmten. Anschließend wurden glasharte Lutscher verteilt, und dann rief der Surfer auf zu einer Polonaise. Die Kinder stellten sich hintereinander in eine Reihe und fassten ihre Vordermänner bei den Hüften, viele noch mit dem Lutscher im Mund, aus dem der Stängel ragte.

»Das ist gefährlich«, murmelte Dorrie. »Wenn die hinfallen«, worauf sie und einige andere Mütter ihren am nächsten stehenden Sprösslingen die Lutscher diskret aus den Mündern zu locken suchten mit dem heiligen Versprechen, ihnen die Süßigkeiten gleich nach dem Tanz zurückzugeben. Als Dorrie den Blick durch den Raum schweifen ließ, sah sie Martin in der Schlange, den Lutscherstängel zwischen die Zähne geklemmt. Max, der gleich hinter ihm saß und an seiner ersten Flasche Bier nuckelte, erhaschte ihren Blick; und ohne so viel zu überlegen, wie sie vielleicht hätte überlegen sollen, signalisierte sie Max zeigend und nachahmend die Lutschergefahr.

Die Polonaise hatte begonnen, die Musik war ohrenbetäubend, doch als Max den Stängel Martins zusammengebissenen Zähnen entwand, übertönten die Schreie des Jungen den voll aufgedrehten Ententanz. Martin brach aus der Einerreihe aus und kämpfte mit seinem Vater um den Lutscher. Max, der vor Wut die Zähne hinter seinem schwarzen Bart fletschte, wirkte lächerlich und erschreckend zugleich, ein riesenhafter Kapitän Haddock, der mit einem hysterischen winzigen Tim rang. Ihr Kampf verlagerte sich in den Korridor, wohin Max Martin zerrte, genau als die Polonaise sich an ihnen vorbeiwand. Geschrei, Gebrüll und rasende Wut: Zwischen den beiden herrschte nichts als Hass.

Entsetzt bewegte sich Dorrie auf sie zu, und plötzlich war sie diejenige, die von Max angeschrien wurde. Zugegeben, es war der erste Tag, sie waren alle erschöpft von der Reise, doch das hier war furchtbar. Andere Eltern, die der Polonaise folgten, bewegten sich langsam an ihnen vorbei und beobachteten die Szene interessiert.

»Nein, nein, nein«, sagte Dorrie mehrmals, aber leise. Die anderen beiden Kinder stießen schluchzend dazu.

Endlich hatte sie alle an der Rezeption vorbei und auf die Treppe nach oben gebracht.

»Ich mag dich nicht, Papa«, heulte Martin unter Tränen.

»Das weiß ich, Martin«, schnaubte Max und stürmte voran.

Er war so ähnlich wie Martin oder Martin so ähnlich wie er: Einmal in die Ecke gedrängt, neigten beide dazu, ihrer Aggressivität explosionsartig Luft zu verschaffen, allerdings war Martin sechs, und Max war vierzig. Weil Max so reagierte, musste Dorrie zum Ausgleich das Gegenteil tun, obschon sie dadurch schwach wirkte und unfähig, sich durchzusetzen. Diese angebliche Unfähigkeit warf er ihr manchmal vor. Aber wäre ihm lieber gewesen, sie hätte sie jeweils angekeift wie ein Fischweib? Geschlagen? Ihrer schlechten Laune freien Lauf gelassen oder die Kinder einfach ignoriert wie ein Mann? Zugelassen, dass sie sich verletzten? Dass sie jeden Dreck aßen? Sich im Fernsehen jeden Blödsinn ansahen? Versuch erst einmal, das die ganze

Zeit zu machen, bevor du mich kritisierst, und nicht nur ein paar Stunden oder Tage lang, dachte sie, während sie sich zusammenriss, Tränen aus verheulten Gesichtern wischte und beim allgemeinen Schnäuzen half, das nach einem solchen Sturm nötig war.

Immerhin schlug er sie nicht, wenn er die Geduld verlor. Sie hatte eine Freundin, deren Mann die Kinder schlug und zu seiner Rechtfertigung sagte, die müssten das lernen; das hätte Dorrie nicht ertragen. Viel lieber war sie allein mit ihnen, das war so viel einfacher. Wie eine raffinierte Regisseurin hatte sie gelernt, mit allen dreien Phasen von Sanftheit und Licht zu schaffen; mittlerweile gelang es ihr, die einander widerstrebenden Elemente zu beruhigen und in ein prekäres Gleichgewicht zu bringen. Das war eine Kunst für sich, eine Leistung wie das Aufbauen und Unterhalten eines guten Kaminfeuers. Doch dann kam Max jeweils, fuhrwerkte mit dem Blasebalg oder der Zange herum, und schon krachte alles zusammen.

»Ich bringe sie ins Bett, Max«, sagte sie. »Geh doch schwimmen oder so was.«

»Ich warte auf dich in der Bar«, sagte er frostig. »Denk dran: Um acht machen sie die Küche dicht.«

»Ja.«

»Und vergiss nicht, das Babyfon einzuschalten.«

»Nein.«

»Ich weiß schon, wenn ich nicht erwünscht bin.«

Sie verkniff sich eine Antwort und drückte die Tür sanft hinter ihm ins Schloss.

»Na, ihr drei«, sagte sie und lächelte die tränenverschmierten Gesichter an. »Was ist denn los? Ihr seht aus, als hättet ihr eine Qualle verschluckt!«

Sie schauten sie an, die Augen vor Erleichterung weit aufgerissen, und lachten etwas unsicher.

»Oder zwei Quallen!«, sagte sie mit der dröhnenden Fröhlichkeit einer Varietékünstlerin.

Sie lachten lauter.

»Und einen Tintenfisch!«, doppelte sie nach.

Sie kugelten sich vor Lachen am Boden.

Der zweite Tag war besser als der erste, allerdings war das, wie Dorrie sich sagen musste, keine Kunst. Statt am überfüllten Strand im gleißenden Sonnenlicht zu schwitzen, wählten sie laubigen Halbschatten und gingen eine Landstraße entlang, deren Hecken von rosa und weißen Winden bunt gestreift waren. Vor ihnen tauchte eine große Libelle mit einem metallisch glänzenden gelben Körper und perlmuttfarbenen Flügeln auf, und sie wagten sich nicht mehr zu bewegen. Dann bogen sie in einen Feldweg ein, wo Wolken von Mücken an ihnen vorbeischwirrten, ohne sie zu berühren. Als sie einen von Weißdorn überschatteten Bach erreichten, verlangten die Kinder lauthals, die Sandalen ausziehen und mit den Füßen im Wasser planschen zu dürfen.

»Das ist der richtige Platz für unser Picknick«, sagte Dorrie, die in einem Rucksack Essen mitgebracht hatte und nun Sandwiches, Obst und Wasserflaschen verteilte.

»Heute können wir nicht über das Watt gehen«, sagte Max, während er die Gezeitentabelle konsultierte und ein Schinkensandwich vertilgte. »Ebbe war heute früh und ist dann erst wieder heute Abend um neun. Das nützt uns einen Dreck. Aber morgen könnte es hinhauen.«

Er hatte von einer nahen Insel gehört, die einmal am Tag für kurze Zeit mit dem Festland verbunden war. Bei Ebbe konnte man über das Watt zur Insel gehen und die Klause des Einsiedlers besichtigen, der dort vor Jahrhunderten im kleinen Wald gehaust hatte.

»Mir kommt das völlig unlogisch vor«, sagte Dorrie, die ihm über die Schulter blickte und die Wochentabelle betrachtete. »Die Gezeiten haben keine Gesetzmäßigkeit, die nehmen nicht allmählich ab und zu wie der Mond. Ich hatte immer geglaubt, die hängen vom Mond ab, aber die machen, was sie wollen.«

Die Kinder saßen bei ihnen, jedes mit einer Tüte Chips, und knusperten emsig wie Nagetiere.

»Doch, es gibt eine Gesetzmäßigkeit«, sagte Max. »Bei Neumond oder wenn er abnimmt, ist die Flut am höchsten und die Ebbe am tiefsten. Am extremsten ist es immer zu dem Zeitpunkt jeden Monat, wenn die Erde, der Mond und die Sonne auf einer Linie sind.«

Martin, der seine Tüte fertig hatte, war nun eifrig damit beschäftigt, Ameisen im Gras zu fangen und in die Tüte seiner Schwester zu praktizieren.

»Lass das«, sagte Dorrie.

»Und wenn der Mond im rechten Winkel zur Sonne steht, dann gibt es die sogenannte Nippflut«, fuhr Max fort. »Weniger extrem, weniger dramatisch. Was zum Teufel ist denn jetzt schon wieder los?«

Maxine hatte Martin ihre Chipstüte zu entreißen versucht, der sie plötzlich losließ mit dem Ergebnis, dass Maxines Chips in die Luft flogen und dann ins Gras fielen, wo Martin sich nun auf ihnen herumwälzte und sie zu salzigen Krümeln zermalmte.

»Hör auf!«, rief Dorrie.

»Steh sofort auf!«, brüllte Max.

»Wieso?«, plapperte Martin. »Wir sind in einem freien Land«, und wälzte sich weiter, begeistert vom Lärm und vom Aufruhr.

»Meine Chips!«, schluchzte Maxine. »Die sind alle zerkrümelt!«

»Was hast du denn?«, sagte Martin schadenfreudig, stand auf, als sein Vater näher kam, und wischte sich die gelben Krümel von den Shorts. »Du hast sie weggeschmissen, also hast du sie nicht mehr gewollt.«

»Ich habe sie nicht weggeschmissen!«, heulte Maxine.

»Du lügst, ich habe dich gesehen«, triezte Martin sie. »Du hast sie in die Luft geschmissen, ich hab's selbst gesehen. Du lügst, du lügst.«

Maxine heulte auf, ihr Gesicht war rot angelaufen, sie kämpfte mit ihrer Mutter, die sie festzuhalten versuchte, während Martin sich außer Reichweite brachte und ein höhnisches Tänzchen vollführte.

»Warum ist dieser Junge so ein widerlicher Ekelzwerg?«, sagte Max, aber ohne wie sonst vor Wut zu rasen.

Auf dem Rückweg zum Hotel kamen sie an einem Zeltplatz vorbei und hielten beim Tor, um das handgemalte Schild zu lesen.

»Nur für Familien und gemischte Paare«, las Maxine laut vor. »Was heißt das, Mama? Was sind gemischte Paare? Mama? Mama?«

»Das weiß ich nicht so recht«, sagte Dorrie. Es erinnerte sie daran, was ihre Eltern über die Wohnungssuche, als sie frisch nach London gekommen waren, erzählt hatten: Da hatte es in den Fenstern Schilder gegeben, auf denen »Keine Schwarzen, keine Iren« stand, weshalb ihr Vater mit seinem Dubliner Akzent zur Abwechslung mal den Mund gehalten und das Reden ihrer Mutter überlassen hatte.

»Warum möchten die wohl nur gemischte Paare?«, raunte sie Max zu. »Warum haben die ein Problem mit Schwulen?«

»Ich glaube, es ist etwas anderes«, sagte Max. »Ich glaube, es geht mehr um die Achtzehn- bis Dreißigjährigen: Die wollen keine Biker, Säufer und Gangs, die sich verkloppen.«

»Also dich vor zwanzig Jahren«, neckte Dorrie.

»Martin in zehn«, sagte Max.

»Was ist ein Paar?«, ließ Maxine nicht locker. »Was ist ein Paar, Papa?«

»Ein Paar bedeutet: ein Mann und eine Frau«, sagte Max.

»Uu-ah-uu!«, rief Martin, gab Maxine anzüglich einen Puff in die Rippen und verdrehte die Augen.

»Ein Ehemann und eine Ehefrau«, sagte Dorrie ernüchternd.

»Ist ein Paar also so etwas wie eine Familie?«, fragte Maxine.

»Ja«, sagte Dorrie.

»Nein«, sagte Max. »Ein Paar ist nicht so was wie eine

Familie. Das ist viel zu einfach, nur zwei Leute. Das gilt nicht.«

Jetzt lachte Dorrie, legte ihre Arme um seine Hüften und ihren Kopf auf seine Schulter. Er küsste ihren Kopf und streichelte ihr über das Haar. Die drei Kinder standen lächelnd um sie herum und betrachteten sie strahlend vor Selbstzufriedenheit.

»Lasst euch umarmen«, sagte Dorrie und streckte einen Arm nach ihnen aus. Dann standen alle fünf am Straßenrand zusammengedrängt zu einem unordentlichen, sich wiegenden und quietschenden Haufen.

»Gut siehst du aus«, sagte Max an diesem Abend und blickte über die Makrelenpastete und die Winzvase mit den gelben Miniaturnelken zu ihr hinüber. »Du hast etwas Sonne erwischt. Das steht dir.«

»Das war ein schöner Spaziergang heute«, sagte Dorrie, mit einem Mal etwas verlegen.

»Sie sind toll, aber sie sind wahnsinnig anstrengend«, sagte Max und leerte sein Bierglas. »Die machen einen nudelfertig. Du musst egoistischer sein.«

Wie kann ich das, dachte Dorrie, solange du nicht weniger egoistisch bist? Es funktioniert wie eine Wippe. Doch sie hielt den Mund. Er sprach über den Baumarkt, der recht gut gehe, aber man dürfe sich nicht auf den Lorbeeren ausruhen angesichts all der kleinen Betriebe, die rundherum dichtmachten.

»Wir sind ein Team«, erklärte Max großspurig und schenkte sich und ihr nach.

»Schon«, sagte Dorrie. »Aber es ist nicht gerade ausgeglichen, das Teamwork, im Moment, findest du nicht auch?«

»Soll das etwa heißen, ich arbeite zu wenig?«, begehrte Max auf.

»Natürlich nicht«, sagte Dorrie. »Du arbeitest zu viel. Red keinen Unsinn. Nein, was ich meine, ist: Du machst all die Arbeit, die etwas bringt und bei der du siehst, was du getan hast, und mit der du Geld verdienst. Doch die Arbeit, die ich mache, scheint nichts zu bringen, nichts Sichtbares jedenfalls, und irgendwie zählt sie nicht, obschon sie gemacht werden muss.«

»Ich weiß nicht, was du damit sagen willst«, erwiderte Max, der jetzt weniger fröhlich aussah.

»Ich weiß auch nicht«, sagte Dorrie. »Ich fühle mich zurzeit so unter... unterirgendwas.«

»Unterhalten?«, schlug Max vor.

»Untergeben?«, sagte Dorrie. »Nein.«

»›Unter Wasser‹ vielleicht. Wie wäre es mit ›unter Wasser‹?«

»Schon eher. Aber nicht genau ... jetzt weiß ich's: unterentwickelt. Aber ›unter Wasser‹ gefällt mir immer besser. ›Unter Wasser‹ trifft die Sache auch. Die Zeit bei Marks & Spencer, was ich in meinen Zwanzigern gemacht habe und in der ersten Hälfte meiner Dreißiger – das ist wie ein Traum. Ich habe fast vergessen, wie das war.«

Und sie versuchte Max dieses Gefühl der zunehmenden Sanftheit und Fadheit zu erkären, der Angepasstheit, der Passivität und dass, auch wenn der Gedanke schauderhaft sei, einer von ihnen beiden genau diese Eigenschaften entwickeln müsse, damit die Familie funktionieren könne.

»Wir alle müssen uns dreinschicken und hinter die Arbeit klemmen«, sagte er, »früher oder später.«

»Schon, es kommt mir allerdings so vor, als müssten das die einen mehr als die andern.«

»Wenn wir mithalten wollen«, ließ sich Max vernehmen. »Im Leben. Man nennt das Erwachsenwerden.«

»Es kommt mir aber nicht wie Erwachsenwerden vor«, versuchte sie leise auf ihrem Standpunkt zu beharren. Es kam ihr eher vor, als würde sie gefriergetrocknet und vakuumverpackt. Dahinter geklemmt zu werden, war vergleichsweise harmlos.

»Also, wie gesagt, egal wie du dich gerade fühlst, du siehst gut aus«, sagte Max; worauf sich beide besser fühlten.

»Richtig schön«, doppelte er nach und beugte sich vor, um ihr bedeutsam das Gesicht zu tätscheln.

Als sie nach dem Abendessen im Aufenthaltsraum saßen und Kaffee tranken, wurden sie in ein Quiz hineingezogen, das wie die Kinderpolonaise zum Veranstaltungsprogramm des Hotels gehörte. Die Quizmasterin war eine temperamentvolle Frau, die über einem Faltenrock ein smaragdgrünes Jackett trug. Sie teilte sie in Gruppen auf und kommandierte sie durch ein überflüssiges Mikrofon herum.

»Ein anderes Wort für Kiwi?«, wollte sie wissen, und ihre Stimme hallte wider. In den Gruppen wurde geflüstert und gekichert und auf Auswertungsbogen gekritzelt.

»Welche Fahne hat nur eine Farbe?«, fragte sie. »Kleiner

Hinweis: Es ist dort nicht sehr schön. Oooh, hoffentlich ist hier niemand, der von dort kommt!«

»Birmingham«, schlug Max vor.

»Sehr lustig, der Herr mit dem Bart«, sagte die Frau. »Das war's für Vermischtes. Damit kommen wir zum menschlichen Körper. Schauen wir mal, wie viel Sie über den Körper wissen, alt genug sind Sie ja dafür. Und wer den Urlaub berappt, hofft natürlich, Körper vom anderen Geschlecht während dieser Zeit gründlicher kennenzulernen, weil, sonst wäre dieser Urlaub ja rausgeschmissenes Geld, nicht wahr?«

Dorrie blieb der Mund offen stehen, und ihr Drink fiel ihr beinah aus der Hand, sonst jedoch verzog niemand eine Miene.

»Wir haben hier auch schon mehr als genug Kinder, wo wir gerade dabei sind, ich hoffe also, Sie alle wissen, was zu tun ist«, fuhr die Frau fort und zog vielsagend eine Augenbraue hoch. »Also dann. Los geht's. Wo sind die zervikalen Nerven?«

»Und wo ist dein Humor?«, flüsterte Max Dorrie zu, als diese die Frau weiter mit offenem Mund angaffte.

Später im Bett, umgeben von ihren schlafenden Kindern, hielten sie einander und küssten sich immer inniger. Er griff ihr schamlos zwischen die Beine, ihr Körper reagierte mit einer begeisterten Drehung, wölbte sich nach vorn, und schon war Max in ihr drin. Es musste lautlos geschehen, und sie hatte das Laken bis zu ihren Hälsen hochgezogen. Zwei Minuten später waren beide fast so weit, als aus Martins Bett ein Geräusch ertönte.

»Mama«, sagte er schläfrig und knipste seine Lampe an. »Mama, ich habe Durst.«

Max erstarrte, wo er war, ließ den Kopf sinken und fluchte leise vor sich hin. Martin stand auf und tappte zu ihnen herüber.

»Hast du mich gehört, Mama?«, fragte er gereizt. »Ich will Wasser. Jetzt.«

Dorrie war sich bewusst, dass ihr Gesicht wohl gerötet war, als sie unter Maxens Gesicht hervorschaute, und hörte sich sagen: »Gleich, Schätzchen. Geh zurück ins Bett, sei ein braver Junge.« Martin hielt inne und schaute sie an, dann taumelte er zu seinem Bett zurück.

»Meinst du, er hat jetzt ein Trauma?«, flüsterte sie Max zu, beschämt und enttäuscht darüber, dass sie um die konzentrierte Lust betrogen worden war, nur wenige Sekunden bevor es so weit gewesen, bevor sie ganz eins geworden wären.

»Du fragst mich, ob der ein Trauma hat?«, knurrte Max ungläubig und wälzte sich von ihr herunter.

»Und wo ist jetzt dein Humor?«, raunte sie ihm ins Ohr, doch er zog sich zurück und drehte ihr den Rücken zu. Sie konnte es ihm nicht verdenken.

Die Unternehmungen des dritten Tages hatte Max geplant. Sie würden das Watt überqueren und die Insel des Einsiedlers erforschen. Ebbe war nicht in aller Herrgottsfrühe, außerdem schien die Sonne. Sie blickten über den gleißenden Sand zur daraus hochragenden Insel, die für eine knappe Stunde mit dem Festland verbunden war.

»Es ist weiter, als ich dachte«, sagte Dorrie. »Zwei bis drei Kilometer, würde ich sagen.«

»Ach was, höchstens einer«, sagte Max aufgeräumt. »Doch wir müssen uns ranhalten, vergesst nicht, das ist ein Wettlauf mit der Flut. Los, Kinder, rein in den Kofferraum mit euren Schuhen und Socken.«

»Ich glaube, sie sollten ihre Plastiksandalen anziehen«, sagte Dorrie. »Da gibt es Steine. Und Tang.«

»Quatsch«, sagte Max. »Wunderschöner Sand, goldener Sand zum Drüberhüpfen. Mach jetzt keine Umstände, verdirb nicht alles mit deiner Umstandskrämerei.«

»Hüpf, hüpf, hüpf«, sang Robin.

»Trotzdem«, wandte Dorrie ein.

»Lass das«, sagte Max.

»Ich ziehe meine Sandalen bestimmt nicht an«, sagte Martin. »Auf keinen Fall.«

»Auf keinen Fall«, echote Maxine.

Ihre Entschiedenheit ließ nach, nachdem sie losmarschiert waren, aber da war es schon zu spät. Der gleißende silbrig-rosa Sand war übersät mit Wurmhäufchen, vor denen es den Kindern grauste, und gespickt mit Kieseln und scharfkantigen Muschelschalen, derentwegen sie stöhnten und kreischten.

»Vorwärts«, rief Max, auf den ledrigen Sohlen eines Mannes im besten Alter voranschreitend. »Wir müssen uns ranhalten, wenn wir rechtzeitig hin- und zurückgehen wollen. Sonst werden wir vom Wasser abgeschnitten.«

Dorrie half den Kindern beim Umgehen des Seetangs, beim Durchwaten der knöcheltiefen Rinnsale, blau wie der

Himmel über ihnen, sie bemutterte sie und hob sie hoch und versuchte gleichzeitig ihren Ärger darüber niederzukämpfen, dass die Plastiksandalen im Kofferraum geblieben waren.

»Du hast recht gehabt, Mama«, stöhnte Martin trübsinnig. »Hätte ich nur die Sandalen angezogen.«

»Ich auch«, sagte Maxine, vorsichtig einen Weg suchend wie eine verärgerte Henne.

»Ich auch«, weinte Robin, der auf den Zehenspitzen ging, als könnte er seinen weichen rosa Sohlen so die Wurmhäufchen ersparen, und der dadurch ihr Tempo stark verlangsamte.

»Vorwärts«, brüllte Max, der ihnen bestimmt zweihundert Meter voraus war.

»Geht nicht«, brüllte Dorrie, die Robin mittlerweile vor der Brust trug.

Es hatte etwas Verzweifeltes an sich, wie der Rückzug aus Moskau oder so etwas. Typisch Max, einen derart stressigen Strandausflug zu planen, typisch Max, aus der ganzen Sache eine Art Strafaktion zu machen. Mittlerweile waren sie ungefähr achthundert Meter weit draußen; weiterzugehen wäre Wahnsinn, umzukehren trostlos. Die Sonne war stark, wenn auch durch den Dunst gedämpft, und das Licht am Himmel blendend mit der bleichen Grelle einer Badezimmerlampe.

»Was soll dieses Getue«, fragte Max, der widerwillig zu ihnen gestoßen war.

»Ich glaube, wir müssen umkehren«, sagte Dorrie. »Schau nur, wie spät es ist. Selbst wenn wir es bis zur Insel schaffen, können wir sie uns nicht ansehen, sondern müssen gleich umkehren, und sogar dann würde es knapp. Geh du doch allein, Schatz, dann bist du schneller.«

»Immer musst du alles verderben«, sagte Max mit der Wut eines Kindes. »Du willst einfach nicht, dass etwas klappt, was ich geplant habe.«

»Ihre Füße tun weh«, versuchte sie ihn zu erweichen. »Komm, streiten wir uns nicht vor ihnen.«

»Robin, du kommst doch mit mir, oder?«, sagte Max und kauerte sich neben seinen Sohn. »Ich trage dich dann huckepack.«

»Max«, sagte Dorrie, »es ist schon fast zwölf, das ist gefährlich. Geh du doch mit der Kamera und mach Fotos, dann können wir die Hütte des Einsiedlers sehen, wenn der Film entwickelt ist.«

»Robin?«, sagte Max.

»Ich weiß nicht, was ich wollen soll«, sagte Robin, der vom Vater zur Mutter schaute und wieder zurück. Er war überfordert.

Dorrie spürte in sich eine Wut hochkommen, groß wie ein Wal, doch tief atmend drückte sie sie weg und sagte erneut: »Nimm die Kamera, Schatz, dann können wir alle die verborgene Insel sehen«, und hängte sie ihm um den Hals. Sie zwang sich, ihm einen Kuss auf die Wange zu drücken. Er warf ihr einen misstrauischen Blick zu. Die Gesichter der Kinder erhellten sich. Sie zwang sich, ihn zu umarmen. Die Kinder jauchzten.

»Also gut«, sagte er schließlich und rannte über den nassen Sand davon, frei und unbeschwert wie ein Indianer.

»Ich habe nicht gewusst, was ich sagen soll, Mama«, sagte Robin und breitete hilflos die Hände aus. »Papa hat gesagt, los, geh mit mir, nicht mit Mama. Du hast gesagt, nein. Ich war wie auseinandergereißt.«

»Schon gut«, sagte Dorrie. »Jetzt sind alle zufrieden. Schaut mal, eine Möwe.«

Über ihnen schwebte, die Thermik nutzend, ein großer weißer Vogel mit einem grausamen Schnabel. Möwen waren immer größer, als man meinte, hatten etwas Kaltes, Wildes an sich, etwas Freudloses. Dorrie konnte kaum sprechen vor Ärger, nahm das jedoch nicht weiter ernst; sie hatte sich an dieses Auf und Ab, die Gezeiten sozusagen, mittlerweile gewöhnt. Wer außer ihr, fragte sie sich, konnte mit solchen opernhaften Gefühlsaufwallungen leben wie sie in dieser Truppe, dermaßen unkontrolliert und bedenkenlos?

Nachdem er in der vermoosten Klause des Einsiedlers herumgestöbert und dann, während kleine Wellen nach seinen Füßen schnappten, den Wettlauf gegen die Flut gewonnen hatte, war Max für den Rest des Tages gut gelaunt, was allen zugutekam. Er hatte das Gefühl, etwas geleistet zu haben. Und das hatte er auch. Er hatte die Insel erobert, sie mit seinen Fußstapfen geprägt und in den sandigen Boden der Eremitenklause mit seinem großen Zeh seinen Namen geschrieben. Nächste Woche würde er es ihnen allen mit den Fotos beweisen.

Als die Sonne tief am Himmel stand und die Kinder schon schliefen, schlug Max Dorrie vor, sie solle spazieren gehen, einfach zum Strand unterhalb des Hotels.

»Das wird dir guttun«, sagte er.

Er würde sich im Halbdunkel des Schlafzimmers mit einem Bier ans Panoramafenster setzen und sie wahrscheinlich gerade noch sehen können, falls es nicht zu rasch eindunkelte.

»Bist du sicher, dass das okay ist für dich?«, fragte sie.

»Mach«, schnaubte er. »Bevor ich es mir anders überlege.«

Barfuß ging sie durch den Hotelgarten und über den kurzgeschnittenen zähen Rasen, der von weiß gestrichenen Zäunen begrenzt wurde und von Fuchsiensträuchern, die kurz zuvor noch mit dem Schlauch gesprengt worden waren. Sie bog in den Pfad ein, der im Zickzack die steil abfallende Küste hinab zum Strand führte, spürte das längere Gras um ihre Beine streichen, spitzes Strandgras im Dämmerlicht, sanft durchsetzt mit blassen Blumen, Strand-Lichtnelken, Grasnelken und See-Leimkraut.

Robin hatte Mühe gehabt einzuschlafen. »Bleib hier«, hatte er sie weinend gebeten, seine Hand auf ihrem Arm, »geh nicht weg.« – »Ich geh nicht weg«, hatte sie gesagt, »mach die Augen zu.« Mit dem kleinen Finger hatte sie seine Schläfe gestreichelt. Allmählich hatte er sich Stufe um Stufe sinken lassen, hinab zur dunklen Tiefe des Schlafs. Als sie Anstalten gemacht hatte aufzustehen, hatte er ein winziges Stöhnen von sich gegeben, war aber schon zu tief unten gewesen, um sich noch einmal hochzurappeln. Zum Umfallen müde, hatte sie noch ein Weilchen bei ihm gesessen, sein ruhiges Gesicht betrachtet, seine Hand bewegungslos auf ihrem Arm, und die tiefe Liebe und die Langeweile dieses Zustands ausgekostet.

Mittlerweile gab es keine Gebäude mehr zwischen ihr und dem Strand, abgesehen von diesem gemütlichen Cottage links von ihr, aus dessen Fenstern Licht fiel. Sie hielt inne, um zu ihm hinaufzuschauen. Bestimmt war es das Heim einer idealen Familie, geschützt und geborgen und dennoch mit Blick auf die Bucht. Der Vater las seinen Kindern vielleicht gerade eine Geschichte vor, während die Mutter ihnen die Haare bürstete. Woher stammte dieses Bild von Behaglichkeit? Eindeutig nicht aus Dorries eigener Kindheit. Sie wandte sich ab und ging weiter Richtung Strand.

Es war wunderbar, barfuß beziehungsweise mit nackten Beinen dazustehen, unsichtbar in der tiefen Dämmerung, mit einem großzügigen Mond am Himmel und ihren Füßen am Rande des Atlantiks. Sie blickte hinaus über den weiten Meerbusen, und es war wie auf einem alten Holzschnitt, schön und melancholisch, und was sie hörte, war ein Seufzen, ein rhythmisches Seufzen.

Während die Geister von Matrosen auf ihr ertrunkenes Ich zurückblickten, zerbrochen, zerlegt, und seufzend wie das Meer den Mittelfußknochen nachtrauerten, die über den Indischen Ozean verstreut waren, einem Schlüsselbein, das irgendwo am Äquator verloren gegangen war, fragte sich Dorrie, ob solche ertrunkenen zerstreuten Körper je wieder zusammenfinden könnten in einem Wellentotentanz im Vollmondlicht auf den Wrackerfelsen. War es möglich, ein von den Winden zerstreutes Ich zurückzufordern? Sie hatte weniger Angst vor dem Tod, oder verstand ihn einen Hauch besser, einfach dadurch, dass sie jedes Mal in seine Nähe gekommen war, wenn sie ein Kind geboren hatte; doch davon abgesehen hatte diese Frage mit dem Ich-Verlust zu tun, der mit dem Gebären und Aufziehen von Kindern einherging, oder vielmehr mit dem Gefühl, Individualität sei ein lästiger Auswuchs, etwas, das sich überlebt habe. Doch war dieses Gefühl etwas Vorübergehendes, wie früher der Wehrdienst, oder blieb das jetzt so?

Es war bewegend, allein unter dem Himmel am Rand des Meers zu stehen, weshalb sie die klare Luft tief einsog und beim Betrachten des dunkler werdenden Horizonts die Augen weit öffnete, als könnte sie so mehr erkennen. Das gab ihr Mut und machte ihr Lust, etwas zu singen, etwas Irisches oder Schottisches, das traurig und wild war und dies ausdrücken sollte: die wilde salzige Luft hier draußen und wie aufregend es war, am Leben zu sein und nicht tot.

Als sie über den Strand zurückging und sich vom Wasser abwandte, war es dunkel geworden. Die orangefarbenen Lichter des Hotels oben auf dem Hügel wurden vom nassen schwarzen Sand in die Länge gezogen wie Flammensäulen. Sie erreichte den Rand des Strandes, wo er an die Felsen und den Rasen stieß, und begann den Aufstieg. Auf der Brücke über den kleinen Bach huschte eine Fledermaus lautlos an ihrem Ohr vorbei, dann spürte Dorrie wieder die staubige Erde des Pfades unter ihren Füßen. Im Weitergehen verschränkte sie die Arme gegen die frische Kühle des Dunkels und betrachtete die Cottages auf den Hügeln rund um die Bucht, ihre Fenster gelbe Rechtecke geborgener Wärme in der Nacht.

Nun ging Dorrie an dem Haus vorbei, das sie beim Hinabgehen mit Neid erfüllt hatte, dem Haus, das so sicher und selbstständig war mit seinen warmen erleuchteten Fenstern und der Familie, die sich darin so behaglich eingerichtet hatte. Aus diesem Haus drang nun das Heulen eines Kindes, ein trostloses, hoffnungsloses Geräusch. Aus genau diesem Haus. Und es hörte nicht auf, das Heulen, anhaltend und jämmerlich, und folgte ihr auf dem Weg nach oben. Es schnürte ihr die Kehle zu, es trieb ihr Tränen in die Augen, und sie schalt sich eine dumme Kuh, während sie weiterstapfte; gleichzeitig verspürte sie ein geradezu körperliches Verlangen, das weinende Kind aufzunehmen und im Arm zu halten, ihm »schon gut, schon gut, schon gut« zu sagen, es zu beruhigen, seine Hand zu streicheln, bis es einschlief. Das untröstliche Geräusch hielt an, nicht das Weinen eines Babys, sondern das Schluchzen eines Kindes. Man darf kein Kind so weinen lassen, dachte sie, von Mitleid übermannt und von der Erinnerung; und, in einer Aufwallung von Wut: Die Leute sind verdammt noch mal nicht lieb genug zu ihren Kindern!

Sei nicht so weichherzig, ertönte der Ratschlag; weinen hat noch keinem geschadet, du darfst nicht zulassen, dass sie das Sagen haben, wo kämst du sonst hin? Die sind schon auf dem Weg zur Hölle, diese Hartherzigen, die ihre Kinder sich einsam in den Schlaf weinen lassen, und in der Hölle sollen sie dann ein Kind weinen hören und wissen, dass sie es nie trösten können. Das dachte Dorrie, während sie wieder den Hügel hinaufstieg.

ANMERKUNGEN

Linsen und Lilien (Lentils and Lilies)

9 Der Titel *Lentils and Lilies* spielt an auf *Sesame and Lilies*, einen Essay des Kunst- und Gesellschaftskritikers John Ruskin (1819–1900) über die Stellung der Frau in der Gesellschaft.

Wordsworth und Coleridge – William Wordsworth (1770–1850) und Samuel Taylor Coleridge (1772–1834) verfassten gemeinsam die *Lyrical Ballads* (1798), welche die englische Romantik begründeten.

10 »Wie soll ich Äußerem« – aus Coleridges *Dejection: An Ode* (1802).

Keats – John Keats (1795–1821) schrieb praktisch alle seine berühmten Gedichte im selben Jahr, nämlich 1818.

»ein Heer ermüdeter Narzissen« – Bei »a host of tired daffodils« klingt für Engländer sofort »a host of golden daffodils« an aus Wordsworths *I Wandered Lonely As a Cloud* (1807), das früher jedes Schulkind auswendig lernen musste. Bei einer BBC-Umfrage 1995 zum National Poetry Day kam es immer noch auf Platz 5 der beliebtesten Gedichte.

11 »Die Schatten des Gefängnisses« und »Unter der ird'schen Last« – aus Wordsworths *Ode – Intimations of Immortality* (1807).

13 »Gut war die Saatzeit meiner Seele« – aus Wordsworths *The Prelude* (1850).

14 »Zu weltlich sind wir« – erste Zeile von Wordsworths Sonett *The World Is Too Much with Us* (1807).

19 Atalante – in den griechischen Sagen eine jungfräuliche Jägerin, die so leichtfüßig war, dass sie nur einen Mann heiraten wollte, der sie im Wettlauf besiegte. Einer

schaffte es mithilfe von Aphrodite und einem Trick: Die Göttin gab ihm drei goldene Äpfel, die er beim Wettlauf fallen ließ. Atalante bückte sich, um sie aufzuheben, verlor und wurde seine Frau. In den USA erschien Simpsons Erzählung deshalb unter dem Titel *Golden Apples*.

Kaffeeklatsch (Cafe Society)

21 Eigentlich werden die Stammkunden angesagter Restaurants oder Nachtklubs als »cafe society« bezeichnet. Das hätte in der vorliegenden Geschichte aber wenig Sinn ergeben.

He ja klar leb doch mal (Hey Yeah Right Get a Life)

35 *Get a life* wird im Englischen bei Streitereien verwendet und bedeutet so viel wie »reg dich ab«, »bleib auf dem Teppich«. Da es aber nicht nur in dieser Erzählung von Helen Simpson darum geht, wie eine Frau, die Kinder hat und arbeitet, auch noch ein eigenes Leben haben soll, habe ich mich für diese nichtidiomatische Übersetzung entschieden.

44 »der Welt, dem Fleisch und dem Teufel entsagt« – aus dem *Book of Common Prayer*.

78 »Ich wollt', ich wär' ein Huhn« – Im Original verballhornt Max hier die ersten Zeilen von William Henry Davies' (1871–1940) Gedicht *Leisure*: »What is this life if, full of care / We have no time to stand and stare.«

Burns und die Banker (Burns and the Bankers)

101 Weil Nicola Beaumont als Engländerin kein Schottisch versteht, blieben die Wörter in der Geschichte unübersetzt und werden hier nachgeliefert.

102 *sporran* – Felltasche, die über dem Schottenrock getragen wird.

dirk – Dolch.

lassies – Singular *lass, lassie*, Mädchen.

104 *kilt* – Schottenrock.

105 *Auld Reekie* – »altes Verrauchtes«, gemeint ist Edinburgh, weil früher ein Rauchschleier über der Stadt hing.

haggis – eine Art Wurst, die in einem Schafsmagen gesotten wird. Wird im Lauf der Erzählung noch beschrieben.

107 *quaich* – flacher Trinkbecher mit zwei Griffen, normalerweise aus Holz.

108 *Slandschiva* – Was Iain wirklich sagt, ist »slàinte mhath«, was so viel wie »gute Gesundheit« oder »Prost« bedeutet.

110 *Wee sleekit cowrin timorous beastie* – So beginnt Burns' Gedicht *To a Mouse* (1785), und es heißt ungefähr: »Kleines, glattes, kauerndes, verängstigtes Tierchen«.

111 *Some hae meat* – »Manche haben Speise und können sie nicht essen / Und manche würden gern essen, haben aber keine; / doch wir haben Speise, und wir können essen, / wofür Gott gedankt sei.«

Cullen Skink – Suppe aus geräuchertem Schellfisch, Kartoffeln, Zwiebeln und Milch.

112 *Covenanter* – schottischer Presbyterianer.

114 *och* – sagen Schotten und Iren als Ausdruck des Staunens, Bedauerns oder Nichtglaubenkönnens.

115 *aye* – »Ja«.

116 Fettes – eine Privatschule in Edinburgh, zu deren berühmten Schülern Tony Blair gehörte.

117 *Fair fa'* – »Gutes widerfahre deinem ehrlichen, wohlgenährten Gesicht / Großer Häuptling der Pastetenrasse! / Nimm deinen Platz über allen ein, / Wanst, Kutteln oder Darm: / Wohl bist du ein Tischgebet wert / so lange wie mein Arm.«

His knife – »Sieh, wie der Ackersmann sein Messer abwischt und kunstfertig dich zerschneidet.«

119 *heedrum hodrum* – lautmalerische Nachahmung des Gälischen.

a wee hooch – ein kleiner Jauchzer.

121 *A man's a man for a' that* – aus Burns' Gedicht *Is There for Honest Poverty* (1795). »Ein Mann ist schließlich ein Mann.«

The social, friendly, honest man – aus Burns' *Second Epistle to J. Lapraik* (1785). »Der gesellige, freundliche, ehrliche Mann.«

Oor Rab – »Unser Robert hatte mehr Zwillinge als Shakespeare. Die kamen ihm aus den Ohren raus.«

Anne Hathaway – die Frau von Shakespeare. Sie gebar ihm drei Kinder, darunter Zwillinge.

122 *The Cotter's Saturday Night* – Ein Cotter war ein Bauer, der ein Cot oder Cottage bewohnte und dafür Arbeit leistete, statt Miete zu zahlen. Das Gedicht entstand 1785.

Aye one for the lassies, but – »Doch für Mädchen war er immer zu haben.«

bonny – schön, Schöne.

Brose – Hafergrütze.

123 *O my luve's like a red, red rose* – der Anfang des Gedichts *A Red, Red Rose* (1796). »Oh, meine Liebe ist wie eine rote, rote Rose.«

We are na fou – aus *Willie Brew'd a Peck o' Maut* (1789). »Wir sind nicht voll, sind gar nicht voll.«

126 *Goneril und Regan* – die bösen Töchter von König Lear. Sie sagen, wie sehr sie ihn lieben. Doch als er machtlos ist, verweigern sie ihm Obdach.

136 *Oor Rab could hae done* – »Unser Robert hätte zwei Ehefrauen brauchen können.«

O ye douce folk – aus *Epistle to James Smith* (1786). »Ihr Nüchternen, die nach den Regeln lebt, / ernst, deren Blut keinen Gezeiten unterworfen ist, ruhig und kühl / eure Herzen sind wie ein stehender Teich / nie kommt ihr vom richtigen Pfad ab.«

140 *Freedom and whisky gang thegither* – aus *The Author's Ernest Cry and Prayer.* »Whisky und Freiheit passen zusammen.«

144 *John Anderson – John Anderson, My Jo* (1789). Johann Gottfried Herder (1744–1803) hat das Gedicht unter dem Titel *Die goldne Hochzeit* folgendermaßen übersetzt: Vor manchen, manchen Jahren, / Als ich zuerst Dich sah, / War Deine Locke rabenschwarz, / Braun Deine Wange da. / Jetzt ist die Wange blässer, / Wie Silber glänzt Dein Haar, / Und dennoch bist Du lieber mir, / Ja lieber, / Als mir der Jüngling war. // Des Lebens schroffen Hügel / Erstiegen Hand in Hand / Wir, wie es Wind und Wetter gab, / Hin über Fels und Sand. / Jetzt ist der Abend milder, / Wir stiegen sanft hinab, / Und dort am Fuß erwartet uns / Zusammen / Ein Brautgemach, das Grab. // Wohlauf, Ihr Söhn' und Töchter, / Singt unsern Hochgesang / Und streuet Myrten vor uns her / Den kurzen Weg entlang! / Und preiset jede Stunde, / Die uns der Himmel gab! / Je länger und je lieber, / Je lieber, / Umschatt' einst unser Grab!«

145 *It's a braw licht moonlicht* – aus dem Trinklied *Wee deoch an doris* von Sir Harry Lauder, wobei Charlie schon so viel getrunken hat, dass er falsch zitiert: Es sollte *bricht* heißen statt *licht.* »Eine schön helle Mondlichtnacht ist heute Nacht.«

147 *Should auld acquaintance be forgot* – »Sollen alte Bekanntschaften vergessen / und nie mehr in Erinnerung gerufen werden? / Sollen alte Bekanntschaften vergessen werden und längst vergangene Tage?« Burns schrieb 1788 an seiner Version dieses alten schottischen Lieds.

150 *stramash* – Krach, Aufruhr.

Oper (Opera)

156 *L'amoureuse tourterelle* – »Die verliebte Turteltaube, immer sanft, immer treu, seufzt so und stirbt vor Schmerz.«

Prost (Cheers)

168 *Dingley Dell* – So heißt das Haus des gastfreundlichen Mr Wardle in Dickens' *Pickwick Papers.* Hier wird lärmig, aber ach so gemütlich Weihnachten gefeiert.

173 *Barszcz* – Rote-Beete-Suppe.

174 Polonius – der Vater von Ophelia in Shakespeares *Hamlet*, ein fabelhafter Schwafelhans.

Wurstigkeit (Wurstigkeit)

188 »Hi ho Silver« – Das ruft der Lone Ranger jeweils seinem Pferd zu, wenn sie nach der Erledigung von Bösewichten wieder dem Sonnenuntergang entgegenreiten.

201 Madame de Sévigné – Marie Marquise de S. (1626–1696) schrieb an ihre in der Provence lebende Tochter rund 1500 Briefe, in denen sie das mondäne Leben in Paris schilderte.

Gleich, Schätzchen (Hurrah for the Hols)

211 *Ferienfreuden*, der ursprüngliche deutsche Titelvorschlag für diese Erzählung, ist nicht sonderlich interessant. Deshalb haben wir ihr den Titel gegeben, den sich der Verleger für das ganze Buch ausgedacht hatte.

214 schreckliche Hinkwettrennen – Helen Simpson schreibt »awful hobbling five- and six-legged races«. Sie spielt dabei mit dem Begriff »three-legged race«, der jene Kinder- und Gesellschaftsspiele bezeichnet, bei denen das linke Bein eines Menschen an das rechte eines anderen gebunden wird, worauf die beiden so an einem Wettlauf teilnehmen müssen.

Für Informationen über Schottisches danke ich Graham F. Valentine, für Informationen über Wirtschaftsjuristisches Claude Lambert. Großer Dank gebührt auch meiner Lieblingslektorin, Sara Schindler. Und ganz besonders danke ich Helen Simpson, die meine Fragenkaskaden immer freundlich und ausführlich beantwortet hat. T. B.